我的初恋是暗恋

提拉诺 著

青岛出版社
QINGDAO PUBLISHING HOUSE

图书在版编目（CIP）数据

我的初恋是暗恋/提拉诺著. —青岛:青岛出版社,2021.2
ISBN 978-7-5552-6744-7

Ⅰ.①我… Ⅱ.①提… Ⅲ.①长篇小说－中国－当代 Ⅳ.①I247.5

中国版本图书馆CIP数据核字（2020）第236533号

书　　名	我的初恋是暗恋
作　　者	提拉诺
出版发行	青岛出版社
社　　址	青岛市海尔路182号（266061）
本社网址	http://www.qdpub.com
邮购电话	18613853563　0532-68068091
责任编辑	李文峰
特约编辑	龚雅琴
校　　对	耿道川
装帧设计	千　千
照　　排	梁　霞
印　　刷	三河市良远印务有限公司
出版日期	2021年2月第1版　2021年2月第1次印刷
开　　本	32开（880mm×1230mm）
印　　张	9
字　　数	180千
书　　号	ISBN 978-7-5552-6744-7
定　　价	39.80元

编校印装质量、盗版监督服务电话 4006532017 0532-68068050

目录

序　曲　一个梦境　1

第一场　噩梦成真　3

第二场　狭路相逢　18

第三场　候补三号　35

第四场　另一个我　42

第五场　二次心动　72

第六场　奇怪的他　88

第七场　我喜欢你　104

第八场　宿醉之后　123

目录

第 九 场　他吃醋了　138

第 十 场　我藏不住　157

第十一场　别再越界　177

第十二场　两个秘密　195

第十三场　如坠深渊　212

第十四场　意外之吻　230

第十五场　我也爱你　243

番 外 一　熊和兔子的故事　254

番 外 二　爱都需要勇气　265

番 外 三　恋爱难题　276

序曲 一个梦境

祝千双清楚地记得，那一天有着很好的天气，云朵的形状都有些像爱心。

即使是夏季，风中也带有一丝凉爽。怪不得她经常听到有人说，人在心情好的时候，觉得空气都带着香味，而人在恋爱的时候，觉得世界都是粉色的。

她从教室后门看到了学长正站在窗边，侧头和同桌说着话，微笑时嘴角微微上扬，带着迷人的弧度。画面实在太美好，她甚至看得有些呆了。

哐！她握着教室后门的把手，原本只是开了一条细缝朝里面偷看，因为不注意，把门打开了一些，撞到了教室里面的桌椅。

学长和他的同桌立刻警觉地看了过来。

“你是……”学长眉头微蹙，可目光仍是温柔的。

她像是受到了肯定，鼓足勇气走了过去。

加油，祝千双！机不可失，时不再来！赶上这样环境恰当、时机良好、没闲杂人等的大好机会，你还在等什么啊？她双腿不听使唤地颤抖，却坚定地朝前走着。

“学长……”她小心翼翼地开口了。和他四目相对时，她简直不敢相信世界上会有长得这么有魅力的人。他的眼中透着致命的吸引力。

“嗯？”学长挑了挑眉，却没有半点儿不耐烦，只是有些不解，用鼻音发出了这个单字。

“我喜欢——”

那是一个开头很美好，中间很温暖，结局很……逆天的故事。

第一场 噩梦成真

01

祝千双又做梦了。

即使每天睡前祷告过无数遍不要再梦到那一天，祝千双还是在不断证明着“日有所思，夜有所梦”的真理。

祝千双闭着眼睛摸到了放在床头的手机，在看到上面的数字之后，无奈地从床上爬起来穿衣服。

她走到隔壁房间门前，打开门，见祝千禾的床上一片狼藉，地上不是裙子就是裤子。祝千双叹着气关上门，能想象今天早上祝千禾赶着去上班时是怎样一副混乱的场面，然后得出结论，爱睡懒觉果然是家族遗传的。

她不是那种雷厉风行的人，虽然对于可能迟到这件事感到急躁，但依旧不紧不慢地刷牙、洗脸、上厕所。

磨蹭了一个小时之后，她才背着包跑了出去。

好在今天路上的车不多，她拦了一辆出租车，算算时间，到目的地时只会迟到五分钟。

让祝千双意外的是，如果是平时，祝千禾肯定会给她打无数个电话，可现在她的手机竟然一点儿动静都没有。

到了公司，她才大概猜到了原因。

中辛传媒的一楼大厅内挤满了人，人们不知道将谁包围了。

向来喜欢凑热闹的祝千双毫不犹豫地挤进了人群，看着身旁情绪高昂的大妈手里提着篮子，因为高声嘶吼而满脸通红，眼睛里还迸发着怒火。

祝千双拍拍她："大妈，咋了？"

大妈头也没回，手舞足蹈地说道："这公司的人真的不行，上次那个小丫头，叫什么曼的，去俺们村里拍戏，破坏俺们的田，还侮辱俺们……就是那个什么曼，还说要给俺们赔偿，到现在也没有个人影！"

怪不得大伙儿那么激动！疾恶如仇的祝千双瞬间忘了自己来这儿的目的，站在人群中跟着一起愤慨起来。被围在中间的保安和一个工作人员努力地协调着，即使大厅里开着空调，他们的衬衣也汗湿了大半。

"对！必须立刻给个说法！"祝千双摩拳擦掌，跟着在前面带头的人边喊着边举起手来。

旁边的大妈回头朝她嘿嘿一笑："小姑娘，你真是好样的，来帮俺们！"

祝千双义正词严地摆手："应该的！"

"小姑娘，你是来这儿干吗的？"

"我是……"突然意识到了什么，祝千双哑然了。

好像……应聘……面试……什么的统统被她忘到脑后了。

看了看时间，祝千双的额头直冒冷汗，貌似发生了不得了的事情……

“石化”中的祝千双正想着怎么和千禾解释，中辛传媒的公司门口停下一辆银色的房车，她以前听千禾说过，那种就是传说中的保姆车。

果然，车门打开之后，祝千双先是看到了一双美腿，再往下看，便看见了对方脚上的黑色高跟鞋，鞋跟目测十厘米左右，鞋子上似乎贴满了水钻，在太阳的照射下差点儿闪瞎祝千双的眼睛。紧接着，穿着大红色连衣裙的女人就从车上下来了，即使脸上戴着超大的茶色墨镜，祝千双也知道对方绝对是个美人！

美女走进了大厅，看到堵在面前的人群，不禁皱起了眉头，向身边跟上来的一位男性说：“怎么回事，急匆匆地叫我来，就是让我看这个场面？一群农民工，我在片场已经看腻了。”

美女的声音并不大，但她的语调比较高，所以，站在她身边的几个人都听见了。

祝千双啧啧摇头，她还真是不怕死呢。

本来就在气头上的群众听到这样的话后更加愤怒了。

不知道是谁说了一句：“她不就是那个苏曼吗？对！就是她！就算她穿了马甲，我也照样认识她！”

02

话音刚落，越来越多人转头看向了苏曼，指着她的脸一窝蜂地拥了过去。被这阵仗吓得花容失色的苏曼连连后退，可脸上始终不变的是那副嫌恶的表情，她尖叫起来：“快把这群疯子赶走！你们保安在干什么？阿ken，现在还傻站着干吗？！”

阿ken应该是苏曼的经纪人，闻言，立刻挡在了她的面前，挡掉那些试图拉扯苏曼的手。

苏曼个子高，还穿了“恨天高”，在人群中想躲也没办法躲。

虽然保安和工作人员都在保护苏曼，但她看起来仍然狼狈不堪：头发被扯得乱七八糟，墨镜早就掉到了地上，高跟鞋也掉了一只。

祝千双还沉浸在“穿了马甲”这个笑话中，忽然看到刚才那个大妈从篮子里摸出了一个白色物体，瞬间意识到什么，飞快地朝苏曼冲了过去——

啪！一个鸡蛋正好砸在祝千双的胸口处，没等她反应过来，更多的鸡蛋朝她砸了过来。

不等她躲开，苏曼已紧紧地抓住她的手臂，在她身后低声说：“好，你一定要帮我挡好，我被砸中的话，明天一定又会上头条！我就丢脸丢大了！”

祝千双真想抽自己俩耳光！这就倒戈了？哦不，她才不是什么叛徒、内奸，她只是……

就在祝千双想要扯开苏曼的手时，一道高大的身影挡在了她和苏曼的面前。

那男子身形挺拔，穿着黑色休闲西装，亚麻色的头发看起来很有层次感。他侧过头来，对祝千双说道：“带苏曼到二楼会议室，马上。”

祝千双竟然想也没想，反手拉着苏曼的手腕往楼梯口走。此时更多工作人员来了，她们虽然走得还是有些艰难，时不时会被白菜、胡萝卜、西红柿之类的东西砸中，但最终还是安全到达了传说中的二楼会议室。

确定安全之后，苏曼就不停地尖叫、咆哮，赤着脚在会议室里走来走去。祝千双看着她失控的样子，简直不敢相信眼前的人就是自己印象中知性、温柔的苏曼。

大概是意识到自己失态了，苏曼停下来，恶狠狠地威胁祝千双道："敢把今天的事情说出去，我就让你在这一行混不下去！你去另外一间房，不要让我看见你，等我发完火再过来！"

祝千双用手捂着嘴，点点头，站起来走到门边，准备推门走出去时，又听到了苏曼的咆哮声。

祝千双来到旁边的会议室，百无聊赖地坐在椅子上用手指掏耳朵，即使在这儿，也能听到苏曼的怒骂声。但比起苏曼，更让她难以忍受的是身上沾满了蛋液，还混杂着腥臭味。她抬手在头上摸索，果然找到了不少菜叶。

不知道过了多久，隔壁总算消停下来了。于是，她掏出手机给祝千禾打电话，祝千禾竟然关机了。

她想去隔壁看看情况，可刚到会议室门口，便从门缝里瞧见了令人震惊的一幕！

苏曼眼睛红肿，头发上有一片菜叶，脸上的妆全花了，正激动地和对面身材高大的男子说着什么，两只手不停地在男子面前挥舞着，试图抚摸对方的身体。

祝千双的眼里燃起八卦的火焰。

就在那个男子为了躲避而微微屈身时，苏曼迅速伸手，想搂他的脖子，但那人如在搏击一般，敏捷地从她手臂下低头闪过，并且迅速倒退了几步，厉声道："停下！"

祝千双听出来了，这是刚才让她带苏曼来二楼会议室的那个男子的声音。

就在这时，更劲爆的画面出现了！苏曼丝毫未受影响，淡定地将自己"罪恶"的双手伸向了男子的皮带。如果能够加特效的话，男子的头上一定出现了一个大红色的"井"字。

哪知苏曼又被闪过了，整个人向前倒去，低胸衣下的胸部立刻显露出来。说她衣衫不整，还真是太含蓄了。

男子似乎有了些怒气，冷冷地说道：“苏曼，够了。”

这语气，就连站在门口的祝千双都感到了寒意。

此时，苏曼果然收敛了一些，哭着说道：“我只是喜欢你……”

唉，祝千双不禁摇摇头，痴女怨男。可是，她这样继续看，真的……好吗？

还没等她做完思想斗争，她身后的楼梯处已经传来闹哄哄的声音。祝千双转过身，瞧见一大批记者正往她所在的方向拥过来。

完……蛋……了……

一波未平，一波又起，看样子自己又要被卷进去了！嘤嘤嘤，她来看什么热闹，躲在隔壁不就好了吗……现在怎么办？她还傻站在原地，那群凶猛的记者已到了跟前，二话不说，推开她就闯了进去——

在那一瞬间，空气都仿佛凝固了。

完全被眼前的一幕惊到了的记者甚至连快门都不记得按了，只是集体愣在了那里。

祝千双也跟着看了过去，只见苏曼狼狈地坐在地上，连衣裙的领口被扯得很大，胸部几乎全露在了外面。苏曼满脸泪痕，无助地抱着自己的双臂，而那男子从背影上看似乎在整理衣服，听到喧闹声转了过来，在看到门口的记者时，脸上瞬间露出冷笑。他淡淡地瞥了一眼此时已经化身小白兔的苏曼，直视着门口的记者。

祝千双只看了他一眼，脑海里便一片空白了。

他的眼神始终淡淡的。

他有着高挺的鼻子、微抿的薄唇和坚毅的下巴线条，眼里似有浩瀚星辰。

穿着西装的他，有一种高贵而危险的气质。他半眯着双眼，像是猎鹰打量食物般注视着门口的记者。

即使他的视线只是随意地从祝千双的身上扫过，几乎没有停留片刻，但她也已经不能动弹。

03

祝千双曾经幻想过无数个他们相遇的场景，不管是哪种，她都以为自己可以毫不在乎地直视那个人，不至于像现在这样身体僵硬到连逃跑都没有办法做到。

她看着他慢慢把衣服整理好，虽然他刚才被苏曼扑来扑去，皮带没解成功，但是衬衣在挣扎中还是被解开了两粒扣子。

他看着在一旁哀声哭泣的苏曼，嘴角带着诡异的笑容，这画面——简直就是女主角刚刚被男主角霸王硬上弓后的凄凉情景。当然，如果他的手上再夹根烟的话，效果更佳。

反应过来的记者开始快速地按动快门。

乔野是现今影视圈里最著名的导演，苏曼则是他的签约女艺人，他们竟然在会议室里做这种事。这么劲爆的新闻，肯定能上明天的头版头条。

手里拿着录音笔的记者一窝蜂地拥了上去，全然不顾站在旁边的祝千双，跑到了两个当事人的面前，开始提问。

“请问乔野导演对现在这个情况有什么要解释的吗？”

“之前一直听说乔导和女演员的关系很暧昧，现在乔导能说明一下，你和苏曼小姐的关系进展到哪一步了吗？”

“是否真的像外界传的那样，乔导对多名女演员——”

接二连三的问题像潮水一样向乔野扑去。被围在中间的乔野一直带着冷冷的笑容，而苏曼则睁着无辜的大眼睛，小心翼翼地看着乔野的背影。

乔野抬起嘴角，转过身看着苏曼，说道：“所以……如果我说我和你不是恋人关系，我就会背上骚扰女演员的名声；如果我承认了，你……就得手了对吧？”

“你、你在乱说什么？！”苏曼瞪着眼睛，抬高了音量反驳道，含着泪的大眼睛让她看起来楚楚可怜。她咬着红唇哭泣的模样赚足了现场记者的同情心。

乔野见苏曼不承认，转身面对记者，冷冷地环顾了众人一番，笑着说道：“这么巧，各位记者一上来就知道这间会议室里面会有大新闻，这个情报——还真不是一般地准确呀。”

他不经意地扫了一眼苏曼，回头说道：“对于这件事，我不会多解释。但是，各位记者朋友如果执意在事情真相大白之前，就对这件事做任何不实的猜测，那么，大家不只是挖了一个八卦——”

他拖长的尾音气势十足，先前还气势汹汹的记者瞬间就安静了下来。

苏曼见情况不对，赶紧站起来，指着乔野哭诉道：“你刚才说，只要我愿意跟你在一起，你、你就会让我演下一部电影的女主角！是我太傻——傻到相信你对我是真心的！”

“够了。”乔野周身的寒气三米开外的祝千双都能感觉到，虽然他的嘴角依旧带着笑容，但是笑容里的警告意味已经很明显了，“再说下去，你的谎言就会不攻自破——”

现在，娱乐圈里发生这种事情时，大众还是比较偏向女性的。

立刻就有记者开始充当护花使者，对乔野进行讨伐：“你现在是在威胁苏曼小姐吗？”

乔野挑了挑浓密的眉毛，没有说话。

众记者见乔野没有反驳，以为他理亏，再一次大声质问起来。

乔野依旧没有回答。

你倒是说点儿什么啊！祝千双皱起了眉，乔野这副面不改色的样子让她不安，可是她没有办法直接对他大声说出心里话，只能一遍又一遍地在心里呐喊：说点儿什么啊，什么都好，至少说明你是无辜的啊！

可是，乔野十分淡定，压根儿就不打算为自己辩解。反倒是苏曼，已经擦着眼泪开始哭诉自己的遭遇。看她那副柔弱的样子，真的很难想象她刚才是怎么对乔野发动攻击的。

如果时光能够倒流，祝千双绝对不会做出接下来的举动——

也不知道到底是哪根筋不对劲，她冲到了记者中间，挡在了乔野的面前，慢慢地说道："我看到了……事情的全过程。"

在祝千双说完自己看到的一切之后，局势很快就逆转了。毕竟祝千双说这些话时神色镇定自若，不像在说谎。她把自己见到的都说了出来，比如苏曼这个如狼似虎的女色狼怎么试图扑倒乔野的精彩画面。

在祝千双把过程详细地说完之后，苏曼的脸色已经变得极其难看了。

祝千双不紧不慢地补充了一句："你们来的时候也看到了，我就站在门口，你们应该知道我说的是真的。况且，我又不是中辛（中辛传媒的简称）的员工。"

一切合情合理，记者即使有些不敢相信，但也只能接受。但是，在记者打算离开之前，一直一言不发的乔野突然开口了："我希望各位能够谨慎报道这篇新闻，毕竟苏曼是一个女人，以后还需要在这一行发展，即使……我们中辛和她不再合作了，也请你们手下留情，不要让她上头条。"

噗。祝千双忍不住笑了起来。这样的新闻就算不上头条，也一定会占极大的版面，甚至还附加了一条中辛不再和苏曼合作的消息。他火上浇油的功夫还真是了得。

记者刚离开，乔野就从衣服的口袋里翻出自己的手机，拨通了一个号码，说道："你现在马上到二楼C号会议室来，下午把我的律师也喊过来。"

交代完毕之后他就挂了电话，看向苏曼的目光中不带一丝怜悯和犹豫，只有决绝和冰冷。

04

苏曼知道自己完了，扑过去拉住了乔野的手，哀求道："乔……我错了……我只是太爱你了……"

乔野嫌恶地皱着眉，抽回了自己的手，毫不留情地说道："现在安静下来，不要继续惹怒我，我已经仁至义尽。之前无论我怎么劝你你都不听，我本来想给你留一点儿面子，是你——玩得太过火了。"

"乔野！你得意什么？你不就是因为家里面有钱铺好路了，所以才站到了今天这个位置吗？你凭什么——"苏曼面目扭曲、歇斯底里地咆哮起来，就像电视剧里的反派女二号用尽手段也得不到男主角时那般不甘心和愤怒。

祝千双呆若木鸡地看着，心底不住地夸赞她确实是个好演员。

还有，这可比在电视上看过瘾多了。

任凭对方如何软硬兼施，乔野始终不为所动，直接走到祝千双面前，微微眯起眼睛细细地打量着她。

该死，祝千双在心底骂道，竟然又紧张了。祝千双垂在身体两侧的那双手不知道应该怎么摆放才好，一会儿扯着衣角，一会儿交叠在身前。

没有用。以为自己早就做好了准备的祝千双，在真正重新面对他的时候，发现自己依旧不知所措。

"刚才……谢谢你。"乔野沉吟了一会儿，心中更疑惑了，"我们，是不是——在哪儿见过？”

祝千双想也不想就否认了：“怎么可能！”

乔野大概觉得也是，点点头，接着问道：“因为你保护了我们公司的艺人，所以，应该付的报酬我们还是会付的。等会儿我会通知财务——”

“不用了……”祝千双冷冷地打断他，“如果是封口费的话，没必要。”

她刚才就不应该多管闲事。如果她没有混入人群看热闹，没有头脑发热地去帮苏曼，没有神志不清地站出来为乔野辩解的话，现在她也不会那么不自在地站在他面前，让他用钱来侮辱自己。

她心里的恶魔挥舞着手中的叉子怒吼道：你竟然放过了一个能把乔野踩到脚底下的机会！你的脑袋被门夹了吗？！

祝千双默默地低下头，觉得自己的头不是被门夹了，就是被驴踢到了。

乔野没说话，双手抱在胸前盯着她，隐约带着不明所以的笑。

一旁的苏曼已经吼到没有力气了，不知道什么时候停止了哭喊。她径直站到两个人中间，双手拉住乔野的手臂，由凶神恶煞的模样变成一副梨花带雨的柔弱模样。她流着眼泪说：“乔，帮帮我……”

乔野显然有些不耐烦，眉头拧成了川字形，但是目光依然停留在祝千双的脸上。

他不懂她的表情、她的目光、她的行为。

在脑子里努力地搜寻了一会儿，乔野坚信自己从来没有和她结过梁子，就连面都应该没有见过。

在女人堆里颇受欢迎的乔野，第一次在一个素未谋面的女孩儿面前吃了瘪，虽说他并不是很介意，但是总觉得情况有些怪异。

就在这时，门又被打开了，祝千禾进来了，脸上是愤怒和担忧的神色。祝千禾在看到祝千双目瞪口呆的模样之后，冲上前一个栗暴敲在了祝千双的头上。

“白痴啊你！”

祝千双不仅迟到了，还让自己卷入那么危险的事情中。祝千禾本来想通知她今天暂时不要来了，但是一大早就有群众闹事，之后上级召开了一个又一个会议讨论解决方法，祝千禾一直没空联系她。后来祝千禾通过监控摄像头看到自己的傻妹妹在给别人当肉盾时，真想立刻冲过去扇醒她！

还好这次淳朴的老百姓只是砸了鸡蛋，但如果他们盛怒之下不是砸鸡蛋，而是泼了硫酸怎么办？祝千禾想想就觉得毛骨悚然。

祝千禾看着她无辜地捂着自己的脑袋叫痛的样子，没好气地吼道：“你是保安吗？给苏曼当挡箭牌！她给你银子了还是给你介绍男人了啊……”

说到一半，祝千禾才发现苏曼就站在不远的地方，双手叉腰，瞪着自己。祝千千的声音渐渐小了下去，她无比心虚地躲避着苏曼的目光，故作无所谓地看着别处。

一时间气氛有些尴尬。

祝千双听到一个富有磁性的男音响起，才注意到刚刚跟在自己堂姐的身后走进来的那位男士。

他穿着印有红蔷薇纹路的白色衬衣，袖口挽至手臂，领口打开了两颗扣子，可以看见清晰的锁骨，裤子是修身的蓝色牛仔裤。但是最引人注目的不是他这副花花公子般的穿着，而是他的脸。他分明是东方人的面孔，但略带困倦的神色和斜上去的眼角，竟然让他看起来有些妖艳。

祝千双觉得他长得很眼熟，却不记得自己到底是什么时候见过他。

男子双手环抱在胸前，右嘴角上扬，露出一个痞痞的笑，眼睛直勾勾地望着祝千双，说：“这就是千禾你那个传说中的今天要来应聘当实习生的堂妹啊……我不得不说，你们姐妹俩还真是一点儿都不一样。”

祝千双向来对穿得这么花哨的男性无好感，直翻白眼，腹诽道：堂姐妹就一定要长得相像吗？！双胞胎都可能一个像妈一个像爸呢！再说，他是眼睛瞎了还是根本就没正眼看过她？从小到大，祝千双和祝千禾不止一次被称为最相像的堂姐妹！

祝千双抬头，正好对上那人的目光，他的眼里满是戏谑的笑意。他一步一步走到祝千双的面前，弯下身子将脸凑近，近到就连他呼吸时的热气祝千双都感受得到。

他抬起一只手捏着她的下巴，自言自语般地说：“咦？我应该见过你……可是到底在哪儿？”

祝千双连忙向后退了几步，不习惯被人那么打量，很怕他真的曾见过自己。

好在祝千禾已经毫不留情地一把将他推开：“森百里，如果你敢再调戏我妹妹，你就死定了！要发情找你的莺莺燕燕，我妹妹还没有谈过恋爱呢！”

喂喂喂——干吗把自己的妹妹说得那么惨啊！她不谈恋爱是因为她不想将就好吗？！

想到这儿，祝千双才发现，从刚才开始，乔野就一直负手在一旁静静地盯着她，目光锐利。她慌乱地瞥了他一眼，旋即移开视线，不知所措地盯着别处。

“这么说——”一直沉默的乔野缓缓开口，语气冰冷，“你就是千禾推荐进来的新人？刚才不接受我的报酬，原来是为了进中辛啊。”他仿佛理解了什么似的拖长了尾音，分明就是在赤裸裸地鄙视她！

这种自以为是的语气让祝千双怒不可遏，她双手叉腰，反击道："你哪只耳朵听到我说我这么做是为了——"

"我录取你。"

"哎？"祝千双惊呆了。他刚才说的话，分明就是在表达他对这种行为有多么不屑啊。

他一步步上前，来到了祝千双的面前："虽然你今天迟到错过了面试，但毕竟是因为卷入了这些事情当中。今天苏曼的事情能够解决多亏了你，算你护主有功——所以，录取你也没什么。每年来中辛的实习生不少，能不能留下来，最终还是要看个人的实力。"

祝千双总算在他凌厉的目光中找回了呼吸的节奏，条件反射般地后退几步，与他拉开了距离。

祝千双可以察觉到他的眼中带着疑惑，只是她并没有打算解释。

她讨厌他，不喜欢他总是这样自信、镇定、运筹帷幄。

就算过了那么多年，再次见到他，她依旧讨厌他。或者说，这种时隔多年依然会在他面前找不到自我的感觉，让她很讨厌。即使他同意她入职，让她有了这个难得的实习机会，她依然讨厌他。

还有，什么叫"护主有功"？

"你好，我的名字是乔野。我就是你即将要进的工作组的导演。"乔野挑眉，低头理了理西装，径直向门走过去，目不斜视。到了会议室门口，乔野握着门把，回头对祝千禾说："带她去服装组找一套衣服换上吧，我可不想别人说我们公司虐待员工。"

乔野走出去后，森百里似乎也无意再待下去，面对祝千禾质疑的表情也只是摊开双手，然后耸耸肩表示不知情。之后，森百里向祝千双投去一个笑容，转身离开了。

祝千双低着头不敢直视堂姐，缩着脖子等待责罚。

祝千禾看到她可怜兮兮的样子，只好把怒气硬生生地压了下去，拉着她带她去服装组找衣服。

其他人都走了。空荡荡的会议室里，苏曼捏紧了拳头，终于爆发了，咬牙切齿地说："难道都没人注意到我还在这儿吗？！"

第二场 狭路相逢

01

中辛传媒，国内最近崛起的一个耀眼的新公司。

创始人之一乔野从大学开始就创下傲人的成绩，另一个创始人森百里在电影界也是举足轻重的人物。

中辛传媒的公司规模并不算大，涉及的业务领域也没有别的传媒公司那么多，以拍摄电影和电视剧为主。其中，乔野带领的拍摄团队的业务能力最为强劲。

乔野一年只拍一部电影和一部电视剧，但不管是电影还是电视剧，都会成为年底各大奖项的赢家。

传说乔野在大学时曾经以一部六分钟的短片拿到了大学生电影节的金奖，造就了属于他的神话。

乔野还没有毕业，上门联系他要投资的公司就络绎不绝，可是他出人意料地拒绝了所有人的邀约，自己和搭档森百里成立了中辛。

也因为这件事情，记者查出了乔野的家世背景。作为中恒财团总裁的独孙，乔野多年来一直独自在外创业，从未依赖过家里。明明是含着金汤匙的富家少爷，却选择了更为艰辛的创业之路，这样的行为让他在业界获得了赞扬和肯定。

以上这些，祝千双都了如指掌。

这十年来，乔野做了什么，拍了什么样的电影，有哪些新闻，她都知道。她不是因迷恋他而不可自拔地了解了他全部的信息，而是因为恨他，刻骨铭心地恨着他。

带着这样的情绪，她才能从曾经经历过的痛苦中走出来，才最终成了现在的她。

当初堂姐告诉她，她要进的是乔野的公司时，她就知道自己一定会和他遇见。她曾经想过，就算二人再见面了，自己也不会在意他，权当是与陌生人擦肩而过，绝对不会再像以前一样了。

可是如今真的到了这一天，她竟然还是没骨气地退缩了，当着他的面，看着他的眼睛，根本没办法说出一句话。

而他……已经不记得自己了。

想到这儿，祝千双总算能轻松地呼一口气，但是不知道为什么，心底还是透着一丝……苦涩。

不行！祝千双捏紧了拳头，瞬间爆发小宇宙，猛地站了起来！如果她在这个时候变得软弱的话，十年来支撑自己的信念就会瞬间倒塌！

这个如同《西游记》片头孙悟空横空出世那般热血沸腾的画面，恰好被走进来的乔野看到了。

乔野先是一愣，在感受到女生的敌意之后又蹙起了眉头，不知道她此刻正在幻想着什么画面，无情地打断她："我说，明早四点到A组摄影棚报到，有拍摄任务。你刚来可能还不知道要做什么，等一下我会派人过来和你解释的，实习生小姐。"

祝千双尴尬得不能动，乔野的目光在她看来就像针一样扎在她的身上，她连呼吸都变得急促起来。直到他走出去后，她的呼吸才恢复正常。可是没过多久，门又被打开，祝千双以为是乔野回来了，吓得周身一抖，瞬间石化。直到确认出现在自己面前的是祝千禾，祝千双才捂着胸口用力地打了一下祝千禾的手臂："你吓死我了！"

"干吗？"见她反应过激，祝千禾挑挑眉头狐疑地问，"做贼心虚？我刚才看到乔走了出去，你们两个……"

"Shut up（住嘴）！"祝千双双手比成一个"×"的形状，"我巴不得这辈子都不要和他扯上关系！"

"不扯上关系是不可能的了。"祝千禾好心提醒她，"刚才乔已经说了，你被安排到他们组……真不知道你撑不撑得过去——"

什么？！祝千双不可置信地瞪大了眼睛，想到刚才乔野说的那些话。怪不得他会来这儿通知她明天早上有拍摄，而且还是四点……但是他刚才也说了，自己只是什么都不懂的新人。她连在片场要注意的事项都还没有了解透彻，他就直接让她去摄影棚进组报到，分明就是要给她一个下马威。

认输还太早了！就算她早就做好重新与他相遇的准备了，让自己尽量避开他，免得受到他的影响，但是避开不是投降，自己只要努力工作无视他就可以了！而且……自己不也正是因为这样才要回来，才要重新出现在他的面前吗？祝千双在脑子里做了一番激烈斗争之后，双手搭在祝千禾的肩上，说："姐，你放心，我绝对不会给你丢脸。乔野，我完全没把他放在眼里！"

"也不至于那么夸张啦，我是怕你累着，你是我妹妹……我很担心……"祝千禾其实很想帮她换一个工作，虽然她跟着乔野确实能学到不少，但是要面对的困难更多。

祝千双严肃地挥挥手，打断她的话："放心！我不会给你丢脸的，更不会让乔野看不起！"

祝千禾无力地叹口气，真不知道自家堂妹的脑海里到底想的是什么。她担心的当然不是自己会不会丢脸的问题，祝千双和她的脸，早在祝千双全身沾满蛋液的时候就已经丢过了。她最担心的是乔野所带领的组非常辛苦，祝千双这样一个涉世未深的小丫头肯定会吃不消的，乔野也不是那种会看在人情的分儿上放水的人。

但既然堂妹这么坚定，祝千禾只好妥协："那走吧，我带你去找那个负责带你熟悉工作任务的人。"

助理导演，是导演的重要助手之一，除了要协助导演拍摄，更要协调化妆、服装、道具组，调度群众场面，协助安排拍摄日程等。助理导演的工作内容复杂烦琐，还很容易因为疏忽而出现错误。好在祝千双并没有那么大的本事，一步到位当上真正的助理导演，乔野给她安排的职位是——助理导演候补三号。

告诉她这件事的人自称乔野的助理，是一个名叫安以柔的美女。

没把握住事情重点的祝千双若有所思地点点头："哦，那就是说除了我，还有另外两个候补的实习生是吗？"

安以柔毫不客气地翻着白眼："是的，不过他们都不在乔这一组。实习结束之后谁会留下来，是由每个组的组长综合评定的。而我想说的是，你现在清楚你的工作内容了吗？"

"大概……吧。"祝千双跟着安以柔在各个摄影棚内走了一圈，发现摄影棚和先前在学校上课时了解到的一样，但是真的身临其中，感觉又完全不一样了。电视剧中的很多场景看似是在户外或者在某栋富丽堂皇的别墅里，其实很多是在室内的摄影棚里搭建起来的。

摄影棚真是个神奇的地方！而从明天开始，自己就要在这儿工作了，还是和那个人一起。

这样的事情，自己以前连想都没有想过。

让祝千禾帮忙找实习工作的时候，祝千双以为凭借自己的实力，最多能跟个新人导演。乔野作为大boss（老板），又是知名导演，她和他最多是擦肩而过的缘分。

可是现在，自己就要一直在他的左右了。

她想得出神，没有注意迎面而来的人，就这么魂不守舍地撞了上去。

“哎哟。”因为没有看路，还顺带踩了对方一脚，祝千双惊慌失措地弯着腰连连道歉。她的头顶传来冷冷的声音，原来，她撞到的不是别人，正是乔野。

02

某人板着面孔，微微抬起下巴，俯视着她，一副盛气凌人的样子。而和乔野极为不同的是，森百里的脸上挂着灿烂的笑容。如果不是那一身过于花枝招展的装扮，他应该是个很温暖的男生吧。祝千双可惜地叹了口气，好好一棵苗子就这样毁了。

祝千双的反应让乔野很不爽，分明是她走路不看路，踩了他一脚，她现在反而像是什么都没发生一样，露出这种眼神，像是在无视他。

他沉声问道：“那么，你从安以柔那里了解自己明天要做的是什么了吗？”

啊，就是那个自从他出现之后，视线就没有从他的身上离开过的安以柔啊。安以柔刚才还一副冰山美人的样子，现在眼里透出的炙热像是恨不得将乔野吃了一样。天知道这些年他用自己的好皮相招摇撞骗，虏获了多少女生的心。

但是，他才没有外表看上去的那么好。

祝千双点点头，公式化地回答：“已经清楚了。端茶倒水拿衣备饭，哪儿需要我，我就去哪儿。”

“你！”安以柔有些慌张，急忙向乔野解释道：“乔，刚才我不是这样告诉她的……”

“没事。”乔野不怒反笑，“反正她说得也没有错。如果清楚了自己的任务，明天就好好表现吧。”

说罢，乔野转身大步离开。安以柔瞪了一眼祝千双，也跺着脚踏着高跟鞋走了。森百里还站在原地，饶有兴致地看着祝千双。

被他这样看着，祝千双总觉得心里发毛，全身不自在。

他眯着眼睛，用怀疑的目光望着她：“不对，怎么看我都觉得我见过你，像我这种对女孩儿那么敏感的人，应该记得我见过的每一个女生才对。难道……你整过容？”

“噗——”祝千双还以为自己会被看穿，没想到他会说出那么令人大跌眼镜的话。但这倒让她松了口气，祝千双抬起手，开始在脸上做出各种莫名其妙的鬼脸，什么猪鼻子、拉眼角、吐舌头。一个比一个令人惊悚的鬼脸让森百里先是一愣，很快就笑了起来。

蹂躏了自己的脸一番之后，祝千双问他：“这下，你相信我的脸上没动过刀子了吗？或许我长得不好看，但这是最真实的自己，我对自己的脸还是很满意的。”

祝千双说完，便不再理会似乎正在发呆的森百里，绕过他向外走去。

过了好一会儿，森百里才从刚才的刺激中回过神来，明明那么丑的鬼脸，竟然能够让他越看越觉得可爱。她方才的那番话，更是让他的嘴角不断上扬。有意思，没想到千禾有一个这么特别的妹妹。

现在看起来，这次的拍摄并不会像他想象中的那么无趣了。

就算是夏季，四点钟的清晨，窗外依旧是灰蒙蒙的一片。祝千双极度心理不平衡地冲到千禾的房间门口，用力地推开门，才发现里面空无一人。

“已经走了？！”和祝千双的声音同时响起的是开门声。祝千双转头一看，祝千禾耷拉着双肩，正无精打采地走进来。

祝千禾甚至连抬头的力气都没有了，低着头说道：“是刚刚才回来……我七点钟又要过去。”

最让祝千双惊讶的不是祝千禾刚刚才收工的事，而是跟在祝千禾身后走进来的森百里。森百里抬头打量了一圈之后，对祝千双露出笑脸：“嘿，要去上班了吗？刚好，我们顺路。”

最近才从大学宿舍搬出来的祝千双和祝千禾一起住了将近两个月，从来没有见到别的男性来这儿，而现在森百里竟然这么大摇大摆地走进来了。

祝千双跟着祝千禾走进房间，不满地问道：“他怎么来了？！”

“他坚持要送我回家，我干吗要拒绝？都快累死了。”祝千禾和衣倒在床上，闭着眼睛摸索着。祝千双恼火地弯下腰把掉在地上的枕头砸向祝千禾，祝千禾换了一个姿势之后继续说：“我和他做了很多年的‘姐妹’，之前是因为觉得你和他不熟才没让他上来。”

“现在也不熟——”她才不稀罕和那样的纨绔子弟熟。

祝千禾显然已经进入了梦乡，咂着嘴巴发出平静的呼吸声。刚才分明还在说话的人，现在竟然已经睡着了。

突然，门外传来森百里的声音：“千双啊，你还不走吗？已经——呃，三点四十五分了……我迟到是没什么关系啦——”

祝千双飞快地穿过他身边，直奔下楼，声音慢慢飘上来：“我在楼下等你！快下来！”

因为是室内戏，要搭建的场景不少。乔野从前一天晚上八点一直忙到现在，在办公室里等待着来接替他的森百里时，抬手捏住了自己的眉心，再低头看了看手腕上的表，已经四点零一分了。

按照惯例，百里那个家伙就算前一天玩得再疯，该开工的时候还是会准时来到片场，并很快投入工作的。

可是到现在……他的目光突然停在了窗外，有一辆红色法拉利驶来，看来是百里到了。但是很快，他看到了跟着从车里走下来的那个人。

乔野自己也没有察觉到，他的瞳孔在那个女生下来的那一刻骤然缩紧了。再一次通过手表确认了时间之后，乔野从椅子上站起来，走了出去。

果然，即使天色依旧昏暗，他还是能猜到和百里一起来的那个人，就是祝千双。

他斜靠在摄影棚大门旁边的墙壁上，等到祝千双和森百里走近的时候，扶了扶鼻梁上的深蓝色镜框说："来得还真早，之前还信誓旦旦地跟我说一定会准时到。"他看似是在对百里说，但视线一直牢牢地锁在祝千双的身上。

森百里不是没有眼力见儿的人，知道他所指之人不是自己，答也不是，不答也不是，只好双手合十装可爱："亲爱的，你大人有大量，原谅人家一次嘛！"

故意装成女声的森百里说完，甚至跑到了乔野的身边，双手拉住乔野的一条胳膊，看得祝千双鸡皮疙瘩掉了一地。

这时，突然走出来的工作人员看到这一幕，似乎也被吓到了，顿了一会儿，反应过来之后才颤颤巍巍地说："森导……演员什么的都就位了……你要不要现在……"

03

负责通知的这个女生显然也是初来公司，对于乔野和森百里两个大boss之间的感情，只有耳闻没有亲眼见过，如今真的看到了，一时半会儿有点儿难以平复心情。

他们两个的八卦故事估计早就传得满城皆知了，如果不是已经知道乔野不是单身，她看到那一幕时，几乎要真的相信了。

"好。"森百里点点头，知道自己似乎玩过火了，便松开乔野的胳膊，忽略乔野想要杀死自己的眼神，浅浅一笑："你去休息吧，下面交给我就可以了。”

虽然昨天晚上出去跟美女在酒吧里小酌了一下，但森百里还是在两点左右回公司重新读了几遍剧本。剩下的时间已经不够他睡觉了，他就一个人在片场到处乱晃，恰好看到要回家的祝千禾，便将她送了回去。

可乔野站着不动，看着祝千双说：“不，我打算继续关注一下拍摄进程。”

不知道为什么，他这副平淡无奇的口吻让祝千双背后发凉，她先是缩了缩脖子，但是很快就挺直了自己的腰板正视他。今天才第一天呢，她没什么好怕的！

与其说乔野是要关注拍摄进程，不如说是故意留下来找碴儿。现场并不是没有助理导演，甚至不止一位，但是乔野偏偏谁都不喊，专门喊她一个。

“候补三号，女主角坐的椅子的垫背歪了，去摆正。”一个镜头结束之后，乔野大声喊道。

祝千双只能屁颠屁颠地跑过去，摆正那个根本看不出歪了的垫背。

没过多久，主角还在补妆的空当，乔野又喊了起来：“候补三号，椅子不够多，去道具房里再搬两张来。”

道具房她昨天去过，知道地方，但是摄影棚很大，她找到道具房还是花了一定的时间。剧中用的椅子看起来很华丽，全是用红漆木做的，拿起来非常沉，等到祝千双呼哧呼哧、连拖带拽地将椅子搬到片场的时候，刚才在拍摄的那个镜头已经过了。

乔野坐在摄像机旁边，和森百里低声讨论着什么。看到傻站在一边的祝千双，乔野还是若无其事的样子，就像他从来没有喊她去搬椅子一样。紧接着，他又说：“候补三号，女主角下个场景的衣服还没送来，快去问问服装组的负责人是怎么回事。”

骂人的话已经在唇边了，可是想到他那张因得逞而带着满足的微笑的脸，祝千双还是把那个词吞了下去，转身走了。

乔野看着女生的背影，有些发怔，身边的森百里拿剧本在他面前晃了晃："嘿，我说你是不是做得过分了点儿？"

"是吗？"乔野完全不觉得，"这只不过是迟到的一点儿惩罚而已。让她记住以后不要再迟到。"

"这么对一个淑女可不是绅士的行为。"森百里叹了口气。

乔野不在意地说："前提是，她得是一个淑女。"

"在你的世界里，只有郁薇才是淑女吧。"森百里用手捂着嘴打哈欠，调整了一下状态之后，高声喊起来，"下一场，准备！"

听到"郁薇"之后，乔野就一直很沉默。不管是长相、气质还是谈吐，郁薇都是不折不扣的淑女，当然，更重要的是，她是自己交往了将近十年的恋人，他们从小一起长大，是青梅竹马。

算算日子，她已经离开有一段日子了。

祝千双在心里咆哮。

在学校的时候她就听闻过新人在片场可能会遇到的各种虐待行径。这世上刁钻的人多了，更何况乔野还是个赫赫有名的导演，要捏死她甚至都不需要亲自动手。她要想继续在这一行混下去，除了忍，没有别的办法。

在服装组的姐姐急急忙忙地把衣服送过来之后，大家很快各就各位，开始拍摄。乔野戴着眼镜，脸对着屏幕，严肃而专注。就连一直给人嘻嘻哈哈、大大咧咧的印象的森百里也微蹙着眉，认真地观察着演员的每一个动作，聆听着每一句台词。

意识到自己竟然情不自禁地打量起乔野，祝千双立刻从片场跑了出去，坐在三楼休息室内靠窗的椅子上喝着刚才冲好的咖啡来提神。想到自己的革命道路尚且遥远，祝千双不由得有些后悔自己为什么明明知道他在这儿，还是拜托了老姐，来这儿实习。

她心里清楚，就算再见面，他也不会认出她。在这将近十年的时光里，她的变化不止一点点。她曾经自卑得如同被埋在土里，是他鼓励她抬起头，让她可以和大家共同享受阳光。

但那些美好的事，其实都是假象。

从窗外折射进来的阳光温度正好，却让她有一种被灼伤的错觉。祝千双疲惫地抬起手挡在自己的脸前，阳光依旧从指缝间穿了过来。

谁都没有办法逃避阳光。

而乔野对于她，曾经是光一般的存在。

脖子上忽然一阵冰凉，祝千双浑身一激灵，回过头便瞧见正放下手、带着恶作剧得逞般的笑的祝千禾。祝千禾说："偷懒啊，妹子。"

"才没有，只是暂时没有任务给我，我没事就出来坐坐。"休息室的墙上挂着钟，上面恰好指着七点，祝千双不由得感叹，"真准时。"

"一直如此。"祝千禾在她对面的椅子上坐下，"不过我想劝你的是，只要想想自己的身份，你就不会在这儿那么悠闲地坐着了。和你一起来公司的另外几个实习生几乎没有闲下来的时候，不是总有人给他们布置任务，而是他们知道想要在这个公司里存活下来，不是完成被分配的任务那么简单的事。我这样说，你明白了？"

"总是狗腿似的看别人的脸色很辛苦。"祝千双抱怨道。她想到那些人即使面对在心里诅咒了无数次的人时，还是得带着伪善的笑脸，就觉得一阵恶寒。

"那就让自己强大到不需要依靠别人就能站稳脚跟的地步。"祝千禾浅呷一口冰镇的咖啡。冰凉的液体让她因为睡眠不足而沉重的身体轻松了一些。她继续补充道："乔野就是这样的人。虽然曾经经历了很长一段困难的时期，但他最终还是做到了，不依靠任何人，不看别人的脸色，走到了今天这一步。你能想象吗？那时候乔野和森百里挤在一个单人房里，没有空调、没有电扇，度过了一整个夏天。在那样的环境下，他也没有找家里要一分钱。所以他一直对‘走后门’的人很排斥，起初有些针对你的话，你也不要太在意，他只是希望你能学到更多。”

祝千双有些震惊。她以为自己已经够了解他了，看了他的每一部电影，了解他的每一条动态，知道他发生了什么样的事，可那些都是通过网络和报刊得来的消息。她不曾真的了解他。

心里的柔软持续了不到半分钟，另一种更加强烈的情绪很快就控制了她的脑子：乔野多厉害，曾经遇到怎样的困难，关她什么事？！她想要知道他的信息，不过是因为讨厌他！对待敌人，知己知彼，才能百战百胜，才能找到他的软肋，杀他个片甲不留！他会替她着想？她更愿意相信他会替隔壁房的老奶奶的小外孙着想！

让他去和森百里挤单人房吧，最好还有老鼠、蟑螂、蜘蛛在他的身上爬来爬去！

祝千双在脑中幻想着乔野穿着破烂的衣服，端着破碗，一副乞丐的样子，心满意足地仰头大笑三声。

被她的笑声弄得浑身不舒服的祝千禾站起来，走之前叮嘱道："等一下多冲几杯咖啡，现在所有的工作人员估计都已经困了，你这时候送上冰爽的咖啡是最合适的。尤其是导演，记得一定要送啊。”

祝千双还沉醉在自己想象的画面中，抬手做了一个“OK（好的）”的手势。

祝千双大概记得里面的工作人员和演员的人数，反正休息室里的咖啡可以免费拿，祝千双卖力地冲好咖啡之后端了进去，恰好赶上大家休息。

祝千双给身边经过的工作人员每人都递上一杯咖啡，对方果然带着惊喜和感谢的表情接了过去。对方通常会说句“谢谢”，祝千双就接着应和“别客气，大家都辛苦了”，还附赠一个灿烂的笑容。

在封闭的摄影棚内连续拍摄了那么久，大家早已疲惫不堪，喝到冰凉的咖啡后顿觉十分舒畅，再加上看到了祝千双明朗的笑容，顿时被她感染了，重新充满了干劲。

森百里紧紧地盯着那个总是穿简单的T恤和休闲长裤的女孩儿，她进入片场之后就把头发扎成马尾，戴上了眼镜，对每一件事都全神贯注。他朝身边的人看了一眼，才发现乔野也在看着她，不由得说道："你不得不承认，她还是挺特别的。"

"每个来这儿的新人都会讨好别人。"乔野并没有附和森百里的打算。

他见祝千双正向他们走近，暗暗地勾起了嘴角。即使他先前对她那么差，现在她还不是一样要来巴结他？想到这儿，乔野觉得心情有些不错，至少比刚才不得不面对镜头里那个面孔僵硬的女主角时要好得多。

很快，祝千双走到了他们的身边，端起餐盘中的一个纸杯，递到了森百里的面前，笑得像一朵看到太阳的向日葵，甜甜地说道："森导，谢谢今早的便车。您辛苦了，喝杯咖啡放松一下吧。"

森百里接过咖啡之后不停摆手："不要那么见外，我和千禾可是多年的好'姐妹'，她的妹妹就是我的妹妹，你喊我百里就可以了。"

"那以后就多多指教了。如果没有什么事，我就先过去了，刚才那个女演员好像在找人帮她打理服装。"

04

从头到尾，祝千双的视线都没有落到乔野的身上，而且，她还很敷衍地说："乔导演，您没什么吩咐的话，我先过去了。"

"喀喀。"乔野看到盘子里还有一杯咖啡，可她丝毫没有要拿给他的意思。全场每个人她都送了咖啡，唯独没有给他。先不说他想不想喝咖啡，她这明显是在给他难堪。

祝千双一只手捂着嘴，假笑了两声之后，拿起了那杯咖啡说道：“乔导演好像嗓子不怎么好，也是，工作那么辛苦，一直在指导演员，要多喝水啊。”说完，祝千双就仰头把那杯咖啡喝了一大口，继续说，“我得先走了哦！”

想起乔野如同吃下了一口盐巴的表情，祝千双就觉得舒心，干起活来也更加有干劲，就连在给女主角林妙语按摩的时候都忍不住嘿嘿嘿地笑出声来。

结果林妙语不满地怒视着她道：“有什么好笑的？！是不是我的头发上有什么东西让你觉得我很可笑？”

“当然不是……”除了被她身上的香水味熏得头昏脑涨外，祝千双对她并没有什么不满的地方。可是祝千双又不能和她说，让自己发笑的是乔野，于是只好收敛了笑容，加大了手上的力度。

“哎哟！疼啊！你是牛吗？！”林妙语尖叫起来，指着祝千双的鼻子骂道，“看着点儿按！一个女生力气大得吓人，到底会不会按摩啊！你是猪吗？用那么大的力，到底有没有脑子？！”

我当然不会按摩啊，我是来学习当导演的啊，大姐。祝千双内心忍不住吐槽，表面上却低着头连连道歉。可林妙语的声音还是传遍了全场，就连坐在一边研读剧本的乔野和森百里都抬起头望了过去。

林妙语是赞助商指定的模特，除了那一张不错的脸和好身材可以去撑撑台面，说到演技，还真的一点儿都没有。拍摄进行得那么紧张，就是因为她演得太假。可是她毕竟后台硬，大多数人敢怒不敢言。

森百里下意识地要站起来，手臂却被拉住了，他回过头有些不解地看着阻止他的乔野。乔野脸上那副淡然的表情让他有些生气：“乔，如果是因为刚才的事情想报复千双，你就太不是男人了。”

乔野不怒反问道："你觉得你现在帮了她，她就没事了吗？你清楚林妙语的背景。帮得了一次，帮不了永远，这些事是她必须经历的，我们不该插手。"

虽然还是不服气，但是森百里没找到合适的理由反驳，只好气馁地重新坐下，眼睁睁地看着祝千双被林妙语臭骂了一顿。

乔野看着森百里愤怒的表情，狐疑地眯起了眼睛："你以前没有那么冲动的，难不成你对她有意思？"

森百里像是被踩到了尾巴，激动地摇着头："她是千禾的妹妹……"

"哦……"乔野浅浅一笑，但是这拖长了的尾音体现出他并不相信森白里的说法，然后两人便陷入沉默。

这让森百里有些恼火，他只能再次拿起剧本让自己平静下来。而一直在被林妙语怒骂的祝千双，抬起头看到了乔野的表情。即使距离有些远，她依旧看得出他在笑。

看到自己被别人教训了，他反而在笑。为了掩盖心中的失落，她恶狠狠地想着，他当然应该笑了！他应该巴不得看到自己出糗的样子才对，就如同十年前的那一天一样！

拍摄一直持续到第二天深夜。第一次上班工作强度就这么大，收工之后的祝千双像一摊烂泥一样，瘫在大厅的沙发上。如果可以，她还真想躺在这儿睡一觉，不过恰好有电话打来，来电的是文靖汀。

"阿靖！"在难受的时候接到好友的电话最令人感动了，祝千双几乎快要哭出来了，说，"我想辞职了，我想辞职了！"

"这不是才第一天上班吗……"电话那端的人显然很无奈，但是很快又兴奋地问，"怎么样，看见乔野和森百里了没有？和传说中的一样帅吗？啊啊啊，我一直想要签名来着。还有，你在摄影棚里应该见到了不少明星吧？听说下个月你们公司新筹拍的电影凌一要加入，你要是能帮我要到签名我就死而无憾了……"

祝千双本以为文靖汀是特地来关心自己的，结果听了她一连串话之后才知道，她根本就是来打听八卦的，祝千双不满地道："我要挂电话了。"

"不要！"文靖汀一阵哀号，"我只是真的很羡慕你嘛。你可以进那么好的公司，还能和传说中的乔野一起工作。作为四年的同窗，我想要知道一点儿八卦的心愿你都不能满足吗？"

文靖汀是祝千双的大学同学，不过跟祝千双的专业不同。她向家人借了资金，正办着自己的影视杂志，杂志的销量日渐上升，她也算小有名气了。只是文靖汀立志要当一名优秀的编剧，想写出好的剧本，让好朋友祝千双拍成电影。

"好啦好啦。"祝千双妥协了，努力回忆着今天知道的八卦，但是公司里的摄影棚并不算大，在这儿拍摄的剧组并不多，所以自己见到的明星只有林妙语，"你知道林妙语吗？"

"当然知道！微博上她那组性感写真的转发量破万啊——怎么？你见到她了？！"

受不了文靖汀这么大惊小怪，祝千双把手机拉到稍远的位置，慢慢说道："我听服装组的姐姐说林妙语有狐臭，所以要在身上喷很浓的香水，但林妙语穿过的衣服还是沾上了味道，所以负责服装的那个姐姐真的很难过。"

"什么——"文靖汀果然尖叫了起来，半分钟之后才有气无力地说，"我好像听到了幻想破灭的声音，'宅男女神'竟然有狐臭。"

本来祝千双也不敢相信，不过经过服装组的姐姐的提示之后，帮林妙语按摩的时候，她确实在不经意间嗅到了什么味道。尤其是祝千双后来带林妙语去试衣间换装，帮她拿换下来的衣服时，味道就更加明显了。

"哈哈——我心里总算平衡了一点儿。"从震惊中恢复过来的文靖汀幸灾乐祸地笑着道，"怎么样，还有吗？还有吗？"

“有啊，那个……”还没等祝千双说出来，她身后就传来熟悉的咳嗽声。她回过头，果然看到了乔野那张万年不变的冰山脸。祝千双赶紧对着手机说了句“下次聊”，随后挂断了电话，小心翼翼地低声说了句：“乔导演好……”

“你难道没有从安以柔或者是你姐姐那里听说，不管在摄影棚里看到了什么，作为本公司的工作人员都不能将所见所闻告诉任何人吗？”

“好像听过……”祝千双的声音更小了。

“听过的话就好好地保存进你的脑袋里，以后不要再犯错！”乔野不客气地厉声说道。可是看到女生的嘴巴噘起来，露出一副委屈的模样时，他有一种自己似乎说得太过分的感觉，态度不经意地缓和了：“等一下坐我的车，我送你回去。”

“咦？”被这么善变的乔野吓到的祝千双简直不敢相信自己的耳朵，他一下子是恶魔，一下子又是天使，令她十分不解。

被她这么一盯，乔野反倒有些不好意思起来，故作镇定地轻咳了两声：“我和千禾也是多年的朋友了，她的妹妹我应该多关照一点儿。”

“不用了。”祝千双很快头脑清醒地拒绝了，她在心里努力地告诉自己不要再相信他伪善的面孔，因此语气坚定地说，“本来我就是靠着姐姐的关系进公司的，如果被别人看到和您走在一起，就更会遭人鄙视了。我要证明，即便没有这层关系，凭我的实力也足以进入这儿。”

乔野被面前的女生散发出来的气场震撼到，但是很快就恢复成平常的样子，眉毛微微上扬，意味深长地说道：“那我就拭目以待了。”

第三场 候补三号

梦境里，又是那一天。

她在教室的后门处推开了门，看到了学长温柔的笑脸，学长微微张开口，然后吼道："候补三号！下一场要用的道具呢？"

然后祝千双一下子弹了起来，四处张望着寻找乔野到底在哪儿，看到他正坐在远处聚精会神地盯着屏幕后，便拉着经过身边的道具组的一个女生问道："刚才乔导是不是喊我了？"

道具组的小妹摇摇头："没有啊。"祝千双松了口气，正想道谢，女生想了想说："挺早之前就喊过了，只是你没回应，他就找别人了——"

啊啊啊！她要死了！祝千双绝望地放开女生的手，捂着脸坐了回去。就这么一会儿，她竟然在长椅上睡着了，甚至没有听到乔野的召唤！啊不，她听到了，只是以为那是个单纯的梦而已……

自从第一天开始工作以来，这样的工作强度已经持续了将近半个月，她每天回家倒在床上睡觉时，都觉得自己好像再也醒不过来了。

她也总算明白祝千禾为什么早出晚归，经常连续几天见不到人了。这份工作根本就没有生物钟这个概念，想到这儿，她先前的担忧已经少了一半，这只能怪自己的上司没人性，是个彻头彻尾的冷血无情的人。

祝千双紧张地看着远处的乔野，见他一副丝毫没有注意到她的样子，于是撇撇嘴，跟着大伙儿继续忙碌去了。

倒是一直站在乔野旁边的安以柔，自从被乔野叫过去后，就一直像个陀螺一样忙碌地转来转去。好不容易忙完了，安以柔才知道，因为本应该做这些的候补三号竟然在椅子上睡着了，所以乔野才会让她一个文秘助手来做这些杂活。

祝千双醒了之后，安以柔没看出乔野有教训祝千双的打算，便故意在乔野的耳边说："那个叫什么祝千双的也真是的，刚才睡着了不说，现在醒了就只会瞎跑，也不去了解一下有什么任务！说不定等会儿又到别的地方去偷懒了！"

许久，安以柔都没有从自家boss那里得到任何回应，正准备继续说，乔野却举起食指放在唇边，冷声道："要么闭嘴，要么出去。下次来片场不要穿高跟鞋，很吵。"

此言一出，安以柔只好老老实实地闭上了嘴巴。她不能直接大声地发泄出来，只能一个人腹诽。可是让安以柔没想到的是，自己已经尽量不发出声音了，乔野还是说："你还是出去吧，你站在这儿就已经影响到我了。"

安以柔愤愤地一甩头，踏着高跟鞋走了出去。

祝千双正在想办法，让乔野不要因为自己偷懒而借机找碴儿，恰好隔壁搭建的屋子要拆掉，一大堆桌椅板凳没人去搬，她便屁颠屁颠地跑过去了。结果，她刚抬起一张桌子就后悔了，因为这个屋子的布景表现的是女主角的幼年年代，家里的家具是比较老旧的类型，不光体积大，还很沉。她试着抬了一下，根本就搬不起来，连拖都拖不动。别的工作人员合力搬走了另外一张，单独剩余她一个人。

恰好此时安以柔又回来了，换上了一双淑女款的碎花平底鞋，带着一脸的花痴相坐回了乔野的身边。她神采飞扬地和乔野说着什么，乔野听罢，就向祝千双的方向看了过来。

该死，她又在告状！祝千双低下头专心想着怎么能让自己看起来像是在工作，而不是在偷懒。

但等祝千双小心翼翼地再次抬头的时候，安以柔竟然面带怒色地走到了她的面前。

“嗯？”见安以柔一言不发地站在她面前瞪着她，祝千双小声问道。

“我们一起搬这张小一点儿的吧。”安以柔开口道。

桌子旁边还有一张四角桌，体积小一些，祝千双不在状态地反问道：“啊？”

“就是说……”安以柔咬牙切齿地说，“我和你……搬这个。乔导吩咐我来帮你的忙。”

“哦哦哦。”祝千双不满地噘噘嘴，乔野居然派人来监视她！心理活动归心理活动，手上还是得照着做，于是祝千双便站在和安以柔相对的地方，说：“来吧。一、二、三！”

这桌子看起来不算大，但是依然很沉。她有些抬不稳，想着像安以柔那样的弱女子更加不好受，结果看过去的时候，才发现安以柔压根儿就没用什么力，几乎是把桌子拖在地上走的。

从这间屋子下来有一个台阶，因为祝千双是倒着走的，所以只能背对着下台阶。她向后慢慢地退了一步，因为倾斜，桌子的重力更加往她的方向压了过来。可是如果两个人用力均衡一些的话，应该是没问题的。

就在她准备把另外那只脚也退下来时，桌子突然像是加重了许多，整个向她压了下来。她再也承受不住地松开手，桌子便向她砸了过来。

“啊啊啊——”有人看到这一幕，立刻尖叫起来。

乔野从屏幕前回过头，便看到祝千双倒在地上，露出痛苦的表情，而身上压着一张沉重的桌子。他迅速站起来，跑了过去，厉声对周围只会尖叫的女生道：“让开！”

乔野弯腰将那张桌子搬开，一只手从祝千双的脖子下穿过，将她抱了起来。此时的祝千双已经疼得满头大汗，小脸都扭曲在一起，眼角带着泪。

他的脑子里出现了短暂的空白，但身体还是自发地做出了反应，抱着她向公司的休息室跑去。

拍摄现场难免会有一些意外发生，公司的员工休息室内专门隔出了一间，用于处理这种因突发事件造成的外伤，里面有必备药品。

二人出了摄影棚，电梯还没下来，但他等不及了，便朝楼梯的方向冲，恰好遇到了经过这儿的祝千禾。

祝千禾看到这一幕，不由得瞪大眼睛跑了过来，忙喊：“千双怎么了？肚子又痛了？”

乔野忍住想要发脾气的心情，简短地交代道：“让陈医生来一下，马上！”

陈医生是乔野的私人医生，就住在公司附近，喊陈医生是最方便的。祝千禾这才意识到事情的严重性，赶紧掏出手机打电话。

乔野抱着祝千双从楼梯一路向上爬，爬了六层楼，在他们到了员工休息室的那一层时，乔野已经累得满头大汗了。乔野将祝千双放在休息室里的床上后，手臂仍不住地颤抖着。

祝千双还在哭，而且差不多是号啕大哭，眼泪鼻涕一直在流。

“你到底哪儿疼？告诉我，我看看伤得怎么样了。”乔野轻声说道。如果她身上的是大伤口的话，陈医生来了也没用，得赶紧去医院。

祝千双听罢，慢悠悠地抬起一只手，指了指自己的脚。

“脚？”乔野皱起眉头，伸手想要去脱掉她的鞋子。

可是他刚碰到她的脚，祝千双就叫起来：“你轻点儿！”

“好、好、好——”乔野小心翼翼地解她帆布鞋的鞋带时，有些想要自嘲地苦笑。她平时看起来就像个小孩儿，居然连性格也那么小孩子气。而最讽刺的是，他竟然会耐着性子哄她。

将她的鞋子和袜子都脱下来后，乔野轻轻地托起她的脚看了看，发现她小脚趾的指甲盖翻了起来，脚趾处流了点儿血，脚背上有一片瘀青，除此之外，脚上没有别的伤了。

他转头看了看哭声总算小下来的祝千双，不禁问道：“除了这儿，还有哪儿疼？”

“就是脚——”她抽泣着道。

乔野从柜子里翻出了碘酒和药酒，把她的脚放在自己的膝盖上，用棉签蘸了点儿碘酒，擦在她受伤的小脚趾上。

祝千双疼得倒吸了一口凉气。乔野看她使劲地闭着眼的神情，想了想，低下头对着她的伤处轻轻地吹了几下。

祝千双很快觉得没那么疼了，而直到彻底不疼了，她才意识到——

乔、野、在、帮、她、上、药！

而且，乔野还握着她的脚！

她竟然接受了敌人的帮助！

她一惊，快速抽回了自己的脚，因为动作太猛，又碰撞到了伤口处，她不禁皱着脸，又快哭出来了。

乔野握住她的脚踝，沉声道：“不要乱动，不然又会痛。”

可是祝千双宁死不屈，再次用力地收回脚。乔野不放，再拉。两个人你拉我扯，都不愿意认输。而祝千禾和森百里进来时，正好看到了这个诡异的画面——

乔野面无表情地拉着祝千双的脚，而祝千双面露贞洁烈女般的表情，不服输地挣扎扭动着。

“你们在干什么？”森百里无法解读面前的画面，问完之后，转头看向身边的祝千禾。而祝千禾也没看懂，只能耸了耸肩，摊开双手。

祝千双也意识到此刻的微妙，悄悄拉过了身边的毯子，默默地盖住了自己的头。

陈医生并没有多大，三十岁左右，戴着一副黑框眼镜，头发稍长，笑起来的时候看着很温柔。

祝千双很难想象他拿着手术刀，一脸严肃地做手术时的情景，脑子里全是他端着一杯咖啡，坐在午后的阳光照射下的床边，捧一本书细细地阅读的画面。

大概是学影视专业学出毛病了，有时候祝千禾看到一个人，就会忍不住想要刻画出最适合他的场景。

她摇摇头，让自己回过神。

陈医生帮她包扎好，拿了几粒药给她，接着嘱咐祝千禾怎么帮她按摩会好得快一些。

祝千禾听罢，点点头，对着陈医生不停地道谢，随后走过来扶起祝千双：“走，我先送你回去。”

两人走到休息室门口，竟然看到了乔野。乔野双手环抱，靠着墙壁，似乎在等她们。

“乔？你还没走？”祝千禾有些奇怪，他平时动不动就整她妹妹，现在竟然一直待在这儿。

乔野没有回答她的问题，而是随意地扫视了她们两人一眼，自顾自地说道：“走吧，我送你们回去。”

祝千双刚想拒绝，就听到森百里说："不用、不用，你还是赶紧回去工作吧。我刚好要去千禾家吃饭，我送她们回去就可以了。"

乔野闭着嘴巴不说话，但看样子应该是被说服了。

果然，他沉思片刻，点头道："那好，麻烦你了。"

"哎呀，好讨厌！乔，你竟然跟人家那么客气！"森百里做出娇羞状，结果抬头后才发现自己面前的人都不在了。乔野已经走到走廊的那端，祝千禾拖着祝千双奋力地向前走着。森百里好笑地看着她们两个的样子，快步追了上去，嘴里叫嚷道："千禾、千双，等等人家啦。"

在享受着恶心她们的乐趣的同时，他回过头看了一眼乔野的背影，若有所思。

第四场 另一个我

01

乔野给祝千双批了五天假。

其实除了脚指甲被整个掀掉有些血腥外，她脚上的伤并不算严重。再加上祝千禾每天给她按摩三次，伤口处虽然还会隐隐作痛，但她第三天时已经可以正常行走了。

好在祝千禾负责的电视剧已经杀青，后期的工作还在计划中。平时不管多忙，祝千禾都会想办法抽出时间赶回来，森百里听说之后，自告奋勇地要当她的司机。这样一来，祝千禾能轻松不少，自然不会拒绝。

祝千双看着他怡然自得地躺在她家的布艺沙发上剥着橘子皮，双脚搭在茶几上，一副完全没把自己当外人的样子，不由得问道："百里前辈，你不用上班？每次都是你送千禾回来……"

"当然要啦。"森百里见祝千双慢悠悠地从房间里走出来，赶紧起身扶她坐到沙发上，而后将一个橘子分成两半，把其中一份递给祝千双，“不过最近摄影棚里的戏份一直在延后，外景的部分，布景之类的差不多了，还要等演员到位，所以我暂时没啥事了。”

“哦。”祝千双点点头。最近一直传出女主角林妙语和导演乔野在片场闹不和的新闻，祝千双知道内幕，清楚这次的新闻不是凭空捏造的。

她的微博下涌现出大量的留言，就连阿靖都打电话问了她好几次，但现在还不是她出手的时候。

落井下石固然爽快，但是她没必要在这个时候插一脚。

她自己想得出神，收起思绪时才意识到自己失态了。她立刻转过头去看森百里，却发现他正盯着自己。

“怎么了？”被一个花心大少这样盯着还真不是件好事，祝千双抬手遮住自己的半边脸颊。

“没什么。”森百里勾起嘴角，露出一个邪魅的笑容，妖艳的桃花眼看得祝千双心头一颤。他似乎很满意自己的秋波成功地撩拨了一个女生的心，继续道：“千双，不要再喊我前辈，就喊我百里。”

“什么？”祝千双皱眉，心里想着他大概是会错意了，她早就下定决心不会让自己沦为他光辉情史上的一笔，刚才会慌乱不过是因为她实在害怕他对自己乱释放荷尔蒙。她是真心想和他当朋友，即使他曾经对她做过那样的事情。

祝千双严肃地说：“那怎么行？你不光是我的上司，还是我姐的同学。”

“少来恶心我。”祝千禾不知道什么时候出来了，拿着药在祝千双旁边坐了下来。祝千双赶紧把脚抬起来搭在姐姐的腿上，怎料祝千禾刚在祝千双的脚上抹上药，祝千禾的电话铃声就响了起来。

祝千禾接到电话之后脸色大变，气急败坏地站了起来，冲进房间破口大骂。祝千禾再出来的时候已经拿好了包包，对森百里说：“你帮我妹妹按摩一下吧，刚才剪辑师说有一个带子里是空白的，之前检查的时候没一个人发现！现在黄荧都出国拍片了，让我怎么补那一段回来？！那个导演真是个废物！”

祝千禾嘭地把门给关上了，高跟鞋在楼梯上发出噔噔噔的响声，足以看出她此刻有多愤怒。

室内顿时安静了，祝千双看着悠闲的森百里，没好气地拍了拍他：“你不该送我姐去吗？”

森百里摇头，弯腰把祝千双的脚抬起来放到自己的膝盖上：“千禾给我的任务是帮你按摩，我当然要乖乖地执行。而且，我的最终目的是……”

后面的话森百里说得极为小声，祝千双的脚被他握在手里，随着他的按摩传来了微微的胀痛感，她无暇顾及他最后到底说了什么。

起初祝千双不好意思，毕竟森百里是公司的副总经理，怎么说也是“二把手”，是自己拍马屁都来不及的大人物。可是当她看到森百里低头认真专注的模样时，就没再说什么了，只是看着他的脸出神。

一开始重逢时，她也没有认出他来。但是渐渐地，她想起了他那天做了让自己变得那么难堪的事，就是因为那件事，她才会变成现在这样。但奇怪的是，即使她发现了仇人，这份愤怒依然没有持续多久。

而现在，她甚至有些感谢他。

“那天你哭得真厉害啊，就连乔野都被吓到了。话说，真的有那么疼吗？”本来一言不发地按摩脚部的森百里大概是注意到了女生的视线，抬起头来笑着问她。

可是祝千双不答反问道：“那百里前辈呢，有没有经历过……让你大哭的事情呢？”

森百里怔了一下，像是陷入了无尽的回忆，带着不确定的语气说道：“曾经有过……但是后来我知道，让我哭的人受到的伤害其实比我还大，是我太不懂事了。”

祝千双忽然哑然，就像以前受了委屈，总算听到有人说了一句“对不起”。虽然伤害不会消失，但是她好像被安慰了。

“我会试着不加‘前辈’两个字的。”祝千双笑了起来，“百里。”

其实就连祝千双也觉得不可思议，自己对乔野恨之入骨，但轻易地原谅了森百里。

她想想，果然还是因为乔野的行为实在是太让自己失望了。

在他身后的万丈光芒消失的那一刻，她就决定了，再也不会原谅他。

抱有的期望越高，在认清现实时，人们收获的失望就会越大吧！

脚马上痊愈了，祝千双哀叹着自己又要回剧组做牛做马了。整整五天，那个人连一句问候都没有。

她从门口的鞋柜里翻出帆布鞋，随意地穿在脚上。她今天早上又起晚了，现在只能等上了出租车后再提起鞋跟来了。她的头发乱糟糟的，她把梳子、爽肤水之类的东西胡乱地塞进包包里，甩上门就朝楼下冲。

手忙脚乱的直接后果就是，她在下最后三级台阶时，踩到了脱落的鞋带，失去重心，直接向前扑了过去。

“啊——”

她因为紧张而闭上了眼睛，可是并没有感受到自己想象的撞击地面的疼痛感。在她的身体呈九十度角倾斜着倒下去时，一双有力的手臂揽住了她。大概因为冲击得过猛了，救下她的人也向后退了几步，然后摔了下去。

祝千双再睁开眼睛时，乔野正一身狼狈地坐在地上，蓝色的牛仔裤上布满了灰尘，白色的T恤上也沾到了尘土。他依然用双手紧紧地抱住她，眉头紧皱，盯着她的脸。

“乔野……”她喃喃地喊着他的名字，竟然有些失神。

他不自然地轻声道：“怎么这么笨手笨脚的？你伤好了吗？就这样乱跑乱跳。”

“我只是、只是没有穿好鞋，因为、因为要迟到了……”祝千双想着理由，心虚地低下了头。

不对！我干吗要心虚啊？而且他竟然还抱着我！他分明就是明目张胆地吃豆腐！祝千双愤愤地抬起头，先前的慌乱变成了疏远，她一把推开他，自己爬了起来。

乔野先是一愣，也跟着爬起来，拍着身上的灰尘。他心里有些不悦，见女生脸上那副爱理不理的神情又出现了，不由得说道：“难不成想再摔一跤，然后继续放假？”

“我又不是故意的！”祝千双不满地撇嘴，“我是个既怕痛又胆小如鼠的人，怎么可能用这种方式来偷懒？”

“也是。”乔野挑眉，不自觉地笑了，“你那天竟然会哭成那样，确实很怕痛。”

祝千双不再说话。被他抓住了把柄是她失误了，她怪不了别人，干脆老老实实地闭嘴，懒得再和他争论。

“走吧，快迟到了不是吗？”乔野掸掉了衣服上的脏东西，准备走向自己的车，却发现祝千双依旧呆呆地站在原地。

02

这是幻听吗？

“坐我的车去。”

“啊？”这果然是幻听啊……

“我是说，我顺道过来接你去摄影棚。”

“咦？”这真的是幻听……

可是乔野已经拉开了车门，正站在车门口和她大眼瞪小眼。看到她一副反应不过来的样子，他干脆走了过去，拉起了祝千双的胳膊，拖着她走到了车旁。

“坐进去啊！”乔野无奈了，又提声说道。祝千双这才慢悠悠地坐进了车里。

乔野帮她关上车门，又绕到另外一边开门上车。祝千双一坐下就觉得有些不对劲，伸手一摸，原来自己坐到了一部手机。

屏幕恰好被按亮了，祝千双本来没打算看，但屏幕上恰好是发信息的界面，收信人正是她自己。

“这段时间在家休息得怎么样了……等一下我去……”话在这儿就终止了。

这时乔野坐了进来，看到了她手上的手机之后脸色大变，飞快伸手将手机抢了回去，然后板着脸将手机塞进了自己的口袋，故作镇定地发动车子，打着方向盘。

“导演，你要给我发信息？”他此刻尴尬的模样实在让祝千双有些忍俊不禁。一直以冷静、镇定自若著称的乔野大导演现在像个被抓到偷吃零食的小孩儿，不知该如何是好。

“没有。”

“可是我明明……”

“那是你看错了。”他死鸭子嘴硬，恶狠狠地说道。

祝千双点点头，带着调侃的语气，将尾音拖长：“哦——”

两个人没再讲话，车里十分安静，祝千双时不时偷瞄他的侧脸，却突然顿住。

这好像还是她第一次见到他如此不知所措，提高了音量想要掩饰自己慌乱的样子。

每次只要她向他靠近，就会发现他更多的特点。她渐渐了解了他的许多不完美之处，知道他不再是记忆中那个总是被当作少女漫画男主角的乔野学长，而是一个偶尔会发脾气、闹情绪，为了拿到投资而选择不合适的演员的人。他这般市侩，冷嘲热讽的能力一等一，几近变态地公报私仇，总是支使她去做一大堆乱七八糟的事情，但是似乎这些她以前从来不曾了解过的缺点，造就了乔野的另外一种“完美”。

真是神奇啊，自己从未想过能与他如此靠近。

她想让自己更了解他，可是她必须得清醒点儿！

祝千双用手捏紧了自己的衣角，告诉自己，她和他永远只能是两个对立面。

因为刚刚复工，很多事务要重新了解进度，她接手起来很吃力。而且，拍摄因为女主角的演技问题一直进行得很缓慢。好在虽然大家很辛苦，但室内场景的拍摄眼看着就要结束了。只是，主角们早就应该开拍的外景部分却迟迟没有开始，森百里只得带着配角先去拍摄后面的部分。

摄影棚内的紧张气氛持续了几天，最终还是以女主角林妙语受不了乔野的批评当场痛哭而告终，现场气氛一度到达冰点。

媒体全方位地曝光了这个消息，大批记者拥到公司门口争相采访，光是处理新闻，公司都已经快忙不过来了，拍摄方面自然只能放缓，之后找时间慢慢拍。

不过在此次事件中，因祸得福的就是祝千双，她总算在高强度的工作中找到了机会松口气。

她赶紧偷跑到休息室买冰激凌犒劳自己，这公司虽然加班加到惨无人道，但食堂福利还是一等一的，三餐全包，各式花样都有，其中祝千双最爱的就是这儿的冰激凌。

而整个公司八卦消息最集中的地方，也是这个休息室。闲下来的工作人员无一不在讨论摄影棚里发生的事情。

一个看起来也是初来乍到的小女生问身边的前辈："前辈们，你们知道为什么乔导一直那么赶进度吗？而且主角演成这样，导演还受得了？！这几天为了赶进度，他每天几乎只吃一餐……"

"其实啊……"似乎早就忍不住想吐露一番的前辈往四周看了一下，压低了声音确保其他人听不到，"这个主角是内定的，这里面涉及了诸多的因素，导演也是被迫才会接手。但是你知道，导演是个做什么事都追求完美的人，如果演员方面的缺陷已经没办法弥补了，就只能在制作方面多努力了。你知道的，那个网上一直针对大boss的Z小姐肯定等着看好戏呢……"

"啊啊，传说中的Z小姐！我也听说过！"女生叫起来，手不停地拍着桌子，"她的文章我全都看过，那叫一个精辟啊，细致到演员的穿着、一言一行、一个眼神。描述的句子一语中的，有时候甚至连电影票房都能猜出来！"

祝千双听得热血沸腾，但是也不自觉地紧张起来，这种刺激的紧张感让她很享受。

因为在这儿讨论得面红耳赤的几个人怎么都不会想到，那个传说中的Z小姐，就坐在离他们不到一米的位置上。

Z小姐，全名是"无面男家的Z小姐"。虽然她并不是多了不起的人物，却足够在中辛传媒中引起骚动。她兴起于网络，因发表针对乔野的电影的评论而出名，其文字锐利，常常一语道中电影中的优缺点，写出来的影评也是有褒有贬，既指出电影所长，也道出电影的欠缺之处。后来她逐渐在知名的影视刊物上发一些简短的影评，甚至有了自己的专栏，开始有了一定的读者群。

曾经有媒体在乔野的电影发布会上向他提问，问乔野是否赞同文中的观点，乔野却从来没有回复过这样的问题。但是中辛的每个人都知道，只要有人提到Z小姐，乔野的表情就会为之一变，可是他从来不说明原因。

因为Z小姐的文章并不是专门批判乔野的，再加上她除了每次电影上映之后发篇文章，根本无踪可循，乔野的粉丝便放弃了找她的念头。Z小姐在刊物上的影评都是一些精辟的随想，有记者向刊物编辑咨询过她的联系方式，但因为Z小姐和刊物的主编熟识，这些信息自然不曾走漏过。

而这个小有名气的影评人，就是现在正优哉游哉地舔着冰激凌的祝千双。

其实她起初确实想过要写专门批评、讽刺他的文章，可是写着写着，就会遵守专业影视人的职业道德，对电影的优秀之处进行褒奖。而她不得不承认的是，乔野的电影大多是非常优秀的。

而她为了指出乔野的不足之处，便会观察得比一般观众更细致。

这也就是为什么大家都觉得，她的文章并不是无事生非，故意要和乔野叫板了。

祝千双捂着嘴巴笑而不语，强忍住想要大笑三声，然后指着他们的脸大喊“你们这群无知的人类……”的念头。

03

“傻笑什么？”又来了又来了，乔野已经不止一次看到她在一个人的时候，露出这副如同女版阿旺一般的表情了。刚才也是，乔野远远地站在休息室门口，就见某人像个小孩儿一样一边吃冰激凌一边傻笑的样子。

他想知道为什么她在那么累的情况下，依然可以这样开心地笑出来。如同被吸引了一般，他不知不觉地向她走去。等他发觉的时候，他已经循着她的笑脸走到了她的面前。

可是假装咳嗽了两声之后，乔野发现她依旧沉浸在自己的世界里，只好出声叫醒了她。

在脑内幻想得正高兴的某人睁开眼睛，看到当事人竟然带着一丝微笑出现在自己的面前，不由得吓得哆嗦了一下。

乔野蹙眉："干吗像见了鬼一样？"

祝千双暗暗地吐舌头，但是抬头回答时已经露出了公式化的笑容："没什么，乔导，只是觉得很开心能加入贵公司，和乔导您一起共事。"

乔野眉间的皱褶更深了。方才她古灵精怪地低头怪笑的样子他尽收眼底，她抬头后却变成这么冷冰冰的样子，这让他没来由地烦躁起来。

"那就好好做事，不要偷懒。"乔野怔了怔，随即恢复如常，然后在女生的对面坐了下去。

一时间两个人都尴尬地沉默着，祝千双更是连冰激凌都不敢舔了。

乔野面无表情地望着她，突然一字一顿地说："我、也、要、吃。"

"哈？"祝千双差点儿以为自己听错了。

"那个。"乔野别扭地指了指祝千双手中的冰激凌。

"可是……"祝千双很为难，手上的冰激凌被她舔得面目全非，"怎么好意思让您吃这个……"

"我是让你去帮我拿一个新的。"

果然是自己多想了吗？祝千双尴尬地站起来，快步走向休息室旁边的餐厅。

刚走出两步，她就听到乔野的声音从身后传来："草莓味的。"

"哈？"

即使已经尽量克制了，但当祝千双看到乔野顶着一张贵气的脸，吃着粉红色的冰激凌的样子时，她还是忍不住想笑出声来。

"哼。"乔野发觉从刚才开始她就一直在忍着，再这样下去，她要憋出内伤了吧。

明明刻意地想和他拉开距离，但她此刻还是没有办法继续装严肃。乔野似乎并没有太介意，依旧怡然自得地吃着手上的冰激凌。祝千双忽然想到先前坐在旁边那一桌的同事有提到Z小姐，不如……

祝千双思忖了一下，还是决定问他："乔导，我听说您很介意Z小姐写的文章……"

"不是。"果然，乔野的面容忽然变得严肃了些，他顿了顿说道，"她写的大多数没有错。"

"真的吗？！"祝千双的眼中迸发出亮光，她甚至因为激动而拉住了乔野放在桌子上的手。见乔野微微地蹙起眉头，祝千双立刻尴尬地松开了手，支支吾吾地解释道："我的意思是……乔导您……怎么会注意……那种小人物写的文章……"

他挑眉，漫不经心地说："有的地方说得很对，但是真正拍起电影来，不是事事都可以如意的。既要娱乐大众，又要有商业价值，这不是以前在学校里面拍一个自己想表达的故事那么简单。Z小姐能看出电影的优劣，至少说明她对电影的热爱还没有被商业环境污染。"

他，竟然在夸自己？

他确实是在夸吧？她从他的眼中看得出他说这些话时很真诚。被他用这样的目光注视着，祝千双的脸上升腾起一片燥热，她竟然不知所措起来。

就像那一天。

但是那一天……

"狗屁！"祝千双怒气冲冲地站起来，一只手用力地拍在桌子上，转眼看到乔野露出完全不能理解的眼神，才意识到自己太失态了。但是她愤怒的心情依然没有平复下来，她只能用尴尬的语气说道："我是说、说那个……Z小姐……写的全部都是狗屁！一个外行怎么会懂您的电影呢……我走了……导演再见。"

刚才她竟然因为他一点儿虚伪的夸奖而飘飘然了！

她一定是因为最近事情太多，所以头脑不清醒了！此等深仇大恨怎能轻易消散？！

祝千双一边自我反省，一边不停地蹂躏着自己的头，完全没有注意到站在路边“搔首弄姿”地摆着pose（姿势）的森百里。

被忽略了纵然失望，但森百里还是不介意地笑了笑，向前一步，恰好挡在她的面前。

“百里前辈……”祝千双看到森百里扬了扬眉毛，很快想到了上次自己对他说的话，赶紧改口，“哈哈，百、百里。”

“在想什么那么出神，都没有看见我？”森百里看得出女生似乎很苦恼。

“没、没什么。”祝千双赶紧否认道。

森百里皱着眉盯着她的脸好一阵，随即舒展眉头笑了，然后像煞有介事地双手合十，口中念着“嘛呢叭咪吽”，之后一掌拍到了祝千双的脑门上。

祝千双捂着额头抗议道：“干吗一见面就打我？”

“不、不、不，”森百里伸出食指晃了晃，“这是能够帮你驱散烦恼的魔法。我这么做是为了让你可以专心工作哦！”

“我又不是三岁的小孩儿，是有多好骗啊……”祝千双无语地翻着白眼，和森百里并肩往摄影棚的方向走去，“你总是用这招来逗女孩儿？”

“哪儿有？我只对女人感兴趣，女孩儿可不是我的菜。”森百里自己也不知道，此刻他眼底的笑意比以往都要深。

而站在两人身后望着这一切的乔野，内心感觉到了前所未有的焦躁。

拖了两个多星期，主演在摄影棚内的戏总算快结束了。女主角林妙语请了一周的假休养，由乔野带领的A队总算有了休息一阵子的机会。

可和别的同事不一样的是，作为候补三号的祝千双即使在大家都休息的情况下，也要去公司学习后期剪辑，依旧有很多事要忙。祝千双大多时候待在森百里带的另外一组里，想多了解一些外景拍摄方面的知识，以免自己这组正式开拍之后应付不过来。

祝千双跟着森百里一起出外景，学到了不少实用的经验，这样一来，二人就更熟络起来。两个人在现场时一本正经，拍摄一结束就在一起打打闹闹。

这时，A队准备拍外景了，她不得不回公司处理一些拍摄安排方面的事务。不过让祝千双感到欣慰的是，至少她可以像普通的工薪族那样早上九点上班了。

好好地睡了一个晚上后，祝千双准时到公司，把桌上的资料整理完毕后，跑到员工餐厅领了一份蛋糕。

她拿着蛋糕兴奋地往办公室走去，经过剪辑室门口时看到里面的灯亮着，突然想到昨天下班时就听正式的助理导演说，乔野打算去看看这几天拍的片子。

祝千双默念着“不要手贱”，但最终还是打开了那扇门。

乔野倚在电脑椅背上睡着了。电脑看起来已经自动休眠了许久，指示灯都已经变成了橘黄色。

他似乎睡得很沉，就连开门声都没听到。祝千双想起那天听同事说过，乔野已经很多天只吃一餐了。就算等一下醒来，他也会继续工作，忘记吃饭吧……

她看了看手中的蛋糕，转身跑回员工餐厅，拿了一听罐装咖啡和一袋三明治。犹豫再三，她又把罐装咖啡放到了自己的口袋里，去休息室帮他现冲了一杯。

重新返回剪辑室，祝千双蹑手蹑脚地将东西放在了乔野旁边。

他的双眼紧闭着，正微微颤抖着的睫毛清晰可见。他的五官本身就很立体，侧面看过去更加诱人。花痴一点儿的说法就是，他绝对是少女漫画中一等一的美少年。

哎不对，等等，她现在……是在干吗？为仇人服务？这善心来得太莫名其妙了吧！

自我厌恶的情绪膨胀起来，祝千双又拿着咖啡走了出去，背靠着墙壁深吸了一口气。

来这个公司之前，她分明每天都告诫自己，不要再受到他的影响，不要再被他吸引。可越是这样告诉自己，她就越发觉自己做不到。

那既然这样的话……

她重新回到员工休息区，将一勺盐加进了那杯咖啡里，然后开始搅动，顺带阴阳怪气地笑着。

等她重新将咖啡放在乔野桌上时，正处于睡梦中的乔野似乎察觉到了什么，眼睛稍微动了一下，吓得祝千双捂着嘴巴飞快地退出了剪辑室。

紧接着……躲在门外的祝千双听到了他喷水的声音。

即使成功地整到乔野让祝千双高兴了很长一段时间，但这世上并不是事事都如意。她一直对这句话坚信不疑，否则怎么会第一次出外景就遇到这种事啊？！

向来喜欢踩点的祝千双准时到达集合地点，可等兴致勃勃地上了大巴后才发现车上已经坐满了人。

而唯一的空位……在乔野身边。

这绝对是现世报！

那一瞬间，她宁可掏钱搭出租车去！送加了盐的咖啡给乔野后，祝千双就一直提心吊胆的，每次跟乔野打照面都觉得他看自己的眼神不对劲。

而她，掩饰不了那股心虚。

综合以上几点，她绝对不要坐在他旁边！

祝千双伸长了脖子在车上搜寻着别的位置，但奇迹没有出现，倒是司机不断地催促道："小姑娘快找地方坐好！我要开车了！"

"再等一下下……"祝千双认命地垂下头，但还是没有办法就这样直接走向乔野。

"坐这儿。"乔野突然开口了，与此同时，还用手指了指身边的位置。

有些同事不可思议地望向祝千双。

喂喂喂！你们要不要露出这种羡慕的表情啊！

祝千双眨了眨眼睛，走到一个据说迷恋乔野至深的女生身旁，说："我和你换吧，我想坐这儿……"

女生明显是愿意的，在她要起身时，就听乔野略带不满的声音响起："祝千双——过来坐。"

04

乔野忍不住嘴角抽搐。她到底是有多讨厌他？她就连和他坐在一起都不愿意，还故意将脸转向另外一边，看起来是打算彻底无视他了。

一股怒火从他的心底燃起。

好，让你不待见我，那我们就谈点儿公事吧。

"剧本带了吗？"

祝千双依旧看着窗外，机械地回答："嗯，带了，导演。"

"清楚今天的拍摄计划吗？"

"嗯，清楚了，导演。"

沉默了一阵，乔野继续问："群众演员的到位情况确认过了吗？"

"嗯，确认了，导演。"

又是一阵沉默，随后，乔野深呼吸了一次，说："你是不是对我有什么意见？"

"嗯，是啊，导演。"

"……"

这回乔野彻底沉默了。

好半天，祝千双才意识到自己刚才说的话是什么意思，转过头的时候果然看到了面色铁青的乔野，他正咬牙切齿地瞪着自己。

是自己太容易说真话了吗……

"不是的，导演！"祝千双拼命摇晃着双手，着急地辩解道，"我刚才回答得太顺口了，所以才不经大脑就说出了那样的话！"

乔野眯着双眼，怀疑地盯着她："哦？"

"是的啊，导演！我刚才只是顺着话接下去而已，绝对不是真心的！"祝千双小鸡啄米似的点着头。

"我不懂你，祝千双。"乔野疑惑地说道，嘴角带着一丝若有若无的自嘲般的笑容，"这儿的每一个人你都可以自如地对待，包括百里。你很快便跟他们熟络起来，唤对方的名字……但你为什么唯独讨厌我？是因为你来这儿的第一天我曾经质疑过你的动机，还是上班后你对我让你去做的那些事感到不满？不管是什么原因，你能不能至少告诉我一下？"

祝千双有些诧异，诧异为什么在别人眼中那么强大的乔野会在此刻露出那么不知所措的表情、说出这些委屈的话，诧异为什么他会在意自己的一言一行，诧异他竟然会为了自己而感到疑惑。

可是，她知道了又能怎么样呢？根本什么都改变不了。

祝千双淡淡地回答："没有，我没有讨厌您。倒是您，何必在意一个候补三号对您是什么看法呢？谁都没有办法得到所有人的喜欢和认同，您不必因为我一个人的想法而怀疑自己。更何况，我这种无足轻重的小人物，哪儿有胆针对您啊？乔导演还是不要在我身上过多费心了。”

她直视着他的眼睛，带着不明所以的深意。

她对他全是用尊称，而且回答得这样冷静。乔野越发烦躁起来，也开始发觉自己最近越来越奇怪，竟然被这样一个小丫头弄得这么狼狈。

他不甘示弱地反击道：“这倒不是，我纯粹是公式化地询问实习生对我的看法罢了，那请你以后也好好努力。”他无所谓地冷笑着，看到女生的脸僵硬了一秒。

收到了满意的效果，乔野把头转向另外一边。

过了许久，乔野都没听到回应，想着是不是自己刚才说的那些话有些重了，正想看看，肩上却重重地落下了一个毛茸茸的脑袋。女生已经闭着眼睛睡着了，微微张着嘴巴。

乔野觉得有些好笑，刚才还牙尖嘴利的女生此刻却睡得像个孩子一样毫无防备。

他静静地看着她的脸，没来由地觉得熟悉。

他们……是不是在哪儿见过？

到达目的地的时候，乔野的肩膀已经麻掉了，可女生依旧睡得正香。忽然，他的嘴角勾起一抹玩味的笑意，他毫不客气地抽身站了起来。祝千双失去重心倒了下去，然后懵懵懂懂、惊慌失措地醒了过来。

确认她已经清醒了，乔野便不再搭理她，率先下了车。

祝千双的脑袋里完全是糨糊，等她反应过来的时候，车上的人基本走光了，司机大叔朝她喊：“小姑娘，怎么又是你最慢啊？大家都走了啊！”

“噢噢噢——”她想也不想，抓起挎包就下了车。此时大家都已经扛着拍摄工具朝场地走了，她只好小跑着跟上去。

看见走在前面的乔野，祝千双眯起眼睛小声地诅咒他。坏人！他下车了竟然没有叫醒她！

“小肚鸡肠！小心眼！小家子气！”她不解气地跟在队伍后面小声说着。

只是，她突然想到自己在车上睡着的时候，似乎……意外地睡得很舒服。她捏捏自己的脖子，也没有很痛。走在身边的同事偷偷笑了起来，祝千双越看越觉得怪异，便问道：“刚才我睡着之后发生了什么事吗？”

“没有没有。”同事带着一脸偷笑的表情回答她，眼睛时不时瞟向乔野。

“真的没有？”祝千双还是觉得很可疑。

“不信你问乔导演好了。”说完这句话，同事笑得更凶了。

这揶揄的语气让祝千双很不爽。虽然好奇，但是让她去问乔野，这是绝对不可能的！

剧组各方面一到位，拍摄工作就紧锣密鼓地展开了。

其实整部电影讲述的是一个凄美、纯净的爱情故事。青梅竹马的恋人意外分开，直到多年之后重逢，再续前缘。

故事很俗，但是因为乔野的拍摄手法和角度与一般导演不同，整部剧看起来有了不一样的味道。

外景主要是拍摄男女主角相知、相恋、相离的部分。因为要强调女主角青涩的一面，乔野要求林妙语全程素颜出镜。

没想到尽管乔野再三嘱咐过了，林妙语今天还是化了妆，而且是非常浓的烟熏妆，还穿着低胸短裙和女王底的高跟鞋……祝千双一见这造型，差点儿喷了。

林妙语这是要逆天啊！

乔野的脸色果然瞬间阴沉了下来，他说：“我之前是让谁帮我通知林妙语，今天一定要素颜、弄成黑色直发后过来的？”

现场安静了，每个人都屏息着。

“我……”过了一会儿，祝千双慢慢把手举了起来。她现在才想起来，三天前就接到了这个任务，可是因为离外景拍摄的日期还早，就暂时搁置了。祝千双打算昨天通知的，结果还是忘记了……

大家的视线立刻都集中了过来。刚才在车上，大家就看出她和导演之间似乎有什么猫腻儿，现在自然会带着看戏般的心情，想知道导演是不是真的能秉公处理这件事。

“那你可以解释一下为什么会发生这种状况吗？本来马上可以进入拍摄的，现在却要浪费不必要的时间等她重新弄造型！”乔野毫不留情地斥责道。虽然他的声音不大，但字字句句都让人感受到他语气中的怒气。

“对不起……”祝千双低着头。她失误了，只能怪自己。

“你不知道出外景时，每一分钟都是宝贵的，都是需要开销的吗？你没办妥这件事，拖累了整个剧组，你一个候补三号要怎么负责？”乔野用手捏着眉心，把视线从祝千双的身上移向别处，“剩下的人搭旁边的景，把摄像机、轨道铺好，造型师麻烦在十五分钟内，不管用什么方法，把她的头发弄成黑色的直发，她的脸也给我彻底洗干净了。二十分钟后正式开始拍摄！”

“是！”大家应道，随后紧锣密鼓地行动起来。

05

祝千双不知所措地站在原地，周围的人都开始忙各自的工作，只有她像是被排除在外了一样。平常和她相处较好的同事经过她身边时，会给她一个友善的微笑，但她却怎么都笑不出来。

当初她信誓旦旦地在他面前说过，即使不靠千禾的关系，她也有实力进入公司，现在看来，她真的是大言不惭啊。

不管过了多久，她还是被他看扁了。

但是……

但是……

现在认输还太早了！祝千双心里的那个恶魔再次出现，挥舞着手中的叉子说道：“祝千双，就这样输给那个家伙吗？别气馁，人总会有疏忽的时候，要振作起来啊！”

本来还在发火的乔野无意中瞥到站在一边的女生，女生才失落了不到五分钟，竟然就重新燃起了斗志。她的生命力，真的是比“小强”（蟑螂）还要顽强啊。

他慢慢朝她走过去，可有个人突然出现了。乔野停在了半路。

森百里悄悄从祝千双的身后靠近，然后将一罐冰可乐贴在了女生的脸上，见她条件反射地缩了缩脖子之后，毫不留情地嘲笑起她的傻样来。

祝千双恼羞成怒地打着他的手臂，最后还是接下了他递过来的可乐，大口大口地喝起来。

两个人有说有笑的样子让乔野觉得很刺眼，停驻在半路的脚改变了方向。

眼不见为净！

“听说你被骂了？要不要‘姐姐’我给你点儿安慰啊？”森百里一到片场就听说了乔野对祝千双大发雷霆的事情，于是特意买了可乐来安慰她，没想到她这么快就恢复了，还一副斗志昂扬的样子。

祝千双一把推开森百里凑上来的脸，故作嫌恶地说道：“人妖退散！”

“你这样说人家好心酸啊……”森百里捂着胸口装受伤，但是心情丝毫没有被影响，“怎么和千禾一样，总是无情地践踏人家的真心？！”

“留着你的真心给你的莺莺燕燕去吧！”祝千双再次推开某人，虽然知道他是好心来安慰自己的，但现在她要做的是靠努力挽回乔野对自己的信任。

将森百里赶去别的地方之后，祝千双四处搜寻起乔野的身影。

一路上拉着好几个人问过后，她才知道乔野刚才似乎向溪边的方向去了，便按照那人所指的方向赶了过去，果然在溪边看到了乔野。

可是还没有走近，她就听到了乔野温柔的声音。

他的声音不同以往，十分柔和。

“23号？我应该已经收工了。如果你结束了的话，在那边多待几天也没有关系，反正现在我也挺忙的。”乔野说完便安静地听着对方说话，停顿了片刻后继续道，“那好，晚上我再打给你。只是，郁薇……你的声音听起来有些怪……嗯，好好休息，我挂了。”

郁薇。

祝千双早就知道，乔野与一个女生既是青梅竹马又是恋人，那个女生就是郁薇。很多人将他们称为娱乐圈的金童玉女。男的是有才气、家世好的导演，女的是娱乐圈内赫赫有名的美女，怎么看都是极为般配的一对。

更重要的是，他们已经交往了将近十年。

在祝千双因为那件事而备受煎熬的十年里，他们两个正幸福地相伴在一起。

祝千双本以为自己的内心已足够强大了，可是听到他那么温柔地喊出那个人的名字的时候，鼻子还是没出息地酸涩起来。

见乔野转身，祝千双本能地想要逃跑，可根本来不及，飞快地转身只是让她猝不及防地向旁边倒了下去。

乔野手疾眼快，快速上前接住了她。惊魂未定的祝千双瞪大了眼睛，在看到他带着担忧的表情时恢复了神志，一把将他推开，用疏离且生硬的口气道："谢谢导演。"

"不用。"看到女生故意表现出疏远的态度，乔野也很公式化地换了表情，"什么事？"

"我是来道歉的。"

"嗯？"乔野挑了挑眉毛。

"今天因为我的失误，给整个剧组带来了麻烦，我很抱歉。我知道已经没办法弥补了，但是以后的每一件事，我都会努力做好的。"

——以后，我不会再在不经意间流露出对你的迷恋。

——以后，我不会再让你有机会看扁我。

——以后，我不会再被你吃得死死的，像个白痴一样面对你的温柔不知所措。

做好一次深呼吸，祝千双用前所未有的语气坚定地说："我一定会在最终考评时，成为公司的正式职员。"

祝千双一直以为，那个人永远站在顶端，是一定不会低下头来看自己一眼的。

祝千双在班级合作跑中拖累了大家，甚至跑到一半就跟不上步伐，导致一排同学脚步混乱，接连一起拉扯着摔倒在地上。

那个时候的祝千双无助地哭了。

她第一次觉得自己什么都做不好，做什么都是别人的负担，即使现在伤心难过着，也不会有人来看自己一眼。但是那个人出现了，他似乎在微笑，或者说，即使他永远板着一副面孔，她也会觉得他正对自己微笑着。而他的背后是温柔的白昼。

曾经的他是光一样的存在。

然后……梦境又回到了那一天。

如同触到了某根神经一般，恶魔祝千双突然出现，恶狠狠地用剪刀将这幅看来很美好的画面生生地剪坏。因为不解气，她甚至恶狠狠地踩着地上被剪烂的碎片。

——以上，依然只是发生在祝千双脑海中的画面而已。

下午，她昏昏沉沉地醒来时，正躺在自己的房间里。因为早上那部分拍完了，晚上八点还得继续拍摄，中间有几个小时可以休息。导演大发慈悲，给他们放了假，让大家回去补眠。

现在离去片场的时间还早，祝千双扫了一眼放在旁边的笔记本电脑。

她回来时查了一下，女主角林妙语和导演在片场闹翻的事情在网上早就吵得沸沸扬扬了。大家对于这一次乔野的电影能否继续创造票房和荣誉的神话，有多重看法。

祝千双坏笑着，双手交叉在一起活动着指关节，做好了打字的准备。先前是正在风头上，她有自己的原则，不去幸灾乐祸，现在这件事已经因“女主角重返片场和乔导面带微笑地交谈并共同进餐”而平息下来。

事情都快过去了，如果这个时候Z小姐还不出来说点儿什么的话，是不是也太辜负大家的期待了？她从不在写专栏的杂志上发表对于乔野的评论，这些都是在微博上发的。

就她的观察，虽然乔野对于电影的诠释角度很独特，但整个电影依旧不是很出彩。青梅竹马相爱相杀的剧情太过老套，这部电影要火，难度可想而知。

不过相对地，初恋这样纯真的感情往往能在人们心中引起共鸣。近年来商业片太多，这部虽然也是披着小清新外衣的商业片，可按照乔野的影响力，还是会在国内影坛掀起一种风潮。

但，最关键的是……林妙语这个败笔，注定了乔野这部电影的结局。

06

祝千双坐在电脑前噼里啪啦地打字，想到最近这段时间受到的各种打压，遣词造句时也变得有些尖锐起来。

果然，文章刚发出去没多久，各位网友就看出来了。

“这次Z小姐看起来对乔野导演的电影完全没有信心……”

“感觉Z小姐有一种想要看好戏的意思！分析得有点儿以偏概全了！”

“嘿嘿，我就说，这次乔野的神话就要被打破了！我支持Z小姐的看法！关于林妙语的脸僵得像是注射肉毒杆菌失败了一样的比喻……太好笑了。还有那段说她硬生生地把苦情戏演成了痛经戏的形容，太妙了！”

类似的回复还有不少，但这次乔野的粉丝似乎有些不淡定了，在底下留言表示她的语言有些过激。

祝千双啧啧啧地摇头感叹，都是一群被乔野的好皮相迷惑了的小姑娘。只是，她还是再次扫了一眼自己写的那些字句。

这太偏激了吗？这只是小意思！我总有一天要让你们跪在我的脚下唱《征服》！

祝千双正在得意，手机铃声又响了起来，她看也不看就按了通话键：“谁啊？”

“乔野。”

她就说刚才那铃声怎么那么熟……为了提防某人，她为他设定了一个专属铃声，开头第一句歌词就是“离开吧”……

她整个人愣了三秒钟，再用一秒钟变成了奴才音：“哦哈哈哈，乔导您有什么吩咐啊？”

“你在干什么？”

不对呀……我干吗要这么卑微，这不是给他小瞧了吗？！

祝千双赶紧转变了态度，用鼻音冷哼了声，不咸不淡地道：“没干什么。啥事？”

对方显然愣了一下，沉吟了好一会儿才说：“现在几点了，你知道吗？”

“几点啊，不是才……”祝千双边不耐烦地回答边抬手看了一眼手表，顿时被吓到了，然后果断地挂了电话冲向卫生间。

房间里回荡着她的哀号，墙上的指针正好指向八点整。

她竟然又迟到了。

作为助理导演候补三号，祝千双要在开拍前协助助理导演确认好道具、演员服饰、场景设置，所有的琐碎事务她都需要协助其余工作人员去安排、整理好。

她本应该提前到现场的，结果……助理导演虽然平常对祝千双的勤奋赞赏有加，但是碍于祝千双这次的失误太过分，再加上先前的事情，也只好当着导演的面狠狠地训了她一番。

祝千双连连点头道歉，好在这次没有出现什么大的纰漏。

刚松了一口气，祝千双就听到助理导演提高了音量说道：“你要多谢谢乔导啊，你没来，他亲自完成了你应该做的任务，才让我们能够顺利地拍摄。等一下你一定要去谢谢他！”

本来一直弯腰点头的祝千双一怔，微微偏过头看向正专心地投入在拍摄中的乔野。

他会帮自己？他以为我会感动吗？内心狂笑三声后，祝千双不屑地低下头，继续点头哈腰道：“好的好的，我会的我会的。”

可是——乔野偶尔瞥了一眼像小蜜蜂一样在全场跑来跑去的祝千双，她似乎根本就没有打算向自己道谢。

从她刚到片场被助理导演抓去训话开始，他就一直注意着她的动向，甚至在助理导演提到是他帮了她的忙时，还忍不住直了直腰，故意做出一副无所谓的样子，在听到她说会来感谢自己的时候忍不住心情好了起来。

但现在已经到下半夜了，快要接近拍摄的尾声了，她还是没有要走向自己的意思。乔野开始有些怀疑他最近是不是变得没耐心了，他好几次在看见她经过自己的身边却没有停下来的意思时，莫名地变得有一些烦躁。

林妙语一边补妆，一边看着乔野。从祝千双进入片场后，乔野的目光就会时不时地落在她的身上，甚至偶尔看着她发呆时嘴角都会带着莫名的笑意。

林妙语不由得叫住了正在帮自己整理服装的女生："你叫什么名字？"

女生受宠若惊，不敢相信大明星竟然会主动和自己说话。女生平时在片场见识了她的脾气，根本不敢怠慢，回答道："我叫郑多多！"

"哦。"林妙语还是紧紧地盯着乔野，他望着祝千双的眼神似乎……十分焦虑、不耐烦，这让她更加不满起来，"那个新来的助理导演到底是谁啊？和乔导是什么关系？"

"哦……你说千双啊，是这次来的实习生，乔导亲自带她，大概是因为她姐姐是千禾姐的关系吧。"多多对这些也不太清楚，知道什么就说什么。

祝千禾在公司的地位算不上非常高，和乔野也不是什么太铁的关系，公司里大多数人是因为知道了森百里，才顺带认识了祝千禾。

林妙语不屑地喃喃道："原来是靠关系进来的，怪不得就连迟到都可以平安无事。要是以前的乔导，估计不会那么轻易地放过她了，现在竟然还帮她处理她的工作！"

"不是啦、不是啦。"多多听到后有些急，生怕她误会祝千双，"祝千双的资历本身是足够来我们公司实习的，再加上她很努力，乔导才会很喜欢她。"

听到“喜欢”二字，林妙语更是火大，摆着手说道：“你走吧，别在我面前晃悠。”

多多吐吐舌头，赶紧离开了。

拍摄结束以后，大家陆陆续续地将设备扛上车子，忙着收工回家。乔野正准备上车，却看见祝千双还在拍摄地清理垃圾。

他蹙起了眉头，大概连他自己也不知道原因，鬼使神差般走到祝千双身边。祝千双正埋着头清理东西，并没有发现乔野来了。

乔野正想开口之时，口袋里面的手机忽然铃声大作。乔野掏出手机看到了手机屏幕上面的字，抬头看了看站在自己面前的女生，女生恰好和自己四目相对，正一脸疑惑地看着他。

乔野犹豫了片刻，转身走向另外一个方向，接起电话。

祝千双愣了一下，很快就识趣地弯下腰来继续清理地面上的那袋垃圾。

“郁薇？”乔野走到人较少的地方，想着刚才尴尬的一幕，长吁一口气，随即调整了自己的语调，“怎么了？”

电话那端的郁薇似乎听出了端倪：“你好像很累的样子，我打扰你了？”

“没有。”乔野浅笑着否认道，低头看了看手上的表，继续说，“刚刚结束拍摄，准备回去。”

“乔野，我今天回国。”

国内著名的影视歌三栖女星郁薇回国的消息，竟然丝毫没有引起波动。

祝千双还是在上班时从多多那里听来的。多多和她一起搬完道具，恶狠狠地吐槽了狐假虎威的安以柔，从此两人同阵营，成了关系还不错的朋友。

今天要拍一场比较重要的戏，但是乔野竟然没来。虽然现场有副导演森百里在，但祝千双怎么都觉得奇怪。

难道他因为自己昨天没有待见他而生气了?

这个想法一出，祝千双浑身都起了鸡皮疙瘩。这又不是小情侣吵架!

“你发什么呆啊？”多多用一块泡沫拍了拍祝千双的肩膀，“今天郁薇回国，乔导当然要去接啊……而且啊，听说这次郁薇姐是在拍摄中途挤出了一天的假偷偷回来的，时间那么短都要来见自己的爱人一面……啊，两人的感情真的很好，对吧？！”

多多还在自顾自地感叹着，可是祝千双听到这个消息后就再也笑不出来了。

接下来的一整天，她都失魂落魄的。祝千双在准备群众演员的服装时漏拿了好几套，甚至把主角的衣服弄错了码，还在中午订饭时出了岔子。

有的演员和她关系还不错，倒没什么，偏偏她弄错的是林妙语的一条裙子，腰大得直往下掉，裙摆太长，拍摄时一直绊住脚。这是在室外，裙子订错了要改有些难，大家都劝林妙语将就一下，林妙语数落了祝千双几句后同意凑合着穿。结果等林妙语踩到裙子摔了一跤后，林妙语就直接爆发了，不仅当着大家伙的面指着祝千双骂，甚至抬起手来想打人……

新人被欺负这种事大家见怪不怪，想插手也难。负责带她的助理导演莫姚谦实在忍不住了，即使平日里觉得她勤奋肯干，有股拼劲儿，可毕竟在现场拍摄不是小事情，再加上她一直情绪低落，为了让她吸取教训，也为了将她从林妙语的手上解救出来，莫姚谦将祝千双拉到了一旁，叉着腰佯装说教起来。

不知怎么，祝千双竟然还笑得出来。

乔野现在一定在哪儿快活吧……他向来强调公私分明，结果却在影片快要杀青的紧要关头，抛下剧组成员自己去享乐了。

而她竟然会那么不开心。

还没等她意识到，她的视线就模糊了，眼泪大颗大颗地滴在地面上，紧接着是更多的眼泪。

助理导演还以为自己把话说重了，不禁摇头：“现在的小姑娘，抗压能力怎么那么弱，我还没说什么就已经哭鼻子了……”

祝千双擦掉眼泪，回过神来，才注意到自己正处在“被训话”的状态中。

真可笑。

他们在一起那么多年，甜蜜约会什么的当然不止一次，她算什么？她又在纠结什么呢？她这样跟那些疯狂的粉丝有什么区别？

这段时间她一定是忙得连抵抗力都下降了！她一定不能松懈，一定要振作！

想罢，祝千双不甘地握紧了拳头，怒视着前方，咬牙切齿地道：“我一定不会再让自己被你欺负了！”

“什么？我这怎么成欺负你了？！”无辜“中枪”的助理导演鼻子都快被气歪了。

正在这时，早在一旁看戏多时的安以柔踩着她的十厘米小高跟鞋走到了两人的面前，巧笑嫣然地对助理导演说：“莫导，您先去忙吧，这件事我来解决。”

大家都知道安以柔向来喜欢刁难新人，莫导本想推托，谁知竟被驳回了，只好离开。

见某人这般殷勤，还拉着她的手假装亲切，祝千双顿时感觉起了一身的鸡皮疙瘩。听说安以柔已经跟在乔野身边当助理很多年了，一直想推翻“东宫”郁薇，自己当上正室。可任凭她怎么把笑里藏刀的本事演绎到炉火纯青的境界，还是无墙脚可挖。

祝千双太清楚她的葫芦里卖的是什么药了。安以柔上次跟她一起搬桌子，害她受伤后，就一直装傻、装无辜，在她返工的第一天当着大家的面对她嘘寒问暖，声音腻得让她直起鸡皮疙瘩，就像刚才一样。

这次乔野不在，她肯定会翻倍地整回来的。

于是，在看到道具组的车子里那满满的几个箱子时，她释然了，原来只是要干体力活啊。

安以柔站在车子旁，得意地说："把这几个箱子里的东西整理清楚后，抬到那边开过来的车子上，结束拍摄后回酒店给负责场务的柳姐清点，然后就没什么了。"

就没什么了……

装着这几个箱子的是一辆货车，车厢里堆满了拍摄用的器材。要清理的箱子里大多是一些演员身上的小部件，箱子也不算大，都是那种透明的塑料箱。

这真是个好差事啊。

她认命地应着，拿着安以柔递过来的单子，一个一个对着列表清点起来。

车厢里比较空，空间大，祝千双便找了把椅子坐下来，借着小台灯的光埋头清点起来，却不知自己的一举一动都被人看在了眼里。

也不知道过了多久，祝千双忍到脸上的汗都快把手上的单子浸湿了，才从那堆道具里直起身，抬起手臂伸展着身体。

她揉了揉眼睛，忽然觉得有点儿不对劲。

车子在移动。

她这才发现，车门不知什么时候被关上了！

而她，被无视了……

她敲打喊叫，挣扎了半天依旧没接到反馈，终于发现——她被整了。

第五场 二次心动

01

下午的机场依旧人声鼎沸。归来的旅人拖着箱子行色匆匆，迫不及待地奔向在出口等候自己的人。

而乔野便站在等候的人群之中。

陆续有飞机降落，出来的人很多。郁薇的航班大概还有二十分钟抵达，她回来前一直嘱咐乔野，称希望下飞机后第一眼就能看到他，所以他就按照她的意愿提前了一段时间到这儿，以防待会儿路上堵车。

反正这也算是给自己一个理由休息一下，整日在片场里扮黑脸，他着实头疼得慌。他一看到林妙语生硬的演技，就一个头两个大。想着想着，他竟然无端地想到了Z小姐在博客中对林妙语的建议。Z小姐说，只要拍苦情戏就让林妙语面无表情地流眼泪就好，毕竟哀莫大于心死，用背景音乐和周围的环境来衬托一下就可以了。

虽然这个建议有些莫名其妙，但他不得不承认这也算是个办法。

这时，机场大厅内传来了广播声，来自美国的航班已经到达。

他静静地站在那里，凝望着出口。果然没多久，就有人陆陆续续地推着行李箱走出来。待人差不多散光之后，他看到了穿着休闲服、提着一个小包走出来的郁薇。为了防止被别人认出来，她戴了一个和他款式相同的深蓝色镜框，头发系成了马尾，扎得有些凌乱，却让人觉得舒服。

即使这样也丝毫没有掩盖她与生俱来的高贵端庄的气质。她一米七四的高挑身材极为夺目，这样简洁的打扮让她有一种慵懒随意的美感。

乔野看着这样的她，竟然无端地想到了做同样的打扮却让人感觉乱糟糟的祝千双。工作量比较大的时候，她就会穿着一套运动装来，用一副小市民的表情跟同龄的女生说自己花一百元买到了既舒服又高仿的耐克品牌的衣服。她还将头发扎成一个发髻，戴着黑框眼镜，留着平刘海，看起来像个高中生。

看到郁薇之后，这种巨大的反差感让他不禁笑了出来。

“笑什么呢？”郁薇走到他面前，娴熟地挽过他的手臂，将手中的旅行包递到乔野伸过来的那只手上。

乔野接过包，嘴角不自觉地带着笑：“没什么，一些无关紧要的事而已。”

“哦。”郁薇挑眉，没再继续问下去。

“这次回来能待多久？”

“不知道，因为是悄悄回来的。”郁薇笑着说道，忽然侧过头紧紧地盯着乔野的脸，“不然我干脆不回去，也不要工作了？我俩结婚，我专心地当你的全职太太——”

乔野怔住，见郁薇带着恶作剧的笑容，叹了口气：“现在你正当红，甘心就这样退下来吗？”

“就是因为太忙了，弄得我们两个根本就没办法聚在一起，一年里我们在一起的日子，我用手指头都能数得过来。”郁薇不高兴地撇撇嘴，“我们认识了二十年，交往了十年。我没信心，不知道你会不会有一天看腻了我的脸，不再喜欢我。你对任何事情都有把握，所以对所有事物似乎都不在乎，这样的你逐渐让我缺少安全感。”

两个人下了电梯，走到机场大厅外。乔野停下来，不解地看着郁薇：“你怎么了？”

“没什么。”郁薇低下头，咬着嘴唇，“是我胡思乱想了。这次去那边拍戏太累了。导演一直在给我压力，即使在国内已经是一线明星，但在外国导演的眼里，我还和新人一样。”

乔野有些动容地牵起她的手。她的事业一直顺风顺水，富裕的家境让她从小几乎没受过委屈。她对自己很有自信，自尊心也极强，想必确实在这次拍摄中受挫了，才会突然变得那么不像原来的她。

“哪儿有问题？”乔野牵着她过了马路，走向停车场。

“什么都有问题。”郁薇的声音低了下去，她再抬头的时候，先前的失落和不安已经一扫而光，“算了，难得回来，我们不说这些，不然我们等一下去——”

话还没说完，乔野的电话铃声响了起来，他抬手示意郁薇先等一下。电话是莫姚谦打来的，乔野以为和工作有关。郁薇不喜欢他在她面前处理工作上的事，他便走到离郁薇稍远的地方接听：“喂？”

电话那端的莫姚谦已经急得如同热锅上的蚂蚁了：“乔导，你知道祝千双去哪儿了吗？她今天一直不在状态，被说之后心情一直挺差的，从刚才开始我们就没看到她，她该不会是出了什么事吧？”

“什么意思？”乔野皱起眉，加快了语速，“现在到底是什么情况？”

“她不知道怎么回事，做什么事都乱七八糟的，今天还和林妙语闹了矛盾。这孩子平时受了委屈也不会说，我不知道她这样到底是不是发生了什么事。后来我又批评了她一下，她会不会就这样想不开……”莫姚谦有些自责，自己察觉到她的异状时应该好好地开导她……现在她突然失踪，他生怕她会寻短见。

“你别急，我先给她打电话。你现在打电话给祝千禾，问问她祝千双最近的情况以及祝千双心情不好的时候会去哪儿，你知道之后马上汇报给我。先这样，我马上赶回去——”乔野挂了电话，一转头就看见郁薇站在身后。

郁薇的脸上毫无表情，她淡淡地问：“你要马上回去？”

“嗯，因为公司的职员突然出了点儿问题……”乔野走到马路边，一边向她解释一边替她拦下了一辆出租车，“你到我家等我，事情一处理完我就回去。”

“乔野，你们公司又不是只有你一个负责人，你是总裁，是导演，为什么要为了区区一个职员亲自东奔西跑？难道你就没想过我为什么回来，为什么会说刚才那些话？”郁薇的眼眶已经泛红，她委屈地抱怨道。

乔野怔了怔，叹了口气，上前扶住她的肩膀问：“等我好吗？”

郁薇没再说话，咬着嘴唇低下了头，抽回了被乔野握住的手，轻声道：“没事，你快去忙吧。”

乔野点点头，转身回到车边，拉开车门坐了进去，边发动车子边拿着手机一遍又一遍地拨着祝千双的号码。

她绝对不会因为心情不好而无故旷工、失踪。她虽然迷迷糊糊不懂事，但不是那种会随意制造事故，影响拍摄进度的人。那么就一定是发生了什么，让她没办法回去，也没办法联系到大家。

不一会儿，祝千禾的电话打了过来，她劈头盖脸地问了一连串问题：“你说千双怎么了？她玩失踪？想不开？不可能啊！如果说是小时候的她还有可能，但是长大之后，她压根儿就是打不死的‘小强’啊！她怎么会想不开？现在到底怎么回事？你联系到她了吗？她从小就不喜欢乱跑，也不给家里人惹事。她的朋友除了阿靖，就没有了。

我打给阿靖了，也没有——”

“冷静点儿。”乔野听出祝千禾的声音十分沙哑，她应该是急哭了。

电话那端传出森百里安抚祝千禾的声音，乔野松了口气，继续道：“你去她可能会去的地方找找，镇定下来。如果她在外面遇到了什么事，最有可能联系的人是你，所以你先不要慌。你负责找，不要继续给她打电话，而是边找边等，看看她是否会打给你。她的电话我来打，大家一起打会占线。”

祝千禾哆哆嗦嗦地重复着“好、好、好”，然后挂了电话。

乔野伸手抚上太阳穴，觉得头疼。以前他一没看住她，她就会弄伤自己，现在他才一天没看见她，她就闹出了那么大的事。他已经决定了，等找到她之后，一定要把她牢牢地锁在自己的视线范围里。

可是没过多久，他就觉得自己的想法还真是荒唐可笑。

——这算是越界了吧？

是从什么时候开始的呢？他对她越来越在意，似乎在不知不觉中悄悄越界了。

即使现在发现了，他竟然也没想制止自己。

“喂？”寂静的车厢内，一个已经哭得有气无力的声音响起，乔野这才发现祝千双的电话总算接通了。

“千双，你在哪儿？”乔野赶紧问道。

“乔野？乔野，我在车上！道具车……”

嘟——这通电话持续了不到十秒就被挂断了。

乔野再拨过去的时候，手机已经关机了。

道具车？他们去外景地拍摄的时候因为道具太多，会有比较大的货车来运送道具。

乔野沉吟了一下，拨给了安以柔。

“喂？乔导……”

不等她寒暄，乔野单刀直入，问：“今天去外景地的道具车还在那边吗？”

“不在了，下午就开走了。”安以柔问，“乔导，你什么时候……”

“开去哪儿了？公司？”乔野打断道。

“没、没有……应该是去外县的那个摄影棚了，后天有一个剧组开机，我让师傅先把道具送过去……”安以柔还想再说什么，电话已经被挂断了。

乔野大致想到了位置，向那个摄影棚开去。

02

身处黑暗的祝千双懊恼地拍着自己的手机，怪自己出门前忘记充电了。手机因为没电自动关机了，刚才她好不容易打开之后，接到了别人打来的电话。即使那个人是乔野，她也赶紧接了。

虽然二人的通话时间不长，但她好歹交代了自己的地理位置。

祝千双换了一个姿势，揉了揉有些发麻的腿。

这种四四方方的货车，车厢是全密封的，里面黑得透不进一丝光线，闷热的空气让她快窒息了。

她拼命地拍打着车厢门，试图造成更大的声响引起别人的注意，但直到筋疲力尽地沿着车厢壁坐下来，依然没有人发现她在里面。

祝千双从来没有遇到过这样的情况，内心十分慌乱，只能慢慢回到先前的位置，老实地坐下来，等待别人发现她失踪了。这样的话，安以柔就会告诉大家她在道具车里，她一定不会有事的。

可是在这伸手不见五指的密闭空间里，所有不好的念头都在黑暗中滋生着。

如果安以柔不告诉别人她在哪儿怎么办？如果等一会儿，车厢里开始缺氧了怎么办？

她想着想着，眼泪不自觉地流了下来。

她以前不是没有这么绝望过。知道乔野的真面目的瞬间，她发现自己一直以来相信的事情是假的，那个时候真的有一种世界被颠覆的感觉。

那时的她不相信任何人，甚至害怕接触人群。她厌恶自己，排斥一切事情。

让她变成那样的人就是乔野。

如果不是因为他……她就不会有那么痛苦的回忆。

不知道在黑暗中独自哭了多久，她蜷缩起膝盖，用双臂抱着，整个人陷在椅子上。她浑身已经没有力气了，呆呆地坐在那里。

她独自恐惧，而那个人正幸福地待在爱人的身边。

咔嚓——门口传来锁被打开的声音，铁门被打开了，车外的光亮照射进来。祝千双眯起了眼，辨认出那是车灯，有两个人逆着光站在车厢的门口，其中一个用浓浓的乡音叫着："真的有、真的有！这姑娘怎么一个人躲在这里面啊……"

虽然此刻的祝千双很震惊，大概是哭太久了，头也晕乎乎的，但她还是忍不住在心里答道：谁要躲在这儿啊！我明明就是被关在这儿的！

突然，一道熟悉的男音响起来，他的声音有些发颤，他试探性地小声问道："千双……祝千双？"

她哭得上气不接下气，断断续续地小声回答道："乔、乔野？乔野……"

他就站在她面前，身后是万丈光芒，而她独自置身于漆黑的深渊中。这样的落差感和距离感让她的眼泪流得更凶了。她该怎么办呢？她那么努力地想把他推开，那么努力地想把他隔绝在自己的脑海之外……可是为什么她明明这样做了，还是在不可遏制地向他靠近？

下一刻，她被拉进了一个温暖的怀抱里。他用宽厚的手按着她的后脑勺，将她紧紧地搂在怀里。她可以清晰地听见他的心跳声，像是雨滴落在了屋檐上，稍微有些快，但是一下一下，很有节奏。

她一定是哭得没有力气了，不然为什么没能推开他？

“祝千双，我的视线一离开你，你就惹出一堆麻烦。”乔野苦笑着呢喃道，手不自觉地收紧，将她抱得更牢。在看到她安然无恙地坐在那里时，他早已准备好的那么多挖苦、责骂的话都说不出来了，他只想这样拥抱她，驱散她心中的恐惧。

他的胸前传来温热，他感觉到她的身体正颤抖着。她像只受伤的小猫，发出呜咽的声音，泪水打湿了他的衣衫。

乔野弯腰一把将她抱了起来。她的手先是紧紧地抓住他的衣领，而后向旁边延伸，慢慢地环抱住了他。她把头埋得低低的。

不知道为什么他忽然想笑，竟然只有这一刻，他才觉得自己和她真正亲近了一点儿。

“你们两个赶紧出来吧——”门外的大叔显然已经有些不耐烦了，大热天的，莫名其妙地被人从家里喊过来，开了门之后还要看小年轻卿卿我我半天……他在片场当了那么多年司机，见过些世面了，但现在确实没心思继续陪他们耗下去。

乔野赶紧抱着祝千双从车里出来。

司机大叔告诉祝千双，如果以后发现自己被关在车里了，要及时呼救。不那么忙的时候，司机将道具运到另一个地方后，很可能得过好几天才有人来清点、收拾。祝千双点点头，跟大叔说了句谢谢。

乔野带祝千双上了自己的车，他的手机忽然在口袋里振动起来。

乔野掏出手机，看到“郁薇”两个字时先是一怔，然后将手机放在一旁，没有接听。

在回程的车上，祝千双一直呆坐着没有说话。乔野给她递了一瓶矿泉水，之后便专心地开着车。她大概没回过神，偏着脑袋看向窗外，面无表情地听他跟别人通话。他大致是在讲她已经安全了，他们正在回酒店的路上之类的。

到了酒店的停车场后，乔野沉声道："到了。"可是推门起身之后，他发现女生还是坐在座位上一动不动，便叹了口气，走到另一边帮她打开车门，弯腰试图把她抱出来。

乔野刚刚弯下身子，就听到从酒店门口的方向传来了声音。森百里一脸担忧地跑过来，身边跟着祝千禾，后面还有几个人。乔野停顿了一下，本想继续抱她出来，犹豫了几秒后还是抽身回来了，站在车旁等他们过来。

乔野见祝千双的脸上依旧带着泪痕，无端地觉得刺眼，正伸手想擦去她的眼泪时，一个身影突然冲了过来。森百里抢先一步将祝千双抱了出来。祝千双依旧没说话，任由自己被森百里搂在怀里。祝千禾拉住了祝千双的手，跟森百里一起往酒店的方向走。

祝千双越过森百里的肩头看向乔野，他的脸在暗处，看不出表情，她只知道他的身体正面对着她这个方向。乔野在黑暗中远远地凝视着她。

森百里低头看了看怀中的女生，女生的脸上带着复杂的神色，嘴角想上扬，眉头却狠狠地皱在一起。森百里知道祝千双这样是因为谁，可是即使他猜到了，也不会说出来。

他只是把怀里的女生抱得更紧了些。

三人到了休息的房间，跟祝千双一起住的多多一直坐立难安，看到祝千双这样更是说不出话来，赶紧迎了过去。

因为莫导向来关照祝千双，所以这次祝千双失踪的事情引起了很大的关注，多多一直犹豫该不该说出自己所看见的——多多无意中听到安以柔让祝千双去收拾道具，想去帮助祝千双，却恰好看见林妙语偷偷摸摸地在车外徘徊并悄悄地锁上了门。

多多想冲上去救祝千双时被林妙语发现了，林妙语恶狠狠地威胁多多，说多多如果将事情说出去，就永远别想在这一行做下去。

多多好不容易才挤进了这家公司，转正还不超过一年，这么好的机会她真的没法就这样放弃。所以在知道祝千双出事后，她才彻底乱了心神。

好在现在森导抱着祝千双平安无事地回来了，多多长长地呼出一口气，总算放心了。

晚森百里一步进入房间的乔野恰好捕捉到多多的神态。他本来只当多多是看见祝千双没事，安下心来而已，但没想到，在他经过多多身边时，她竟然全身颤抖起来，说话的声音都不自然了："乔、乔导、导好……"

"嗯。"乔野佯装不在意地点点头，走进了房间，看见女生也慢慢地跟了进来。

森百里把祝千双平放在床上，祝千禾端着水杯坐到祝千双的身边，扶着她让她靠在自己的身上，然后把水送到了她的嘴边。

祝千双笑笑，抬手接过水："喂，我还没有柔弱到这种程度吧。"

"我知道。"祝千禾眼角的泪水还没有干，眼眶红红的，但她还是配合妹妹笑了起来，"你的生命力堪比'小强'。"

"好啦好啦，两姐妹独处的时间还长着呢。"森百里也在祝千双的床边坐下来，继续道，"千双，你怎么会被关在道具车里？"

"我去整理道具，不小心在里面睡着了……然后就发现车门被关了……"虽然她怀疑是安以柔故意整自己，但是毕竟没什么确凿的证据。更何况，她和安以柔之间其实也没有什么深仇大恨。

众人无奈地叹了口气，她失踪的原因竟然是这个。虽然大家觉得有些折腾，但是人没事就好，大家就没再多加责难。

倒是一直沉默的乔野走过来沉声道："一般情况下，师傅如果没有看到车门锁上，是不会随便开车离开的。你既然睡着了，那么是谁锁的门呢？”

乔野虽然是在问祝千双，但目光一直锁定在正低着头躲在角落的多多的身上。果然，他问了这个问题后，立刻看到多多的脸色越发苍白。多多紧握着自己的双手，用力到骨节发白，目光越发不安地四处移动着。

乔野觉得多多和祝千双的关系并不差，多多应该知道什么却不敢说。

祝千双看着乔野，知道他有心为自己找出真凶，但并不想再接受他的好意，便说道：“大概是别人以为车里没人才锁的吧，反正我没事了，这事就算了吧。”

祝千禾狠狠地拍了一下她的脑门，说：“死丫头，你是不是缺心眼？！你怎么会那么笨，在车里睡着了都不知道！”

祝千双没有说话，做着鬼脸吐舌头傻笑。

众人见祝千双没什么事，都松了口气打算回房睡觉。明天还有拍摄，大家得早点儿休息补充体力。电影快拍完了，大家要加快进度。

多多离开之前几次欲言又止，最后还是一脸为难地走了出去。乔野全部看在眼里，跟在其他人身后走了出去，在拐角处叫住了多多。

03

祝千禾因为不放心祝千双，留在酒店照顾她。

大概是今天受了太大的刺激，祝千双现在没什么睡意，便趁姐姐呼呼大睡，悄悄溜了出去。

他们这次住的地方是一家度假酒店，隐蔽性极高，环境优美，档次不低。楼下有泳池、花园，夜深人静的时候，在月色的映照下，还算是一番景致。

祝千双不忍打破这片静谧，放慢了脚步。她走到大门附近时听到了低沉而悦耳的熟悉男声，立刻条件反射般地紧张起来，全身僵硬，不知道该前进还是后退。他的声音很清晰，人似乎就在前面不远处。在听到他的声音后，她似乎再也挪不开脚步了。那莫名疲惫的声音一字一顿地说：“你到底怎么了？我以为我已经说得很清楚了。”

祝千双借着昏暗的灯光看到声音的主人将手抬到了脸部，他一遇到烦心事，就会用手轻轻地按住鼻梁。在片场，每次拍摄不顺利的时候，他就会做这样的动作。逐渐地，她竟然能从他的动作中摸清他的情绪。

乔野拿着手机没再说话，安静地听着电话那头的声音。但是很快，他一言不发地把手机从耳边拿开，望了一眼已经暗下去的屏幕，把手机收回了口袋。

眼看乔野即将转身，祝千双想赶快逃开，却忘了身后的玻璃大门刚才被她顺手关上了。她就这么撞了上去，发出了极为响亮的一声。

祝千双捂着自己的脸蹲了下来。

乔野惊讶地愣了片刻，看着蹲在地上疼得倒吸凉气的女生，快步走上前拉开她的手，双手捧着她的脸，借庭院里的灯光细细地打量着。她的脸上没有流血，也没有什么伤痕，只是有些红。

女生噘着嘴一脸委屈的样子让他无端地笑了出来。

“你还笑！”祝千双瞪着乔野，想推开他，但是他的力气实在太大，她根本就没办法挣脱，只能这样和他四目相对。

不知何时，他收敛了笑容，目光逐渐炙热，掌心似乎都带着滚烫的温度。她明明奋力地想逃离、想躲开，可是他的视线犹如藤蔓，将她牢牢地固定在他的面前。

“乔野……”她无助地喊着他的名字。

她曾多次这样喊他的名字，那场景如梦魇一般。她拼命想逃离他，但在他的面前还是无所遁形。

她喜欢他，却也恨他。

她从来没有想过自己能和他靠得那么近。他的脸逐渐靠近她，他脸部的轮廓，他的五官，甚至是他浓密的睫毛和鼻尖上那颗黑色的小痣都一点点地清晰起来。

祝千双意识到情况似乎有些不对劲，及时找回理智，用尽全身的力气伸手推向他的胸口。

或许他也没想到自己会做出这样的事，在被她推开的瞬间，任由自己倒在了地上。

祝千双重获自由的那刻慌不择路，只顾着一头向前冲，没注意到前面波光粼粼的泳池。她一脚踢在泳池的边缘，身子失去平衡，竟跌进了身前的泳池里。

作为一个因为自卑而二十多年没有穿过泳衣、去过海边的人，祝千双落入水中后猛地喝了一口水，那些水很快从四面涌入她的口鼻，火辣辣的刺激感让她既没办法呼吸也没办法呼救。她的手脚无助地胡乱扑腾着，很快就疲惫了，让自己不断地下沉。

挣扎时，祝千双感觉有个人扑进了水池，水浪将她冲得更远了一些。

她依稀看见那个身影不断地向她靠近。

当那个身影出现在祝千双面前时，她的腰被人用力地搂住，她被带入了一个怀抱中。

昏昏沉沉的祝千双任由那人将自己渐渐带向岸边，听到那个人焦急地说："祝千双，你听得见我说话吗？祝千双，你不会有事的……"

而后，祝千双从重重叠叠的水波中起来，大口地呼吸了起来。

好在入水的时间不长，她只喝了几口水，再加上被吓到了，所以头脑有些不清醒。她四肢无力，爬不起来，只能靠在乔野的胸口，被他抱着走向泳池边的长椅。

祝千双惊魂未定，此时乖得像只小白兔，哆哆嗦嗦地自言自语：“什么破酒店，游泳池的安全系数那么低，难道晚上就不会有人溺水吗？”

乔野本来因她落水而恼火，在听到她的抱怨后不自觉地笑了出来，引得怀中的女生瞪了他一眼：“还笑！你在落井下石？”

“没有没有。”乔野强行收敛了笑容，但还是没办法掩饰嘴角的弧度。

但他想到今天一波三折的经历，不由得叹气：“为什么每次见到你，你都会惹出一大堆麻烦？”

“嗯？”祝千双皱了皱眉，看到乔野正低头凝视着她，眼中犹如带着万千宠溺，这让祝千双本来就混乱的大脑更加混乱了。

乔野不回答，而是继续说：“我在想，我一定是欠了你什么，不然为什么即使你做出那么多我不能忍受甚至觉得很厌恶的事情，我依旧想将你留在身边呢？”他像是在对她说，也像是在进行自我反思。

“你的出现明明让我的生活变得混乱，让我变得不再像我……我一直讨厌被人改变，为什么可以忍受你的存在呢？

“或许，只有你才可以给我答案。”

祝千双被他放在长椅上。已经临近秋季，晚风让她用双手环抱住了自己，寒意让她微微发抖。而他始终注视着她，目光灼灼。

祝千双不懂他为什么会说出这样的话。她还以为他从未在意过她，或者是讨厌她。

这时，泳池边的一排灯被打开了。酒店的工作人员过来了，有些不可思议地看着身上湿透的两人，边询问边向他们走来。

不等祝千双反应过来，乔野迅速将她拉进了怀里，手臂的力量大得让祝千双无法动弹。

乔野冷声对工作人员道：“不用过来。刚才我朋友不小心跌下水了，但是已经没事了。你去忙你的吧，我把她送回房间就好。”

那人显然觉得奇怪，用手摸着自己的后脑勺，一副不解的样子。中辛和这家酒店已经合作很长时间了，店里的员工基本知道乔野的身份，自然也知道乔野的女朋友是鼎鼎有名的郁薇。

工作人员一直朝乔野的怀里张望，似乎想知道他怀中的女生到底是谁，但迫于乔野的眼神，只能不甘心地走了。

直到确认那人走了，乔野才放开了怀中的祝千双，却发现一直沉默着的女生竟然在哭。她的眼眶红红的，跟小兔子一样，她还嘟着嘴巴。

“咯咯。”乔野不自然地清清嗓子。

女生身上宽大的白色T恤在泡过水后已经是透明的了，她穿着的白色内衣也清晰可见。其实刚才正是因为这一点，他才不想让她被别人看到。当然，最重要的还是他想保护她，不想让她卷入什么无聊的八卦消息里。

对于这儿的工作人员，乔野确信他们不会向记者爆料。但是，这家酒店不光招待他们剧组，也招待游客。刚才的动静惊动了工作人员，很难说不会有其他人注意到这儿发生的事。

祝千双顺着他的目光望过去，才发现自己的衣服原来已经那么暴露了。见他一副出神的样子，她不由得大叫一声，用双手捂住了自己的胸口：“死变态！”

乔野被她这一叫找回了思绪，皱着眉头看她那惊恐的模样，觉得有些好笑：“你就这样称呼连续救了你两次的人？”

“那也不代表你能因此吃我的豆腐！”祝千双据理力争。

乔野挑眉道：“我真的看不出你有什么豆腐值得我吃。况且，我不是那种会放着大餐不吃，而去尝试清粥小菜的人。”

就算是傻子也听得出他意有所指。

祝千双撇撇嘴，不知道该说什么，两个人一时间就这样尴尬地看着彼此。

他犹豫着应该说些什么挽救一下现在的气氛，可是怎么都想不出合适的话语。女生的目光逐渐黯淡下去，看得他没来由地烦躁起来。他自己也不懂，为什么他会害怕她望着自己的眼中的光芒消失，害怕她变得像往常一样冷漠而不可靠近。

祝千双恢复了往日的神色，站了起来，用手背擦了擦眼泪，大声对乔野说："我回去了！哼！"

鼻子发出示威一样的声音，她毫不犹豫地转身，抬头挺胸地朝大门那里走去。

祝千双看似毫不在意，却在回到自己的房间后长长地吐了一口气。她的心脏还在扑通扑通地跳着，她故作镇定地走回来，就是怕被他看出破绽。

大概是动静太大了，一直在床上打着呼噜的祝千禾突然坐起来，揉着眼睛瞪她。

"我、我、我……"祝千双不知道应该怎么解释自己为什么全身湿淋淋的，可是她的话还没有说完，祝千禾又倒了下去，就像没醒过一样再次打起了呼噜。

第六场 奇怪的他

01

剧组给祝千双放了一天假，祝千禾找了个理由留下来陪她。两个人想去市中心的购物街买点儿东西，便找森百里借了车。

两人换好衣服，刚走出房间就看到了从对面慢慢走来的乔野。

还真是冤家路窄。

昨天晚上发生了那么令人尴尬的事之后，祝千双无数次庆幸今天不用和他见面，才会在难得的休息日里答应陪祝千禾去购物。但是，他们居然还是撞见了！

毫不知情的祝千禾照常跟乔野打招呼，两人还聊了一些拍摄上的事。祝千双嘟着嘴偏过头，不愿意看他，别扭地走在那两个人的旁边。

三人乘电梯到了酒店大厅后，祝千双装模作样地打量酒店，还没反应过来，一拥而上的记者就把她推开了。

那些记者的目标是乔野。

见当事人出现，记者自然会争先恐后地发问，你一言我一语，很快就让祝千双知道了记者围堵上来的原因。

——乔野和女友秘密见面之后，被人拍到和另外一个女人深夜见面。

全剧组的人都知道郁薇昨晚悄悄回国了，乔野送她回酒店后还消失了很长一段时间，难道乔野就是在那个时候和传说中的新欢见面了？

祝千双想到这儿就一肚子的火，昨晚听他打电话时就猜到他是给郁薇打的，他肯定是懒得解释，急着去见他的“小三”。男人一旦花心起来真不是人，翻脸比翻书还快。看来他白天特地向剧组请假去机场接郁薇肯定也是借口，根本就是为了掩盖要和新欢约会的事实。

祝千双肚子里的气快要堵到胸口处了，她甚至连乔野的脸都不想看，拽着祝千禾想赶快走。

但是祝千禾没办法坐视不理，立刻打电话给森百里和相关的人员，让他们赶紧过来处理这件事情。祝千双翻着白眼坐到角落的沙发上，顺手拿起了茶几上的报纸。

娱乐版的头条新闻称郁薇昨夜秘密回国，和导演男朋友不欢而散，理由是知名导演乔野在郁薇出国的这段时间另结新欢！

报纸上还有郁薇在机场和乔野手拉着手的照片，果然是郎才女貌，两个人都是简单朴素的打扮，但是身上的光芒依旧无法掩盖。那么养眼的一对男女出现在人来人往的机场，肯定很醒目，怪不得会被记者看出来。

只是当祝千双看到第二张照片的时候，张大的嘴就再也合不上了——那是她和乔野昨晚在泳池边的照片。

虽然灯光昏暗，照片也像是用手机在远处拍的，但是那个穿着白色T恤被乔野抱着的女生绝对是自己。接下来的几张照片都是她和乔野在一起的。好在几张照片中，只有一张里有乔野的正脸，她并没有完全露出正脸。

祝千双长呼一口气，好险好险，大家不知道照片上的人是她。

也是，乔野先跟郁薇出现在机场，又半夜和一个女子被拍到那么亲密的照片，必定会引起轩然大波。

这才上午十点多，当天的八卦周刊就已经刊登这条新闻了。现在的“狗仔”，速度越来越快了。

祝千双刚才是抱着看好戏的想法才置身事外的，现在知道他是因为她而有了麻烦，就再也没办法冷眼相待了。只是，望着被包围着却依旧镇定自若的乔野，她不知该如何是好。

或许是察觉到了她的目光，在一一回答完问题后，乔野转过身来和她对望着。

隔着那么远的距离，他深邃的目光如同锁链一般将她紧紧地捆在原地。

她该怎么办?

工作人员快速围了上去，乔野开始沉默地站在后方，收回了视线。工作人员替他回答了几个问题后，准备护送他离开。

祝千双本来想跟着他离开，但在挪动脚步前看到他对自己点了点头，他好像在说：“没关系的，我没事。”

像是被施了魔法一样，她的心瞬间安定了下来。她轻轻地点头，目送他跟着工作人员离开了酒店大厅。

祝千双哪儿也不想去了，反正祝千禾为了处理突发事件已经忙得根本找不到人影了。最终，祝千双决定去片场看看，今天的戏份对整部电影来说相当重要。她多少有些担心乔野的状况，想去片场看看他。

其实祝千双一直想找个机会向他道谢。就算她再怎么告诫自己要远离他，但是他毕竟救了她两次，再加上他现在又因为她而惹了不小的麻烦……祝千双只好反复在心里告诉自己，现在的心情只是因为感激。

她告诉自己，道谢后她会继续讨厌他！

她没想到，乔野似乎完全没受影响，照样面无表情地拍着戏。

祝千双的身体刚恢复，而且她今天还在休假，工作人员便没给她分配任务。莫姚谦更是主动提出要带着她，悉心教导她拍摄时的技巧和手法。

莫姚谦作为助理导演在圈内也算是小有名气，从业多年，经验丰富，这次倾囊相授对新人来说是无价之宝。可是，现在的祝千双根本没有多余的心思听课，目光跟随着乔野的身影，将他的一举一动尽收眼底。

但是很快，大家就发现乔导今天怪在哪儿了。

在拍这场女主角骑自行车在雨中追男主角的戏时，乔野残忍地让女主角林妙语在试戏的时候全部来真的。

就算林妙语平时真的很尖酸刻薄，但在这一刻都显得极为可怜。

在野外的小路上，骑自行车的女主角不仅被大雨淋着，还要边抽泣边说台词。这一段戏要表现女主角的内心世界，她想挽留却始终不敢开口，只能跟在车后面，小声哀求男主角“不要走”。

反复拍了五六次后，林妙语大概是太辛苦了，眼泪还真的哗啦啦地落了下来，念台词时也上气不接下气的，为她增添了一分哀婉和无助之感。

在场的人大多觉得这次已经算是林妙语入剧组以来表现得最好的一次了，还有几个工作人员被带动了情绪，被男女主角想相守却无法实现的悲凉爱情故事打动。

但乔野依旧蹙着眉，一遍又一遍淡淡地说着：“重来。”

林妙语当然很不服气，但是有苦难言，只能按照要求一遍又一遍地重新来过。

那个镜头拍到第十二次的时候，林妙语的手心已经被磨出了水疱，她没办法再继续演了。直到这时，乔野才挑挑眉，准备拍下一场。

祝千双虽然心里大呼过瘾，但还是觉得林妙语很可怜，猜测林妙语是在乔野心情不好的时候惹到他了。祝千双刚入剧组的时候也这样被他呼来唤去、来回使唤，这种感觉她实在是深有体会，所以才对林妙语产生了同情。

这部分总算拍完了，林妙语因为体力透支无法参加晚上剧组的聚餐。

乔野这时却表现得极为亲切，和蔼地点头应允，甚至在林妙语离开的时候对她露出了蒙娜丽莎般的微笑，用轻柔的语气说："好好休息，这场戏真的辛苦你了，晚上能来就来。"

那口吻实在和他平时冷峻的形象不符，看得祝千双的心里一阵恶寒。

结果平时盛气凌人惯了的林妙语竟然忘了自己刚才被恶狠狠地整过，还对他嫣然一笑，柔声道："别这么说，乔导，这都是我应该做的。"

之后，林妙语就被她的经纪人带走了。

祝千双越看越觉得不可思议，"我虐别人千百遍，别人待我如初恋"是有魅力的男人的超能力吗？

不管乔野怎么"折磨"林妙语，林妙语都能像春天到来一样笑得妖娆。

接下来的两天，全剧组的人都被吓到了。林妙语和乔野原本不和，但如今二人相处时的气氛却越来越暧昧了。

外界针对"乔野和郁薇的十年爱情长跑疑似走向破灭"这件事做

了诸多猜测，但是乔野丝毫没有打算出来澄清，照样每天工作。

唯一不同的就是，乔野对林妙语的态度发生了一百八十度的大转变。

祝千双恢复工作后，一休息就会看到乔野跟林妙语借讨论剧本的机会打情骂俏，乔野甚至无暇顾及接二连三闯祸的她。

眼不见心不烦，祝千双便一直躲着乔野。凡是他在的地方，她就尽量不出现，即使出现了也当自己没看见他。

反正他大部分时间在和林妙语热烈地“讨论”剧情，甚至会时不时地撩起林妙语的头发，为她挂在耳朵后面。祝千双看见后就边做呕吐的动作边跑到一边去躲着。

她要让自己忙起来，让自己不要想他。

02

由于多多身体不适，请假回家休息了，更多的任务被分配给了祝千双。

祝千双和另外一个助理阿蒙按吩咐给大家统一订早餐，因为外景拍摄的地点比较偏僻，又会从今天晚上一直拍到第二天，祝千双便让酒店送了豆浆、油条、馒头之类比较能填饱肚子的食物过来。

祝千双和阿蒙将早餐递给林妙语，最近怙恩恃宠的林妙语看到早餐后当即发了脾气，开始骂骂咧咧。阿蒙的性格比较倔，她压根儿就不想搭理林妙语。谁知道，林妙语竟然拿起一个馒头砸在了阿蒙的身上。

祝千双看不过去，冲过去拉住阿蒙，朝林妙语吼道：“你凭什么动手动脚？！”

“我千叮万嘱，早上一定要吃蔬菜沙拉、喝纯牛奶，现在她拿了一盘什么玩意来？她是根本就不把我放在眼里吗？！”

“林小姐，你不觉得你的要求很过分吗？”阿蒙红着眼眶反问道。

祝千双压住自己的脾气，捏紧阿蒙的手让阿蒙冷静下来，然后问阿蒙："怎么回事？"

阿蒙瞪了林妙语一眼，转过头来对祝千双说："我和酒店交代过，但是刚才经理送早餐来的时候说，酒店食堂用的都是新鲜的食材，今早要早餐的时间太早，食材根本就没到，现在没有新鲜的蔬菜水果。"

"现在阿蒙解释清楚了，你不觉得你应该向她道歉吗？"祝千双心平气和地对林妙语说。

"我道歉？你做梦！"林妙语气得脸都红了，"一个小小的助理做错事了，还这么理直气壮？！"

祝千双知道再这么争下去也不是办法，正巧这时候在一旁讨论的乔野、森百里和莫姚谦等人走了过来。见发生了状况，森百里和莫姚谦第一时间站到了祝千双这边，低声询问情况。

祝千双和已经快哭出来的阿蒙慢慢地把事情的原委说了一下。

莫姚谦平时就很欣赏、喜欢后辈阿蒙，对阿蒙疼爱有加，便拍拍阿蒙的头说："别哭，莫叔叔在这儿呢。不是你的错，你哭什么？"

森百里点头，盯着祝千双无奈地说："你啊，性格和千禾一点儿都不一样，没事和她争什么，脾气收敛一点儿，别闹情绪。"

"我偏不！"祝千双不满地看着正低声和林妙语交谈的乔野，他的语气柔和得像在哄自己的恋人。刚才还凶神恶煞的林妙语瞬间就喜笑颜开了。

祝千双狠狠地鄙视他的同时，也在心底嘲笑自己。自己竟然会担心他因为绯闻而受到影响，竟然会在意他受到记者的骚扰后是否会影响心情！

她瞪着他，看他和林妙语向自己走来。站在她面前的林妙语简直像胜利女神，笑而不语。

乔野面无表情地道：“祝千双，你待会儿去最近的镇子上把林小姐的早餐买来。”

“啊？”莫姚谦不可置信地惊呼出声。

森百里也是一副莫名其妙的样子，低声问他：“喂，你是不是累出毛病了？”

乔野连看都不看他们一眼，继续说：“尽快。”

祝千双的心里又气又苦涩，如果是郁薇还好，现在他竟然连林妙语这种级别的也不放过了。

她偏过头拒绝道：“不去。等一下要做的事情太多了。”

乔野似乎对祝千双的反应毫不意外，突然露出一个不明显的笑容，在众人还没反应过来时拉着祝千双走开了。

他边走边提高音量说：“百里，等一下的那场戏你帮我看着，我开车送祝千双去买东西。”

祝千双想甩开他的手，但是她刚挣开，他的手很快就又伸了过来。

这次，他直接牵住了她的手。

他的手宽厚而有力，祝千双完全挣不开。每次察觉她想挣脱的时候，乔野就会加大手上的力道，祝千双疼得没力气再反抗，只能任由他拉着自己。

“上车。”乔野拉开车门，示意祝千双上去。

祝千双收回自己的手，恶狠狠地瞪着他问：“乔野你到底是什么意思？！”

“嗯？”乔野不怒反笑，“你这下愿意理我了？”

“你在说什么？”祝千双被他问得有些莫名其妙，明明是他这些天一直和林妙语打得火热，现在还一副委屈的模样倒打一耙。

“为什么要故意躲着我？”乔野皱眉。

“我哪儿有！”祝千双大声地反驳道。

“那就上车。”乔野二话不说就把祝千双塞进车里，根本不给祝千双反抗的余地。

祝千双想逃也逃不了，这儿除了山就是河，她只好不再反抗，乖乖地坐进去。

乔野也上了车，但是没再说话。

祝千双气鼓鼓地瞪着窗外不说话。但是渐渐地，她被窗外的风景吸引了。这儿山清水秀，沿路是苍郁的树林，半山被云雾包裹着。天空好像离她很近，好像只要她伸出手就可以触摸到云朵。

这儿真的像剧本里说的那样美！在这样一个地方，男女主角许下了关于爱情的承诺，带着对未来的希冀热烈地亲吻着对方。

“我一直在想，如果有了恋人一定要带她来这个地方。这儿没有城市的喧闹，也没有琐事的烦恼，只有我们两个人。我们一起看一次日出，一起看一次日落，一起在山川之间静静地行走。”经过长时间的沉默，乔野突然开口说道。

祝千双回头看他，而他只是开着车，脸上没有什么表情，甚至像在自言自语。

祝千双依旧没好气地说：“那就和郁薇，哦，现在可以和林妙语一起来了。”

乔野沉吟着，半晌，才慢慢说：“郁薇不会来这种地方。”

本想再追问下去，可是祝千双在看到他眼底的迟疑和无奈后，还是忍住了。

算了算了，反正他是不是为情所困也和她没关系。

祝千双转过身，继续看着窗外。

大概用了快一个小时，两个人进了一个小镇。与其说是小镇，倒不如说是村庄。车子没办法再开进去，两个人就下了车，决定走着进去看看。

这儿还是用青石板铺成的小路，但是沿途有村民挑着菜。祝千双看到了生菜、白菜、西红柿，就随便买了一些，紫包菜之类的找不到，祝千双也没打算继续找。

问路之后，二人找到了一家小店，买到了新鲜的牛奶。

沙拉酱看来是买不到了，两人只好就此作罢，沿原路返回。

途中经过一家便利店，乔野让祝千双等一下，走进去不知道买了什么，回来的时候手上拎着一大包东西。

祝千双看不顺眼，挖苦道："哎哟，还担心人家吃不够，给人家买零食呢？"

上车之后，乔野把那袋零食塞进她的怀里，边发动车子边说："你自己留着吃吧，等一下要是困了，就拿零食出来嚼一嚼。"

乔野说到这儿忽然转过头来，脸上竟带着祝千双从未见过的狡黠笑意："不要被别人抢了，我只买了这些。"

祝千双霎时间就像呼吸停止了一样，脸上的燥热一直蔓延到了胸口。她怕被揭穿，迅速低下了头，看着怀中的零食，又尴尬地看向了窗外。

沿途的风景那么美丽，但出现在她眼前的，竟然只有他的脸。

二人回到片场后，乔野中止了拍摄，让全剧组等林妙语吃完早餐。乔野甚至在旁边陪着林妙语，帮她插牛奶的吸管。

在场的人无不惊讶，开始怀疑乔野和林妙语之间的关系。

祝千双抱着自己怀里的零食，看着坐在不远处的两个人，胸口一下子好像被什么堵住了一样。她想狠狠地把袋子扔在地上，再将零食踩个稀巴烂，可不管怎么想，双手还是紧紧地抱着袋子。

森百里本想来找祝千双，在看到女生此刻的表情后，疑惑地停住了脚步。

他分明……是见过她的，在很久很久以前。

可是，现在他对他们到底有没有见过已经无所谓了。女生眼中闪烁的神情，让他一眼便知道她的心中到底在想什么。

森百里默默地低下了头，摸摸自己的鼻子，苦笑了起来。

接下来好几天，乔野和林妙语的关系越来越引人猜疑。

有八卦的年轻女孩儿来问莫姚谦其中的缘由，可就连和乔野合作那么多年的莫姚谦都看不出乔野的葫芦里到底在卖什么药。

他皱着眉头沉思半天，依旧不得其解："这乔导到底是怎么想的，我还真的说不出来。"

祝千双看不惯几个女生不依不饶地拉着一个叔叔级的人聊八卦，不由得出言道："莫导又不是乔导肚子里的蛔虫，你们要问也应该去找森百里导演不是吗？反正只要美女向他撒个娇，他就什么都招了。"

此刻的祝千双全身散发着不好惹的气息，看得女孩儿们一阵心惊胆战，赶紧点头离开了。

祝千双看着拍摄计划，心想这样的日子应该快结束了，因为林妙语的戏就快拍完了。

03

女主角的戏杀青后，剩下的戏就很简单了，大致就是拍拍自然景色和一些配角的戏。重头戏已经拍摄得差不多了，剩下的部分剧组如果抓紧时间，还是能在限定的时间内完成的。

林妙语的部分结束后，她当即就因为别的活动离开剧组了。或许是这个原因，拍摄时的乔野恢复成了从前的样子，除了偶尔拿着手机发信息，其余时间都面无表情地拍摄。

工作人员纷纷猜测他是因为林妙语离开了才这么落寞的。

彻底拍完后，剧组决定办了杀青宴再回去。大家乘车回了先前的酒店，各自先回房间休息。连续几天高强度地工作，他们总算赶在预定的日子完成了。

祝千双一到房间就开始睡觉，直到下午森百里过来敲她的门，她才想到晚上还有杀青宴。

这段时间发生了很多意外事件，戏结束了，大家既欢喜又惆怅，更期待能尽快看看自己工作了将近四个月的成果。

向来不参加这种聚会的乔野竟然也坐在人群之中，浅笑着跟身边的人谈论着什么。

祝千双坐在邻桌，看到他时不时拿出手机，似乎是在和谁发信息。

酒过三巡，大家的兴致持续高涨，祝千双看到乔野对着身边的人摇摇头，然后站起来从口袋里掏出了手机，边接听电话边走了出去。

这满屋的烟酒味让祝千双不想再待下去了，她干脆起身离开，打算回房间继续睡觉。

乔野住在五楼，祝千双的房间楼层比较高，但她忽然想去感谢他……那天他买的零食，确实帮她了不少。

她一困的时候就拿东西出来嚼，这果然是个好办法，让她做事的效率提高了不少。

如果他刚好出电梯没多久，还没进房间的话，那她就去感谢他好了。

但是，祝千双怎么都没有想到，电梯门打开的瞬间，她恰好看到了打扮得极为风骚的林妙语从旁边的电梯里走了出来。祝千双手疾眼快地按了关闭键，过了一会儿才重新打开电梯门，慢慢地将头探了出去，确定没有人后才走了出来。

祝千双走到转角的地方，看到林妙语停在了乔野的房门前，抬手按了门铃。

现在是什么情况？！林妙语下午给剧组打了电话，说因为工作太多实在不能参加聚会，但现在却出现在这儿？

祝千双细细地打量着林妙语，她穿着性感的连衣裙，裙子很短，是修身的款式，尽显前凸后翘的身材。

不一会儿，乔野将门打开了。

他头发凌乱，眼神也有些迷离，衬衣扣子开到了胸口的那颗，领带被取了下来。他看到林妙语后似乎一点儿都不意外，反而像是等了她许久一样。

这、这、这该不会是传说中的“潜规则”吧？！这件事还发生在了乔野的身上？！

祝千双简直不敢相信自己的眼睛。她平日里讨厌乔野是一回事，但是自认为了解乔野的为人，林妙语靠投资商上位这件事已经让乔野很不满了，现在他又怎么会允许潜规则这种事发生呢？

祝千双顿时就想拔腿走人，先前对他的感激统统变成了彻彻底底的厌恶！

她再也看不下去了，干脆转身直接走人。她气鼓鼓地回到了电梯前，恶狠狠地用手指戳着向下的按钮，但是电梯一直在楼上下不来……祝千双焦躁不安，想快点儿离开，不想和他们呼吸同一层楼的空气！

可是就在她等电梯的过程中，她看到了一个打扮奇怪的人也在这层楼出现了。

那个人淡淡地扫了她一眼之后，继续向前。

祝千双觉得那个人的扮相有些奇怪。那个人大半夜戴着一顶棒球帽，胸口挂着墨镜，肩上背着一个相机包，很容易让人联想到一个令所有艺人产生防备的词——“狗仔”。

糟了！祝千双立刻拔腿跟着那个人，果然看到那个人在她先前躲藏的转角，拿着小型相机悄悄地拍着照片。

即使她现在冲出去阻止，肯定也拿不回那个人已经拍到的照片，这毕竟是条大新闻。如果照片就这样流出去的话，乔野肯定会受到很大的影响。

但是……这关她什么事啊？！

如果不是乔野自己到处释放荷尔蒙，给了林妙语什么暗示，她也不敢这么堂而皇之地进来！说不定就是乔野自己约了林妙语。

祝千双狠下心想，这次就让乔野自食恶果好了。反正那么多年来，他的绯闻都没有影响到他在中辛的地位。

祝千双重新乘电梯回到了大厅。人群还没有完全散去，但是大家也基本喝得醉醺醺的，开始耍酒疯了。

祝千双一直很烦躁，一想到刚才看到的那一幕就焦躁得不得了，四处乱走。

在全世界都在因为他的绯闻而忙碌时，他竟然还会让“狗仔”拍到林妙语一身性感地出现在他的房间门口的照片。最让她愤怒的是，他的脸上还带着那么迷人的笑容！

祝千双走出酒店，去附近的那家便利店里买了一份冰激凌，想压制一下内心的烦躁和郁闷。

她吃着冰激凌重新回到酒店外，恰好看见林妙语用力地踏着高跟鞋走下了台阶，然后又像是看到了什么，紧张地四处张望。林妙语用手上的皮包遮住了自己的脸，然后走向停车场的一辆车。

林妙语不是应该在和乔野约会吗？

祝千双觉得事有蹊跷，躬身向那辆车的方向走去。

好在酒店的自然环境很不错，有很多植物，祝千双得以掩护自己。可是她怎么也没想到，林妙语密会的人竟然是她刚才撞见的“狗仔”！

他们两个不知道在商议什么，祝千双看到那个“狗仔”将相机递给林妙语。

祝千双起初以为“狗仔”在用照片威胁林妙语，但是林妙语看到照片后双眼发亮，露出一副奸计得逞的表情，怎么都不像是被威胁了，反而像是获得了什么宝贝。

直觉告诉祝千双，这两个人一定在密谋着什么。

秉承以其人之道还治其人之身的理念，祝千双掏出手机将两人在一起的画面全部拍了下来。

祝千双心里猜得八九不离十，这种手段她在电视剧、小说里见得不少。为了上位，不少女星会故意和导演炒作绯闻。这不像是中辛会做的事，那毫无疑问地，就是林妙语自己主导的了。

林妙语一进剧组就因为和导演闹矛盾博得大量关注。她接受了乔野的建议去上表演课，这一度让她在演艺圈里长时间没有任何消息，大家都怀疑她正因为演技差而四处碰壁。如果现在她和导演传出这种新闻，就可以出来说自己被导演强迫了之类的话。

在娱乐圈里，不管是什么新闻，就算是丑闻，只要符合大众的口味，就可以让她再次成为大众关注的焦点，让她重新获得大量的工作机会。

乔野不久之前被传和女朋友有了感情危机，现在再被拍到那样的照片，大家就会自然而然地联想，觉得乔野的新欢很有可能就是林妙语。

如果乔野出来否认的话，那他和郁薇的十年爱情长跑就会瞬间从佳话变成假话。那么毫无疑问地，他会被大众认为是处处留情的花花公子，不但有郁薇，有神秘的新欢，现在还对林妙语进行“潜规则”。这样的话，他的电影和公司都会受到巨大的冲击。祝千双觉得乔野无论如何都不会选择这条路。

如果乔野既不承认也不否认自己和林妙语的关系，那么大家就会关注他们之间的绯闻，认为他们关系暧昧。到时候，林妙语完全可以说自己是为了炒作电影才这样的，不但可以获得极高的关注度，还可以全身而退，和乔野撇清关系。

不得不说，林妙语还是很有一套的。

虽然祝千双拿到了林妙语试图炒作的证据，但是如果祝千双贸然公布照片，乔野还未上映的电影肯定会受到一些影响。祝千双要怎么在保护乔野的前提下，不让林妙语的计谋得逞呢?

林妙语和“狗仔”分道扬镳之后，祝千双回到了自己的房间，看着自己拍下来的证据发呆。

那么……乔野现在知道了吗?

他一定不知道吧。

可是，自己是否应该告诉他呢?

第七场 我喜欢你

01

祝千双一整夜都没睡，不知道应该怎么告诉他才好。她不清楚乔野和林妙语之间的关系，也不好贸然开口。

第二天敲门声响起的时候，祝千双的脑袋里已经乱成了一团糨糊。她迷迷糊糊地摸到了自己的手机，才六点钟。

今天大家要赶回公司，都得早起坐剧组的车回去。

祝千双到大厅的时候，全员基本集合完毕，就是没看见乔野和森百里等高层人员。

她问了一下跟自己关系比较好的同事，才知道今天早上传出了乔野和林妙语的绯闻。虽然这一消息还没有被证实，但是已经产生了一定的影响。

之前乔野被传深夜密会神秘女子后，一直躲在偏僻的山区。现在他回来了，自然会有大批记者找上门来。

祝千双不停地打开包包再关上，犹豫到底要不要把这件事告诉乔野。如果到时候他和林妙语的新闻真的闹大了，至少她还有证据，让他有办法保全自己。

回程的路上，祝千双一直拿着自己的手机，把乔野的名字按出来好几次，最终还是删掉了。

突然，另一个助理导演站起来告诉大家，因为记者已经守在公司门口了，所以等会儿大家不能在公司门口下车，如果愿意，可以和司机说自己下车的地点。导演助理还说，这次大概会连续放一个星期假，大家可以好好休息。

祝千双意识到事情似乎已经闹大了，不敢直接打给乔野，便立刻拨给了祝千禾，待接通之后，单刀直入地问："老实说，现在公司到底是什么情况？"

"差不多就是记者想让乔野和林妙语去警察局，看看彼此身上有没有留下DNA（基因）之类的东西，证明他们昨晚确实在一起。"祝千禾抱怨道，"现在大家还在猜测林妙语是不是已经怀孕了！谁知道她是不是因为吃得太撑了，才被拍到小腹微隆啊！"

"那乔野呢？他现在在哪儿？"

"应该……在公司吧。"祝千禾不确定地说，"现在公司都拦着记者，不让他们进去了。乔野应该会尽量少走动，待在公司处理电影的后期剪辑方面的事吧。我跟你说……你马上回家睡觉，多少天没睡觉了你！"

"嗯……那没事了，拜拜！"知道他在哪儿之后，祝千双果断地挂了电话。

车子已经驶入市区，祝千双报了一个公司附近的地点。恰好有同事住在那附近，车就先开过去了。

一下车，祝千双就直奔公司。

果不其然，公司的大厅已经被堵得水泄不通了。那些记者正拉着一个工作人员疯狂地提问，问他们对今天早上爆出来的新闻有什么想法，这些消息是否属实等。

好在祝千双趁他们抓着清洁工不放的空隙溜进了电梯，很快就到了乔野平时办公所在的楼层。

公司里已经乱成了一片，每个部门的电话都快被打爆了。现在似乎也没人有闲心管祝千双怎么会在这儿乱晃，祝千双快速地溜到了乔野的办公室门口。

结果她敲了半天门都无人回应。乔野的办公室里似乎根本就没有人。

这个时候，他难道在开会？还是在剪辑室里？

祝千双把会议室和剪辑室都找遍了，还是没有找到他。

办公室里的人显得越发忙碌了，她想拉住谁询问一下都没办法。

她懒得和大家一起挤电梯，万一碰到祝千禾的话就糟糕了，便走向楼梯。干脆挑人少的地方下楼，反正她也不着急回去。

祝千双走进楼梯间，下了两三层，忽然听到楼下有人用力地推开大门的声音，然后很快传来了一男一女争执的声音。

这个声音祝千双太熟了，想忘都忘不掉。她下意识地躲了起来，侧耳聆听着楼下的动静。

林妙语歇斯底里的咆哮声让祝千双有些担忧地朝四周望了望，有人闯进来没关系，但如果有人闯进来发现她在这儿偷听就糟糕了。

好在没人注意到她这儿的动静。

林妙语大声说："你怎么可以这样对我——"

乔野的声音异常平静："应该说，我之所以会这样完全是因为你先那样做了。"

什么这样那样的，祝千双皱着眉头，觉得没头没尾的对话听着真累。

“乔野，你不要太过分了！你不要忘了，我可以证明出现在你房间门口的人确实是我，我甚至还有我们的通话记录！”林妙语提高了音量。

可是乔野偏偏不吃这套，好整以暇地看着她，语调依旧平淡：“你尽管公开吧。”

“什么——”

“只要你敢。”

林妙语现在大概是彻底抓狂了，祝千双听见楼下不断传来林妙语跺高跟鞋的声音，嗒嗒嗒的。

“林妙语，按我说的去做，我会让这件事情尽快平息下去。”乔野似乎不想再与她多纠缠，冰冷的语气中带着一丝警告的意味，“否则，即使这次电影会受影响，我也会把事情的真相说出来。”

“乔野！”林妙语怒吼一声，接近癫狂地来回走动着，走了好一会儿不可思议地问，“你毁掉这部电影、毁掉我，就只是为了让我向祝千双道歉，承认是我把她关起来的？”

什么？！祝千双倒吸一口气，用手把嘴巴捂住，差点儿就尖叫出来。她一直以为是安以柔整了她，把她关在车里，没想到竟然是林妙语……

等等，她似乎漏掉了一件很重要的事。

乔野为了让林妙语向她道歉，甚至不惜毁掉这部电影？这到底是怎么回事？祝千双的脑子里瞬间一片空白。

为什么呢？他为什么会为了她做到这个地步？

“林妙语，如果你觉得你的自尊心比你的事业、未来都重要，那么就把那天晚上你找‘狗仔’拍到的照片公布好了。但是你伤害祝千双，将她反锁在车里的证据，我也有。”乔野下了最后的通牒，“明天中午的记者会之前，你自己好好想清楚。”

下面传来了门被推开的声音，应该是乔野走出去了。

紧接着，高跟鞋蹬地的声音也传了出来，林妙语跟着走了出去。

这到底是什么情况？祝千双不由得想到了林妙语手上的那些照片，脑海里全是林妙语刚才说的那些话。她根本就没办法再思考下去，身体开始行动了。她立刻跑下楼，推开门追了出去。

好在乔野并没有走很远，推门进了放映室。原来他一直在这间放映室里待着。

祝千双毫不犹豫地跟了进去。

乔野看到气喘吁吁地跑进来的祝千双后愣了一下，随即皱眉问："你怎么没回去休息？"

"到底是怎么回事——"祝千双走到他面前，"我听到了你和林妙语的对话。怎么回事？为什么、为什么不阻止她公布照片，却让她向我道歉？你又怎么知道是林妙语把我反锁在里面的？"

"祝千双……"乔野先是惊讶地盯着女生的脸，皱着眉头，随后苦笑着说，"你出事那天我就发现郑多多的表情很奇怪，事后我问她，她告诉我，她亲眼看见林妙语把你反锁在车里了。因为受到了林妙语的威胁，所以她没敢说出来。对做出这种事的人，我没有报警已经算宽容了。"

怪不得多多从那之后就一直请假在家，自己多次打电话、发信息给她，她都没有回复，原来是因为这个。

"可是……"祝千双不解，"她现在只是发了模糊的照片炒作绯闻，如果她将照片公布出来，最受影响的是你啊。"

"不会有事的。"乔野无所谓地回答。

"我有她找'狗仔'来拍照的证据！"祝千双赶紧从包包里掏出手机，手机清楚地记录了林妙语和"狗仔"交换照片和信封的画面，"这样的话，即使她公布了清晰的照片也不要紧。"

"这些证据，我也有。"乔野总算放松下来，"我料到她会用这个办法，所以事先就做好了准备。”

“那为什么……”祝千双不懂。

“你是白痴吗？一直被人欺负，难道连脾气也没有？”乔野伸手拍她的头，“她这种行为，你怎么忍受得了？先是恐吓，再到人身伤害。”

“可是即使电影被毁了也没关系吗？这个时候，如果你再产生负面新闻的话，你的电影就真的毁了。”祝千双还是不懂，看见他一脸无所谓的表情，不由得有些恼怒，“如果你真的不介意电影被毁，为什么不公布证据？这样至少你还可以保住自己。我不介意她会不会向我道歉，反正事情都过去了，道不道歉也没有关系！”

“我有办法解决。”乔野沉声道，“相信我。”

可是，此时的祝千双没办法冷静下来，眼睛霎时就被一阵酸涩的感觉侵袭得看不清乔野的脸了。她飞快地低头望着自己的脚尖，不可抑制地颤抖着，心脏跳动得快要飞出来了。

他竟然为了她做到了这个份儿上。

“即使她公布了，我也有解决办法。”乔野胸有成竹地说道，“但是你要相信，林妙语知道我有这些证据之后，绝对不敢公开那些照片。自我炒作、欺压工作人员，足以让她在这个圈子里声名狼藉了。现在她正处于需要一个踏板上升到更高地位的阶段，怎么可能轻易地放弃这部电影？！”

他说得也是。祝千双这才放心下来。

可是看着他的笑脸，她怎么都高兴不起来。这种感觉实在太奇怪了。

乔野露出一个顽童得逞般的笑容，突然说：“祝千双，我很意外，你居然会担心我。”

祝千双看着那个笑脸，半天回答不上来，却清楚地感觉到自己的心脏再一次毫无章法、肆无忌惮地狂跳了起来。

02

他会不会……

不会。

这个问题她不用继续想也知道答案。但是她的内心一直很乱，忙碌了一整天的祝千禾回来后抱怨了很久，她连一个字也没有听进去，满脑子里都是他对她说的那些话。

祝千双实在是太累了，在家洗完澡，换了衣服后立刻倒在自己的床上呼呼大睡起来。

睡梦中，她隐约听到手机铃声响了好几次，但是困得根本没力气伸手去接，之后手机便没了声响。

房间的窗户和门都被关得死死的，这一觉睡下来，祝千双觉得格外地圆满。

她伸手去摸自己身边的手机，想看看现在是几点，才发现手机不知道什么时候关机了。

她下床给手机充电，然后去了客厅。

客厅的窗户开着，外面黑漆漆的，她这才知道现在是晚上，再抬头看钟……

"凌晨三点半？！"那她也没有睡多久啊。她中午才到家，算下来没睡多久。

忽然想起睡觉时来了好几通电话，祝千双把充着电的手机打开，上面显示的数字让她吓了一跳。

"12号了！？"

自己是10日中午睡的……也就是说11日一整天都被自己这么活生生地睡过去了……

她手机上的未接来电和信息多得吓人。

不是说这一个星期都是私人时间，绝对不会有人为工作上的事情来打扰她的吗？她看了一下未接来电，大多是部门主任打来的，再不然就是阿蒙等同事。

祝千禾也打了两个，但都是10日下午打来的。

而未接来电里最多的就是在11日下午两点半左右打来的，有将近20个。

她再看了看信息，里面全是“你看到没”“你现在是不是很激动”“我总觉得有问题”这样没头没尾的话。

而更早之前的就是阿蒙发来的信息，说待会儿乔野要召开新闻发布会。

这个她倒是听乔野对林妙语说过。难道他们在发布会上公布了什么消息？

祝千双兴奋极了，立刻打开电脑，急忙在网络上搜索起来。

可是她其实根本就没必要搜，一打开新闻网站就看到了一个硕大的新闻标题——知名导演乔野在新闻发布会上首次承认和著名影星郁薇的婚讯，预计短期内婚事将近。

他承认了婚讯。婚事将近。

祝千双有点儿不敢相信，找到了发布会的视频。

森百里和乔野坐在正中央，一群记者坐在场下，闪光灯就没停过。

首先，森百里作为发言人介绍了电影拍摄中遇到的各种问题。目前，电影已经顺利杀青，森百里还公布了电影的上映日期和相关的宣传活动，最后声明近日乔野和女主角林妙语的各种新闻都是不真实的。

乔野从头到尾都面无表情，双手自然地放在面前的桌子上，安静地听着森百里说话。

澄清得差不多后，森百里看了看身边的乔野继续说：“接下来是大家最关注的消息，会由乔野导演亲自向大家公布。”

现场顿时沸腾起来，记者激动得纷纷站了起来。

乔野将面前的麦克风移到适宜的位置，沉声道："最近关于我的新闻确实有些多，这其中的误会和缘由我都没办法做出解释，毕竟这是私人的事情。而我在这儿要宣布的是，我和郁薇已经交往十年了，两人也到了适婚的年龄，如果不出意外的话，我们的婚礼不会太远了。"

他的每一个字、每一句话都让祝千双的心不断地向下沉。她的心脏像被泡进了海里，积满了水分，重得令她呼吸不上来。

她满脑子里都是乔野说出那些话时的神态。

——他要和郁薇结婚了。

即使知道他们两个早晚会走到那一步，但是她没想到，当这一天到来的时候她竟然依旧会受到那么大的冲击。

这一定是因为自己太靠近他了。

这一定是因为他对自己说了那些话。

这一定是因为自己太不小心了。

十年里，她不断对自己进行自我催眠，可还是没用。

她甚至以为……他是有些喜欢她的。

为什么即使自己那么恶劣地对待他，他依然能为了自己做出那样的牺牲呢？现在想来，他那样做其实也不算是为了她，或许他只是想找机会公布结婚的消息。而他现在这样做，不但恰好解决了绯闻引发的问题，还让林妙语的诡计落空。

自己……他不过是顺便帮了自己一把而已。

想到这儿，祝千双竟然冷笑了起来。她难过得心跳都快停止了，可是在这么难过的时候，她竟然除了笑露不出别的表情。

有人说，让你不再难过的最好方法就是睡觉，因为睡觉的时候，你什么都不用想，时间很快就会过去。

所以祝千双基本是在睡眠中安然地度过了这一个星期的假期。

等到公司举办庆功宴的这天，祝千双看着镜子中自己的脸才深深地意识到了事情的严重性。

睡了这么长的时间，她不光是脸肿得跟浮尸一样，眼睛也因为肿胀变成了单眼皮。

很好！

祝千双平静地洗漱、穿衣，有条不紊地准备着参加庆功宴的行头。

其实，此刻的她只想再给自己的脸补几巴掌。

与其说是庆功宴，倒不如说是乔野所在剧组的惯例。乔野在拍摄期间过于苛刻，所以很聪明地在拍摄结束之后装好人，给大家提供各种福利。

庆功宴之后，部分职员还可以继续享受长达半个月的假期，而像祝千双这样的实习生就只能老老实实地滚回去上班。

所以祝千双对这个庆功宴充满了极大的怨念。

再加上想到待会儿就要见到那个人了，祝千双此刻全身充满了杀气。

第一站是KTV。人人都说唱歌是释放压力最好的方法。

中辛集团特意在本市最高级的一间会所办了会员卡，专门举办剧组的庆功宴。这儿不仅能唱歌、喝酒，还有堪称自助餐分量的美食等待着大家。

祝千双到达后直奔餐台。

她拿了两个盘子，装到盘子里无法再放食物后才心满意足地退到了角落。

食物，是能给她正能量的好东西。

正当她吃得兴奋时，大家的视线突然集中到了门口。

乔野和森百里各穿着一身休闲装出现了。乔野穿着简单的白色T恤和蓝色牛仔裤，森百里穿着白底红色纹路的花衬衣。

祝千双赶紧低下头，既不想看他们也不希望他们中的谁看到。而森百里偏偏不让她如愿。

身边的沙发一沉，她转头看到森百里端着红酒坐到自己身边，还给她带了一杯放在一旁。

森百里朝她浅浅一笑："哟，看起来千禾给你传授了不少经验。"

"嗯？"祝千双不懂，"什么经验？"

"来庆功宴最关键的就是要吃东西。"森百里从她的盘子里拿走一个马卡龙，"这儿的食品都是由顶级厨师制作的，在外面吃一顿要花上你半个月的工资。千禾第一次来时，我跟她说了之后，只要是能参加的庆功宴她就基本不会落下。"

"你们怎么舍得？公司每年的庆功宴不少吧？"祝千双看着盘子里的美食。

"不少是不少，但是知道真相的人不多。"森百里将食物放到唇边，眼睛里幽幽的笑意让他看起来很狡猾，却也格外性感。他眨眨眼，抬手把酒杯递到唇边："我说在外面吃很贵，是因为……他们没本事从老板娘那里拿到一张金色的会员卡。啧啧，为了公司的利益，我真是全身心地投入啊。"

森百里特意强调了"身"字，这其中的意味不用他解释，祝千双也知道。

祝千双做了一个呕吐的动作之后，不再搭理他，打算继续"奋战"。

"唉，乔野这个榆木疙瘩，来这儿就只会干坐着。以前和郁薇一起来的时候，他至少还会喝点儿酒，和她一起唱唱歌。"半晌，森百里自言自语般地说着。

祝千双像是瞬间被什么东西卡住了喉咙一样，刚才还觉得东西好吃，现在顿时觉得味同嚼蜡。祝千双把盘子往旁边一放，端起他拿来的酒杯，瞪着森百里恶狠狠地喝了下去。

森百里笑笑，说是要去找美女跳舞，然后走开了。

反正也吃不下东西了，祝千双觉得这酒还不错，就又去拿了几杯过来，一个人窝在角落里喝了起来。

不知道第几杯下肚之后，祝千双渐渐觉得视线有些模糊，周围的景象也产生了变化。她的头重重的，像是被什么东西压着一样。

她的心情一下子很低落。

她抬头看向乔野所在的位置，他正握着手机打字，应该是在和什么人聊天。

难道他是在和郁薇讨论结婚的事吗？

想到这儿，祝千双的胸口闷得发疼，她鬼使神差地站了起来，摇摇晃晃地朝点歌台走去。

她心中的委屈和不满没地方发泄，借着酒劲，一把推开了正在唱歌的安以柔，吓得安大美女花容失色，甩了麦克风就跑到乔野身边气急败坏地告状。

祝千双也不在意，在点歌的机器上按了几下。激情的音乐响起来的时候，在场的人无一不被吸引过去，震惊不已！

是的，这首歌正是电视剧《回家的诱惑》的主题曲。

03

全场的人都张着嘴巴看着祝千双和正被祝千双狠狠地瞪着的乔野。

虽然祝千双没有直接用手指出来，但凡是有眼睛的人都可以看到，祝千双犹如被恶灵附体一般，边唱边怨愤地看着乔野。

而乔野完全不明白发生了什么，皱着眉头看着祝千双扭曲的脸。

森百里不知什么时候走到了乔野身边，小心翼翼地问："难道祝千双其实是你以前的老婆，被你抛弃之后去整容了，现在要回来找你报仇？"

乔野沉默地瞪着他。

"也不对啊。"森百里很疑惑，"你和郁薇是青梅竹马，我和你也从小学时就认识了。你哪儿来的老婆？"

乔野冷冷地看了他一眼："你电视剧看多了。"

乔野说完便站起来，边走向祝千双边对森百里说："她只是喝多了而已，我送她回去。"

"等等。"森百里抢先抓住了祝千双的胳膊。

女生已经醉了，坐在沙发上快睡着了。森百里看着她的脸，毫不掩饰自己宠溺的笑容，转头对乔野说："我送吧，你作为总导演肯定要留久一些。我去千禾家的次数比较多，路我也熟。再说了，朋友的妹妹就是我的妹妹。"

乔野听罢犹豫了片刻，但很快将手放下了，点头说道："也好。"

森百里笑笑，弯腰将祝千双抱起来，快步走了出去。

乔野看着两个人离开的背影，嘴唇不自觉地抿紧了，先前落空的手握紧，再握紧。

他以前没有制止的心意，在心底生了根发了芽，茁壮地生长起来了。

察觉到自己的反常后，乔野自己也忍不住冷笑起来，没想到自己竟然会因为她产生那样的情绪……

祝千双一路上都睡得很安稳，只是嘴里时不时地嘟囔两句，在安静的车厢里显得异常地清晰。

她嘴里反复念叨的词是"乔野"。

车子停到祝千双家楼下的时候，森百里看着她的睡脸，竟然不想把她送上去。

每次森百里想向她靠近的时候，她似乎都会刻意躲远点儿。

在知道她对乔野的感情之后，森百里已经试着让自己放弃了。可是就在刚才，森百里看到她喝得那么醉却拿着麦克风对乔野唱那首歌时滑稽可笑的样子，才发现自己根本就放不下她。

“祝千双，我该拿你怎么办才好？”森百里叹口气，身子向前弯过去，在祝千双的脸上轻轻地印下一个吻。

可是这个吻却让祝千双清醒了。她捂着自己的脸，一双眼睛瞪得圆溜溜的。

“喂喂喂，你不要一副我做了什么伤天害理的事情的样子。”森百里有些冤枉，作为一个在导演圈里出了名的风流人物，他这样已经是绅士了好吗？！

可是祝千双好像根本没认出面前的人是谁，低头抽泣起来，自言自语：“不要一直逗我笑，你明明觉得不好笑。”

“嗯？什么意思？”森百里有些摸不着头脑。

“就是说……”祝千双眼眶通红，难过地说，“你明明不喜欢我，为什么让我以为……你喜欢我呢……你没有逗我笑……可是我却无法停止大笑……”

——你轻易地抽身，而我没办法停止爱你。

她是这个意思吧？

森百里欲哭无泪，抬手擦去她眼角不断滑落的眼泪，轻声说：“我什么时候说我不喜欢你了……”

“明明就有！”祝千双突然愤愤不平地道，“你都要结婚了！你竟然要结婚了……”尾音拖长，祝千双难过得低下了头。

森百里却没办法再笑出来，眼里的光一寸一寸黯淡下去，最终再也找不到一丝踪迹。他刚才几乎以为她是在说他，可是就在她说出那些话之后，他的心脏像是被猛击了一下，他顿时难受得没办法呼吸。

森百里自嘲地想着，原来自己已经沦陷到这种地步了啊！

他摆正女生的肩膀，抬起她的下巴，让她正视着自己，然后轻声问：“你，看得到我吗？”

“嗯？”女生明显不能理解这个问题。

——你看得到我吗？一直在你身边的我，你到底有没有片刻正视过？

祝千双没有回答，皱着眉头自言自语：“我讨厌你的谎言……你不记得我了，你忘记我是谁了。我明明、明明那么喜欢你，喜欢你……十年了。”

“嗯？到底是怎么回事？”森百里一直觉得曾经在哪儿见过她，却无论如何也想不起来。

“我向你告白……可是你嫌我胖，嫌我不好看，拒绝了我……甚至害我被那么多人嘲笑……可是我真没用啊……十年了，我竟然……”她像是在做什么激烈的思想斗争一样，没将后面的话说出来。

可是森百里忽然明白了。

原来她就是那个女生。

梦境中，那一天是这样的……

祝千双在暗恋了当时的校园风云人物乔野整整一年之后，决定向他告白。

她观察发现，乔野和他的同桌从来不做课间操，所以特意挑了一个大家都去做广播体操的时间，来到了那间自己曾无数次路过的教室门外，看到了自己喜欢的他。

他的身边是他的同桌，他一个人在窗边坐着的模样简直就像画报一样好看。只是乔野的同桌似乎心情不太好，一个人若有所思地坐着看向窗外，对祝千双在门口发出的声响毫不在意。

当乔野出现在她面前时，祝千双的眼中根本没有别人，她鼓起勇气走了过去。

然后，她勇敢地对他说出了那句话。

——“学长，我喜欢你。”

男生显然没有太惊讶。被人告白对他那样的人来说，实在是再平常不过的事情。祝千双也想过，学长是绝对不会接受这个时候的自己的。

但是这份感情，她无论如何都想在他毕业之前对他说出来。所以，她勇敢地告白了。

她想在他开口拒绝自己之前，把自己想说的话全说出来：“我知道现在的自己不够好，很胖，很难看，成绩不好，没有特长。学长肯定不会接受我。所以，等我有一天觉得自己足够好了再来向学长告白，可以吗？那个时候——学长再好好考虑吧。”

乔野的眉毛上扬，他露出一个淡淡的笑容，像是在肯定她。

祝千双觉得那个时候的学长那么温柔。

可就在她转身离开的时候，外面传来嘈杂的声音，一些高年级的学生已经快回到教室了。

祝千双想赶快走，却突然被人拉住，那个人竟然是乔野。

他有些犹豫，像是不知道该如何开口。他扳过此刻已经激动得身体僵硬的祝千双，飞快地按住她的肩膀示意她坐下来。因为是学长示意的，她想也没想就往下一坐。

所有的悲剧似乎都发生在那一瞬间。

祝千双坐了下来，身下传出清脆的声响。

什么东西碎了。

祝千双吓得立刻弹了起来！她之前没注意到凳子上放着一台CD

（唱片）机，已经很旧了，银色的外壳已经掉漆，塑料的部分出现了很大一道裂痕。

她急忙道歉，无助地看向乔野。

可是乔野似乎也被吓到了，看向了一直沉默的同桌。

就在外面那些同学进来的时候，乔野的同桌愤怒地站了起来，用力狠狠地推开已经呆住的祝千双，大声地骂道："你、你看你坐到了什么？！你没有长眼睛吗？！"

之后，那个男生说了更多过分的话。

乔野的同桌红着眼眶，像一头被触怒的狮子般暴躁地咒骂着。进来的同学全被吸引了过去，知道缘由之后纷纷看着祝千双笑了起来。

——"哈，你看她太厉害了，竟然可以一坐就把别人的CD 机坐碎。"

——"这体重真是不容小觑啊。"

——"女版超级赛亚人！"

这样的嘲笑夹杂着乔野同桌的谩骂全部涌进了她的耳朵里。那时的祝千双只能把目光投向乔野。

可是……他在看着另外一个方向。

她顺着那个方向看过去，看到了一道纤细的身影，是郁薇。

那个瞬间，她好像明白了什么，不顾一切地推开了围着她的众人，跌跌撞撞地跑了出去。

这就是祝千双十年来一直梦到的情景，也是十年前发生在她身上的事。

那之后，祝千双怎么都无法忘记那天所发生的事情，便转学了。

可这件事就像一道伤疤，深深地烙在了她的心里。

她最在意的是那个人，但他始终看着另外一个女生。

他神色慌张，像是要撇清关系，为了不让那个女生误会一样。

他慌慌张张地让她坐下来，是因为怕郁薇看见她后会误会他，是因为他觉得丢脸。

那些人围着嘲笑她的场景，铸成了这十年里她对乔野的恨意。

可是祝千双怎么都想不起来了，那天她坐坏的CD机的主人就是此刻坐在她身边的森百里。

“哈哈哈。”森百里笑起来，不可置信地看着女生熟睡的脸，“竟然是你，竟然就是你。”

此时女生已经睡着，嘴巴时不时地咂巴两下，像是个慵懒的小动物，完全不知道正注视着自己的男人此时有多激动。

“原来你就是我一直在找的人，祝千双。”森百里的声音都在颤抖，“在我知道你因我而受了那么多委屈后，我真的很后悔。可是等我试图找你时，你已经离开了。原来你一直离我那么近，我竟然从来没有听千禾提起过你有那样的经历。”

“我终于找到你了。对不起，真的对不起。”森百里愧疚地重复着道歉的话，“我的母亲离开我的时候，留给我的最后一个礼物就是那个CD机……所以我才忍不住。那个CD机其实已经很旧了，只是我把被母亲抛弃的怒气发泄到了你的身上。可是多可笑啊，我竟然为了一个抛弃了我的人伤害了我现在喜欢的女生……千双，真的对不起。”

“但是……我不会再失去你了。”

森百里深情地注视着祝千双，决定隐瞒这个秘密。

通过女生刚才的自白，他总算知道她现在那么恨乔野的原因。可是她不知道，那天乔野之所以会让她坐下来，并不是像她自己所想的那样。

但是现在那已经不重要了，他会来弥补她受到的伤害。

女生的表情终于恢复了平静。

森百里俯身，想亲吻她的唇，却突然止住了。

他撩开她额前的发，挂到耳后，然后望着她的脸浅浅地笑了。现在还不急，他一定会让她心甘情愿地喜欢他。

第八场 宿醉之后

01

宿醉真是件令人头痛的事情!

祝千双从床上醒来，胡乱地在床上摸着找手机，然后忽然意识到一件很重要的事……

“我怎么会在床上！”她的头依旧晕得不行。

她隐约想起了自己摇摇晃晃地走向点歌机的画面……

然后呢？！她胸中洋溢着的成功复仇和发泄愤怒后的满足感是怎么回事？！她到底做了什么，竟然让自己这么心满意足？！

祝千双拿出手机打给祝千禾……

房门忽然被打开，祝千禾拿着手机走了进来，一脸憔悴，眼袋大得吓人。她有气无力地倒在祝千双旁边说：“我就在隔壁，干吗打电话……”

“我怎么知道你回来了！”祝千双揉揉姐姐的手臂，“昨晚是你把我扛回来的？”

"神经病。"祝千禾白了她一眼，"我哪儿有这么大的力气！"

也是。那就不对了，难道是……

"是乔野送我回来的？"这就太惊悚了。可是她隐隐约约记得自己在谁的车里，他的脸离自己那么近，她却怎么也看不清他到底是谁。

祝千禾抬起头说："这和乔野有什么关系？是百里送你回来的。我煮了汤，咱们一起去吃点儿东西吧。"祝千双说完，站起来走向厨房。

森百里？那么说昨晚在车子里和她说了很久的人是森百里？祝千双不由得长嘘一口气，虽然不记得自己到底说了什么，但好在那个人不是乔野。

祝千双跟着站起来走向厨房。

祝千禾看起来很不开心，披头散发，面无血色，做起事情来有气无力的。

"工作很忙？"祝千双有些担心。虽然她们并不是从小一起长大的，但是至少自己和她相处的这段时间里，她一直悉心地照顾自己。

祝千禾把舀好的汤递给祝千双，嘴角带着无奈的苦笑："是啊。我总觉得应该换一份轻松点儿的工作，离开这些事、这些人。"

"什么，你不是一直很喜欢这份工作吗？"祝千双有些惊讶，"以前连续三四天不能睡，都没听你说想放弃，现在干吗突然说那么丧气的话？"

"可能是在这儿工作太久了，久到我都忘记坚持下去的理由了。"

祝千双埋头喝汤，没察觉到千禾不对劲，喝完后才发现千禾不知道什么时候出去了。

今天是休假的最后一天。

祝千双的头一直昏昏沉沉的，她本打算在家睡上一整天，一个电话打乱了她的计划。

竟然是林妙语。她拐弯抹角地说了半天，大致意思就是要找祝千双谈谈。祝千双猜到林妙语找自己有什么事了，现在乔野公布了婚讯，负面的新闻逐渐减少了……很明显，这次的赌局最终还是乔野赢了。

祝千双想着既然要出门，倒不如趁这个机会和文靖汀见一面，顺便可以说说最近发生的事情。

由文靖汀担任主编的杂志虽然是新刊，但也算是畅销杂志了。

一见面，文靖汀就露出狐狸看到鸡一样的神情，说："快给我几条独家新闻，让我们杂志赶上风头，再火一把。"

祝千双举着双手比了一个"×"，拒绝道："想都不要想，我才不是那种人。出卖公司的事我怎么做得出来？！"

"那就奇怪了，我以为你恨乔野恨得要死。"文靖汀咬着吸管说。她没挖到新闻真的很不甘心，但也只好放弃。

"我说，你又不是八卦周刊，要那么多独家新闻干吗？我一个这么有名的影评人都给你写专栏了，还不够吗？"祝千双撇撇嘴，又感叹道，"不过娱乐圈真的是太乱了……"

文靖汀认同地点头："你知道还不早点儿退出来……很多人想知道Z小姐到底是谁，好在我一直压着消息，甚至有人怀疑我就是……我要是有你那么犀利的文笔，早就去当专栏作家了，哪儿还用那么惨地帮那些明星拿包，看他们的脸色呢？"

"反正你别说就是了。"祝千双想到乔野为她做的事和他的婚讯，叹了口气，努力驱散心头的不快。

"你干吗一副失恋的表情？"文靖汀狐疑地打量着她，眼睛突然亮了起来，"剧组里的帅哥很多吧？现在二线三线的帅哥以后指不定能红起来，你要珍惜并把握机会啊！"

祝千双瞪了她一眼，开始和她说一些别的事，比如说剧组里发生的各种奇葩事件以及所谓的灵异事件。文靖汀还有工作，二人没聊多久，她就打算回去了。

文靖汀刚起身没几步就和一个戴着墨镜的女子擦身而过，虽然那个女子已经尽量掩饰了，但文靖汀毕竟也是做这一行的，看得出那个女人是谁。

林妙语看到文靖汀似乎也很惊讶。

文靖汀虽然不是什么名人，但好歹是个名媛，她现在所办的杂志让她也有了些名气。

林妙语之前接到过文靖汀的采访邀请，一开始她觉得是小杂志，便拒绝了，但是没过多久，经纪人就带她去做了专访。所以林妙语对文靖汀的印象极为深刻。

可是现在，林妙语竟然看见文靖汀和祝千双似乎关系不错的样子。

林妙语没想到，祝千双这个看起来那么平凡的女孩儿竟然和那么多在这行有着举足轻重地位的人有关联。林妙语不禁又气又烦躁，怪不得那个小实习生敢在自己面前那么放肆。

现在，林妙语甚至要向她道歉！

林妙语极为不耐烦地在祝千双的对面坐下，慢慢取下了自己的墨镜，然后瞪着她。

祝千双有些无辜，林妙语打电话的时候还客客气气的，现在突然换上这副表情……她是受害者，不是来这儿看林妙语的脸色的。祝千双直接开口问："你找我来干吗？这儿可不是剧组。"

林妙语似乎也想到了今天来这儿的目的，尴尬地轻咳了两声，说道："我今天来，是来……向你道歉的。"

祝千双双手抱在胸口，听她咬牙切齿地说着这些话，觉得实在有趣，挑了挑眉，等她继续说下去。

"那件事……我不是故意的。"林妙语低着头，不甘心地说着，

“希望这件事能就这样过去。”

祝千双点头道：“能这么过去当然好，但是我有一个要求。”

“你还有要求？”林妙语大概觉得不可思议，自己都已经道歉了，祝千双竟然还要提要求。林妙语不由得恼怒起来。

“嗯。”祝千双皮笑肉不笑地说，“暂时停止出席活动，在屏幕上消失三个月。虽然这有点儿难，但是你让多多承受了那么多，她三个月也好不了。我不想让她因为看到你而心烦。”

“你！”林妙语的脸色越来越差，她就差没有当即拍桌子翻脸了，“祝千双，你是什么东西？！不要太过分了！”

“我过分？”祝千双冷笑道。多多最后还是因为这件事辞职了，一个怀揣梦想的女孩儿在这儿坚持了那么久，忍受了那么久，却因为林妙语带来的负面影响彻底失去了信心。祝千双平时虽然也胆小怕事，什么事都可以自己忍着，但是这次不一样！她挺直了腰板说：“这是我唯一的要求。”

林妙语忍不住了，站起来指着祝千双的脸道：“你做梦！你知道我三个月不参加活动，会造成多大的影响吗？！”

祝千双无所谓地耸耸肩，然后慢慢笑了起来：“这儿人不多，但是认识你的人足够将你的行为传播出去了。”

林妙语的脸色瞬间苍白了。

祝千双好心提醒道：“反正害怕绯闻的人又不是我。”

林妙语被气走之后，祝千双异常开心，总算给多多还有那些在电影拍摄期间被林妙语刁难过的人报了仇。

只是她一想到，自己之所以能肆无忌惮地和林妙语叫板全部都是因为乔野，就觉得胸口突然很堵，跟压了一块石头似的。

她的手机铃声忽然响了起来，电话是森百里打来的。

“百里前辈？”祝千双想到自己喝醉后失态的事情，立刻害羞得涨红了脸。

“我和千禾在乔野家吃烧烤，你也赶快过来吧。”森百里那边的声音有些嘈杂，有音乐，还有人嘻嘻哈哈谈笑的声音，一听就是在聚会。

祝千双握着手机犹豫了，一方面想去问问森百里自己到底有没有对他说什么不该说的，另一方面又害怕和乔野见面。

如果自己真的对乔野做了什么不该做的事……她想想就觉得无地自容。

“你在哪儿？我来接你吧。”森百里继续道，“反正你今天也没什么事，晚上我会送你和千禾回去的。”

自从乔野宣布婚讯之后，她还没有和乔野见过面。

祝千双无法忽视自己想见到他的心情，答应下来：“好吧，我在……”

半个小时之后，她透过窗户看到一辆车停在了店门口，接着森百里就下车了。祝千双赶紧结账走了出去。

在去的路上，祝千双有些踌躇，不知道该怎么把满脑子的问题问出口。倒是森百里贴心地先问道：“你昨天喝了不少，现在头还疼吗？”

祝千双摇头，心里一阵紧张，生怕他会突然告诉她，她昨天晚上做了什么可怕的事情。但是，森百里没有。她这才小心翼翼地问：“百里，你老实告诉我，我昨晚没有做什么……奇怪的事吧？”

森百里目光闪烁，笑着问道：“比如？”

“比如……变得很奇怪啊。”祝千双平时很少喝酒，因为她的酒品差。她上大学的时候跟同学出去喝酒，结果醉了之后非要拉着一个男生去洗手间，还大吵大闹，硬是说人家是女生，差点儿把人家弄哭了。

但是，这次绝对不会那么简单，不然她怎么会有一种“大仇已报”的愉悦感？

“你可以自己去问问乔野。”森百里笑着对她说。

完了，祝千双的心里突然强烈地不安起来。

但是，下车之后，她很快被周围的风景吸引了。这个位于山间的别墅区，每两家间隔得比较远，相当好地保护了个人隐私，而且绿化做得很不错，沿路都绿荫环绕，乔野家门口更是像个休闲公园一样。

没想到像他这样的人也会有这种闲情逸致。毕竟庭院打理起来不易，得费不少心思。

“傻站着干什么？进去吧。”森百里拍拍祝千双的头，然后很自然地搂着她走了进去。

祝千双平时和他疯惯了，也没觉得有什么。但是进去没多久，当祝千双看到靠着墙拿着酒杯的乔野时，下意识地想要挣开森百里的胳膊。

令她意外的是，森百里非但没放开手，反而更用力地搂住了她。

祝千双想想也是，她干吗要在意乔野的眼神啊？自己和谁亲密，又不关乔野的事。

乔野看着森百里搭在祝千双肩上的手，皱了皱眉，但很快又恢复原样，淡淡地对祝千双道：“你现在清醒了？”

那晚果然发生了什么吧？！乔野没继续说下去，只是把头转向庭院的方向。

庭院里，有一堆人正争相烤着自己爱吃的食物。

乔野看了看那堆人，回头对祝千双道：“既然来了，就好好玩吧。”

森百里听罢，拉着她走向庭院。千禾正好在烤鸡翅，森百里立刻将鸡翅抢过来，然后递给祝千双说：“刚烤好的，快吃吧。”

千禾忍不住翻白眼，把自己的妹妹从他的“毒爪”下拉出来：

“喂喂，借花献佛就算了，你风流成性，少打我妹妹的主意。”

祝千双认同地点头：“前辈这辈子怕是洗白不了了，接下来还是安分守己、好好做人吧。”

森百里撩了撩自己的头发，说：“我不需要洗白，女孩儿依然前赴后继。”

他顺手搂住了千禾的脖子，勒住她恶狠狠地说：“不过因为你总污蔑我，前赴后继的女孩儿才少了一半！”

见森百里和千禾闹了起来，祝千双悄悄走到一边东张西望起来。

没错，她在找乔野！

祝千双悄悄绕到了屋子的另一面，是一个小院子，虽然不算宽敞，但是里面居然有一个木质的秋千。秋千是那种手工制的，精致漂亮，又带着被岁月打磨过的痕迹。

祝千双忍不住坐到秋千上，轻轻地晃起来。

“喂，这个恐怕承受不了你的重量吧？！”冷不丁地传来熟悉的男声，祝千双吓得一下子从秋千上跳下来。结果力气太大，她根本刹不住车，不受控地往前扑去，落到了来人的怀抱里。

她结结实实地和那个人抱在了一起。

“吓、吓、吓死我了。”祝千双止不住地哆嗦，毕竟刚才跳下来的高度也不算低，再加上没站稳，她几乎以为自己得摔倒了，没想到竟然会安全地停下来。

“谢谢你。”祝千双长舒一口气。

“不客气。”那人回答道。

这声音越听越不对劲，祝千双抬头看到了乔野那张隐约带着笑意的脸。

“啊——”祝千双下意识地弹开。刚才一直在找的人现在突然出现在眼前，她反而说不出话来了。

“怎么？”

“没、没什么。”祝千双赶紧回答，想到他先前说的话，回头看了一眼那个秋千，“你是说这个要坏了吗？”

“嗯。”乔野点头，若有所思地慢慢说道，“以前是做给郁薇的，但是她很久不玩了，螺丝松了我也一直没修。你刚才飞得那么高，要是摔下来就惨了。”

想到那一幕，他的手里也捏了把汗。

女生面色苍白，想必是吓坏了。他不由得放低了声音，犹豫许久后抬手轻拍她的后背，说道：“不过没事了，你现在不是安全了吗？”

祝千双的眼眶忍不住泛红，她除了刚才被吓到外，更伤心的是听到他说了这个秋千的故事吧——

其实她早该知道，他和郁薇之间的感情一直牢不可破。

“怎么了？”乔野看她不对劲，不禁问道。

“没有。”祝千双转过头，调整好自己的情绪之后，努力找回了思绪，想起自己来这儿的目的，慢吞吞地问，“导演，我昨晚……有很奇怪吗？”

“你是说哪个部分很奇怪？”

什么？哪个部分？到底有几个部分啊！他是按照自己的醉意分了等级吗？！

“那、那就最终的部分好了……”

“也没什么。”想到昨晚那幕，乔野觉得有些莫名其妙，“就是唱了一首歌而已。”

“唱歌？”还好、还好，祝千双松了一口气，唱歌这种事，最糟也就是不在调上。

“嗯。”乔野点头。他也想知道自己做了什么，竟然让她那么愤怒地对着自己唱了那首歌，便问道：“昨晚你醉了，现在我恰好可以问你！我一直觉得很奇怪，你好像……很讨厌我？”

听他这么说，祝千双意识到事情绝对不止一首歌那么简单……

她不知道应该怎么解释，只好皱着眉头结结巴巴地道：“不、不是这样的……”

祝千双正烦恼着，森百里突然出现了，祝千双顿时松了口气。

森百里二话不说直接拉住了她的手腕，说：“我帮你烤了那么多东西，结果一回头你不见了！快点儿过来，不吃完不许走。”

祝千双刚跟随森百里走了几步，另外一只手就被人拉住了。

乔野面无表情地说：“你还没有回答我。”

“嗯？”森百里看着乔野，眼底的犹豫一闪而过，目光变得坚定。他笑着问：“我打扰你们两个了？”

祝千双赶紧摆手否认道：“没有没有，导演只是在给我布置明天的任务。”

然后，祝千双转身推森百里离开，催促道：“我们快点儿走吧！哈哈，我肚子饿了。”

森百里对她点点头，笑得十分宠溺。

乔野看着两个人离开的背影，心里异常烦闷，觉得被人在胸口闷声捶了一下。

02

夜幕降临，更多人到了乔野家，气氛变得更加热闹了。

乔野家的泳池旁架了一些音响器材，还有专业的DJ（打碟师）负责打碟。

祝千双随便望了一眼，看到了不少当红明星。他们全部衣着华丽，就连参加这样的私人聚会都不忘把自己好好地包装打扮一番。

唉，这就是明星的生活啊。

祝千双看看自己，她今天出门急，连一件像样的衣服都没有换上，穿着T恤、牛仔裤和帆布鞋就出来了，跟在场内端茶倒酒的服务生差不多。

虽然千禾这种有一定级别的工作人员没有像明星那样盛装出席，但千禾至少穿了一条休闲的及膝连衣裙。

祝千双觉得自己多少有些格格不入，想着还是早点儿回去好了。

“干吗那么垂头丧气？”森百里走过来，笑着把香槟递给她，“在想什么？”

“在想我这个路人甲要不要先走。”祝千双想了想，反正明天要上班，早点儿回去也不错。

“你累了？”森百里立刻换上了一副担心的神色，“还是不舒服？”

“不是啦。”祝千双摇头，“就是觉得我今天的行头不适合这个场合。”

森百里恍然大悟，伸手拍拍她的头：“我当是什么事呢！我帮你准备了礼服，但是想到今天是为了让你好好放松才喊你过来的，穿礼服太束缚你了，就没拿出来。不然你现在去换上？”

“嗯？前辈帮我准备了礼服？”祝千双震惊得瞪大了眼睛。

当看到森百里从他的车里拿出一个盒子的时候，祝千双更觉得不可置信。

他居然真的为她准备了礼服！

森百里把盒子放到她的手上，带她走到一扇门前：“进去换上吧，不知道你穿着合不合适，但是凭我的眼光，应该不会有错。”

“你连尺码都看得出来？”

森百里眨眨眼，为她关上门：“数字都可以很详细地告诉你哦。”

祝千双拿出盒子里的小礼服，是鹅黄色的裹胸款式，裙子很贴身，侧面高衩，恰好可以露出祝千双修长纤细的腿，让祝千双的身材看起来凹凸有致。

这条裙子是很高贵典雅的名媛风格。

过了一会儿，森百里敲门后递进来一双白色的高跟鞋，据说是千禾平时放在车里备用的。好在千双和千禾的尺码差不多，即使有些挤，祝千双也总算是穿进去了。

祝千双本来个子就高，现在更加显得高挑了。

她把扎起来的头发放下来，头发带着微微的自然卷。她用手抓了抓，让自己看起来不要那么乱糟糟的。

嗯……怎么说呢，虽然她觉得很别扭，但至少看起来还不错。

祝千双忐忑不安地打开了门，森百里看到她的瞬间就呆了，喃喃道："竟然和我想象中你穿上去的样子一样，不，应该说是比想象中的更好。"

"你说的不会是尺寸大小的问题吧。"祝千双一拳砸到他的肩膀上，"你买得相当合适，这样说你满意了吗？"

"不是。"森百里认真地说道，"我的意思是……你真的很漂亮。"

祝千双开玩笑般地拉起裙角，一只脚向后退，然后朝他致礼，接着伸出了一只手："那么这位绅士，现在可以带我这个美丽的淑女去舞会了吗？"

"我的荣幸。"森百里挑挑眉，牵起她的手放到自己的唇边轻轻一吻，然后将她的手放在自己的胳膊上说，"走吧。"

看他那么认真的样子，祝千双忍不住笑了起来，继续配合地装作自己是英国旧时代的贵族少女，带着高傲的表情点点头，昂首挺胸地跟着他一起走。

而此时，站在走道另外一端的乔野看到他们出去后，脸上的表情一寸一寸地冰冷下来。他在原地站了许久，慢慢走了出去。

森百里带祝千双走了一大圈，然后拿着食物坐到了边上。祝千双看到祝千禾一个人坐在桌旁，顺便帮她拿了她爱吃的点心走了过去。

“千禾，你竟然没去吃这个，我对你太失望了。”祝千双把盘子放在她的面前，用一副恨铁不成钢的语气感叹道，“是谁告诉我，在这种免费的酒会上，不要拿肚子去装酒这种没意义的东西，应该把目光放在美食上。”

祝千禾本来似乎在发呆，听到祝千双的话后回过神来，抬头看到了祝千双身上的衣服，脸上立刻露出震惊的表情。但祝千禾因为害怕被看出来，很快就微笑起来，只是眼底的失落怎么都没办法掩盖。

她清了清嗓子，让自己看起来镇定一些：“是啊，但是现在看来，酒其实也是个好东西。”

“啧啧啧。”祝千双想到自己喝酒后做出的事，“我现在觉得，吃美食才是真理。”

森百里看着正独自喝酒的祝千禾，皱着眉头一把拿走她的酒杯，问：“你不是胃不舒服，还喝酒？”

祝千禾却突然发起了脾气，试图从他的手上抢回自己的酒：“你管我？！”

“你凶什么啊？我是为你好。上次你胃痛，倒在摄影棚，还不是我把你背出来的！”森百里就是不给。

“你还不还给我？我得胃癌都不关你的事，还给我！”祝千禾提高了音量。

祝千双坐在他们中间为难地抬起手，试图劝他们冷静下来：“我说……这也不是什么……”

“我偏不给！祝千禾，你看你都已经醉了，还要喝？！”森百里不肯退步。

“少来管我……”

哗啦——

在拉扯当中，森百里一下子没拿稳手中的酒杯，酒朝着祝千双的方向洒了下去，瞬间就把裙子弄脏了一大片。

这下两个人才冷静下来。

祝千双用手捏着自己的眉心，有些无奈地说：“好吧，现在打算停战了是吗？”

她站起来，见他们两个都盯着自己没动，便说：“停战了就好，我去洗手间擦一下，但是我回来的时候，希望你们俩别打起来。”

祝千双走向屋子里的洗手间。她看着镜子里狼狈的自己，叹了口气道：“唉，这种不切实际的美丽，似乎永远都不适合我。”

她快速清理了身上的污渍，但是衣服被水浸湿了，她只好用手遮住，回到了原来的位置上。

但是，森百里和祝千禾已经不见了。

乔野的别墅在那么偏僻的地方，她根本就不知道该怎么回去。

她只好挨个儿问平时相处得还不错的同事，但是大家都事先做好准备了，没办法再多带她一个。

祝千双四处张望，想找人顺便带她回去，却看到乔野正向她走过来。

她应该立刻走开吗？

但是乔野已经在她面前了，她现在离开太明显了吧。

祝千双只好硬着头皮等到乔野走近后，低下头问好：“导演好。”

“走吧。”乔野微抿薄唇，吐出两个字。

“咦？”祝千双意外地瞪大了眼睛，“去哪儿？”

“我送你回去。”

那种感觉又来了。乔野每次看到她一脸防备的样子，那股烦躁和不安感就会瞬间填满他的心脏。

他只好解释道：“千禾刚才不舒服，百里送她去医院了。他们走之前，千禾让我送你回去。”

祝千双点点头：“谢谢。”

她低下头看了一眼裙子上被弄脏的地方，有些失落，低声补充了一句："反正裙子都已经脏了。"

乔野没说什么，带她朝庭院的另外一边走过去。

等祝千双把衣服换好之后，乔野已经把车开到门口等她了。

一路上，祝千双的心情都不太好。虽然她在换衣服的时候和千禾打了电话，确认千禾已经没事了，但是仍然觉得心上沉甸甸的，不知道是因为裙子还是因为秋千。

总之，她笑不出来。

乔野似乎察觉到了，开口问："很在意那条裙子？"

祝千双想了一会儿摇摇头，自我安慰般地说："反正那也不适合我，我还是觉得穿T恤更舒服。"

乔野没再答话，但是看得出来，女生似乎正因为裙子的事情而不开心。不过，他此时也说不出可以安慰她的话。

到了祝千双住所楼下后，她一边解安全带一边对乔野说："谢谢导演，我先回去了。"

乔野应了一声，看着祝千双下了车。

她还没走出多远，乔野也跟着下了车，忍不住开口喊道："祝千双。"

"嗯？"祝千双回过头，乔野扶着车门，隔着车和她对视。

"那件礼服你穿起来很漂亮，但是它不适合你。"乔野说完这句话就重新回到了车内，驱车离开了。

祝千双站在原地看着车子驶离，半晌都没有反应过来。

这……到底是在安慰她，还是意有所指呢？

他大概是想说，她配不上那条裙子吧。祝千双自嘲地笑了一下，转身走上楼。

第九场 他吃醋了

01

乔野的新戏确实拍完了，但是她作为实习生还得马不停蹄地去另一个剧组帮忙。

因为是乔野负责带她，所以她去的剧组自然也得是乔野担任制片顾问的组。

这个剧组在拍科幻动作片，道具比较大，爆破、燃烧的场面又比较多，才工作了一个上午，祝千双就累得不行了。

“我听说有人在这儿偷懒。”森百里总是出现得那么及时，拿着祝千双此刻最需要的饮料。

她感动万分地接过去，仰头猛灌了一口，结果喝得太猛，被呛到了，不停地咳起来。

森百里轻轻拍着她的后背，哈哈笑道：“你到底是有多渴啊？剧组可是有供应水的，你这样别人会以为我们虐待员工。”

剧组的待遇确实不错，除了有冰水、冰激凌和冰过的水果，有时候导演或者演员还会请所有工作人员吃大餐。

但是作为一个毫无资历、没有地位的实习生，她怎么能在大家都这么忙碌的时候悠闲地去吃东西、喝水呢？她都是自己带着水瓶，渴的时候就快速地喝几口。

当然，剧组不同，情况也不同。

比如在乔野的剧组里，他虽然严格，但是从来不会因为哪个工作人员偷懒或者喝了几口水而发脾气，只要他交代的工作能够按时完成，拍摄不会受到影响，他向来睁一只眼闭一只眼。

可是现在不行！这个剧组的导演顾文松年轻气盛，大概是仗着自己先前的作品在国际上拿了奖，一直横得跟二世祖似的，稍微不顺意就会在片场破口大骂。

祝千双第一天来报到就被他嫌弃了很久。

她毕竟在乔野的手下工作了那么久，虽然干得有些吃力，但依然撑得过去。

祝千双咬咬牙，双手握拳："现在都熬不下去的话，那我也太弱了。"

森百里哈哈大笑起来，伸手拍拍她的头："喂，女孩儿不用那么坚强。"

祝千双拍开他的手，龇牙咧嘴地道："森百里，等一下我还要工作，还要见明星！你这样，我怎么去找他们要签名？！"

森百里收回自己的手，双手抱在胸前："每次把你惹得抓狂了，你才会不喊我百里前辈。所以说，你以后还是乖乖地喊我百里吧。"

祝千双用眼神表达了自己的鄙视："以前没发现，原来你那么欠虐……"

森百里直接用胳膊勒着祝千双的脖子，让祝千双痛得哇哇大叫。他用另一只手掐着她的脸说："不是我欠虐，是我喜欢虐别人！你还不快道歉！”

“你这个死变态。”祝千双奋力地挣扎着。

森百里也不松手，继续蹂躏祝千双的脸。

两个人打打闹闹，完全没有注意到顾文松和乔野来了。直到顾文松咳了两声，森百里和祝千双才停下来。

祝千双看看面无表情、双手插兜的乔野，噘着嘴巴微微眯起了眼睛，由他监制的电影不少，他放着自己的电影不去剪辑，跑这儿来凑什么热闹？

顾文松瞪着祝千双，提高了音量：“你还站在这儿干什么，没看到刚才服装组的衣服送过来后，还没有人去查收吗？那么多事情，你站在这儿——”

“我马上就去！”祝千双立刻打断他，跟森百里打了招呼后转身回到片场。

祝千双在心里吐槽，顾文松成天不是抒发自己的情怀，就是欺压他们这些可怜无辜的实习生。

“所以说，这些新来的实习生完全没有身为实习生的自知之明，平时一找到机会就开始偷懒。而且，有些女孩儿很有功利心，很虚荣、急功近利，参加这一行带着别的目的……”顾文松看着走远的祝千双喋喋不休。

乔野冷着一张脸打断道：“你的进度也应该赶一下了。这几天我都会来这儿。”

说完，乔野走出了几步，又转身对顾文松说：“说到急功近利的人……你好自为之。”

顾文松呆呆地站在原地，表情就像是吃下了一只苍蝇。

听森百里说乔野以后会来片场，祝千双起初还不敢相信，但乔野那么忙的人，竟然真的每天准时来片场了。

还有一点让祝千双很烦恼，那就是——森百里。

“我说，你没有自己要拍的电影吗？”祝千双有些无奈，森百里既不是这部戏的制片顾问，也不是这部戏的副导演，却每天来片场围着她转。本来公司的人就在私下议论祝千双是凭关系进公司的，现在又开始传她搞定了公司第二大股东的绯闻了。

森百里乐呵呵地摇摇头：“我只当乔野的副导演。”

她干脆不讲话，继续做自己的事。结果森百里又在旁边唠叨：“你说你一个小女生，每天那么拼死拼活地干什么？每天把自己弄得那么累，还要被别人骂。你干脆找一个像我这样事业有成的好青年，找个合适的时间嫁了吧……”

祝千双叹了一口气，道：“千禾可比我忙得多，你们有时间去登记吧……”

“祝千双！”乔野的声音冷不丁地响起来，让祝千双和森百里都有些意外。

乔野的表情看起来不太好，他抿着嘴，眉头如往常一样紧皱着。他扫了一眼森百里之后，紧紧地盯着祝千双，然后抬手指向片场的另一边，说：“去那边帮忙搬一下东西，这边等会儿再弄。”

剧组之前订的道具送过来了，接下来拍片时可能要用到。祝千双不敢耽搁，放下手头的事情准备过去。

森百里也打算跟过去，乔野伸出一只手拦住他，说：“清点新送来的道具时要专心，你真的那么有空的话，就帮忙把这儿剩下的东西记录好送进仓库吧！”

祝千双早就因森百里无时无刻不跟着自己而不舒服了，赶紧点头附和道：“就是啊，是百里前辈自己说想帮忙的，现在你可以帮了。”

森百里噘着嘴郁闷了好一阵，只能认栽，道：“那你下班后记得等我啊，我送你回去。”

祝千双下意识地想拒绝，但是又想到自己已经拒绝他好几次了，便点头答应了："嗯，知道了。"

等祝千双把东西都清点完已经是下午了，快到下班时间了。再过十几分钟，祝千双就可以走了，便找了个地方靠着休息。

乔野翻着剧本，时不时看向祝千双的方向，有些烦躁。

他怎么也忘不了森百里说要送祝千双回家的事。

身边的助理和他说了一大堆，他只是点点头敷衍过去。

旁边的场务不知道从什么时候开始一直骂骂咧咧的，而且似乎停了太久，没有继续拍下去。乔野皱着眉头问道："怎么了？"

场务实在是气急眼了，开始抱怨道："这几次来的实习生真的一个不如一个，早上我让其中一个实习生排一下明天的时间表。这么简单的一件事，我说得清清楚楚，结果他把时间表全部排乱了，艺人根本协调不过来。还有人打电话朝我发脾气，说改了太多次，不来了！现在有一部分化妆师还没预约好，明天要拍那场那么重要的戏，有不少于五个当红明星要来客串，好不容易说好的，现在要一个一个重新去确认！"

乔野看了看手表，如果场务现在再不开始工作，明天的戏真的会来不及。他思考了一会儿，看到远处正悠闲地坐着的祝千双，不禁微笑起来，对场务说道："我知道找谁了，让祝千双去处理这件事吧，她干活比较快。"

"祝千双？"场务显然不相信她，又反问了一句，"她可以吗？"

乔野点头："之前我拍的很多场都是交给她排的，她算是这届里比较优秀的。尽管让她去做，不会有问题的。"

"可是……"场务还是有些不信任她。

乔野抬手拍拍他的肩，让他放心："相信我，这点儿小事，只要抓紧时间处理，不会有问题的。祝千双比较细心，可以让她去做。”

看到公司的大老板都这样说了，场务只好转身朝祝千双走去。

乔野满意地看着场务走到祝千双的面前，然后祝千双的脸色从平静变成震惊、无奈。等场务离开后，她低头掏出手机打电话，看样子应该是在和森百里说她晚上有事吧。

乔野拿着剧本装作不经意地从她的身边走过去，没想到听到祝千双在说：“嗯……可能真的会比较麻烦，百里前辈跟我一起去真的没问题吗？如果协调不好，我还得亲自去对方的公司一趟……嗯，那好，也对，前辈跟我一起确实比较容易……那我等你好了。”

乔野顿时脸色大变，赶紧停下脚步，等祝千双打完电话瞪着她问：“等会儿你要和百里一起去联系明天的客串人员？”

祝千双愣了一下，点了点头：“是啊……因为百里说他和我一起去会比较好。”

“他不是要去剪辑吗？”乔野不耐烦地问道，有些后悔自己当初那么轻易地允许他只当自己的副导演了。

祝千双疑惑地耸耸肩：“百里前辈说他等会儿没事。”

乔野掏出手机，装模作样地看了看记事本，斩钉截铁地说：“不对，他等会儿是有工作的，我和你去就可以了，让他不用过来了。电影本来就已经晚了，他再不抓紧时间剪辑，就赶不上上映时间了。”

“但是百里前辈……”祝千双犹豫了一会儿，不禁想到自己至今还没弄清楚喝醉之后对乔野做了什么事。她光是看着他的脸就觉得够尴尬了，要是他们俩一起去的话，她会更加不自在的。于是，祝千双婉言谢绝道：“导演，其实我自己去也可以的……我以前也不是没有做过这类工作。”

“这次来客串的明星你有看过是谁吗？”乔野环抱着双臂，“光是沈明蔚，就不是你能够随便请到的，何况还有张琼、王川凉。我听说今早他们两个都打电话来，说这次的问题让他们很不愉快。你现在去，不怕被他们的经纪人整？”

祝千双哑口无言，乔野挑了挑眉继续道：“更何况你是一个实习生，连正式职员的工作证都拿不出来……现在，你还觉得自己可以轻松地完成这个任务吗？”

祝千双怎么想都觉得，自己确实很难完成这次的任务。

看到她低下头来，乔野知道她已经妥协了，满意地拉住了她的手腕，随手将剧本交给一个工作人员，让工作人员转交给副导演，然后带着她走向外面。

起初祝千双没察觉有什么不对劲，直到所有跟乔野打招呼的工作人员看到她都面露诧异后，她才意识到乔野正亲密地牵着她。

不，其实他只是拉着她的手腕而已。

但是这样的姿势在别人看来已经足够暧昧了。

祝千双飞快地抽回了自己的手，在乔野回头看她的时候别扭地转开了头。

乔野笑而不语，装作什么都不知道，继续向前走。

02

两个人上车后，祝千双拿起了先前排的表看了看。这张表确实乱得一塌糊涂，记录每个人的行程的表也没有标记清楚，一看就是事先没有找经纪人拿行程表才会这样。

“怎么样，打算先去哪儿？”乔野问道。

祝千双叹了一口气，只觉得前路艰难：“那就先去张琼那儿吧，其实她还是比较好沟通的。我先打电话一个一个通知。”

乔野沉默了，看着女生拿着手机挨个儿打电话。

果然不出他所料，她笑着打电话过去，最后都会变成无奈地请求。连续吃了两次闭门羹之后，祝千双用手烦躁地揉着自己的头发，有些不高兴。

这时，车已经到了张琼公司的楼下，祝千双自暴自弃地说：“不然我还是不上去了，刚才她的经纪人把我骂了一顿。”

乔野自顾自地下了车，然后拉开了她那边的车门：“你现在是打算当着公司老板的面罢工？快点儿下来，你还没上去怎么知道结果呢？”

祝千双忽然想到了什么，从车上跳下来，抓住了乔野的胳膊，激动地说道：“对啊！你是大老板，你不是说要来帮我的吗？你跟我一起上去，她怎么也得忌惮三分啊！”

乔野面无表情地摇头：“我不上去。虽然张琼很红，但还达不到让我亲自去邀请的程度。你自己上去吧，不行就搬出祝千禾。你姐以前总是借森百里的名义办事，你现在借她的名义也没关系。”

见乔野打定主意不帮忙了，祝千双瞬间觉得自己被骗了，咬牙切齿地道：“早知道你打算袖手旁观，我还不如和百里前辈一起来！”

乔野的脸色立刻难看下来，他伸手拍了一下她的头：“赶紧上去吧，你不要哀求，偶尔发点儿脾气，对方就不敢这么嚣张了。你越是态度好，她就越把自己当回事，反而会让你难堪。再说了，你觉得凭借我们公司的名声和地位，敢真的拒绝你的人有几个？”

祝千双本来还想说什么，但是看到乔野一副胸有成竹的样子，便相信了他的话，转身走上楼去。

她本来以为情况会很糟糕，没想到按照乔野说的办法，软硬兼施一下，解决得倒是挺快的。经纪人也因为刚才发了脾气而向祝千双赔了不是，态度跟通电话时完全不一样。

谈好之后，祝千双一路走下来都觉得不对劲，走到停车场后，看到乔野坐在车里。他的头靠在椅子上，眼睛闭着。

他这段时间确实忙得够呛，一方面要完成电影的后期制作，另一方面要应付烦琐的新闻事务等。

在内心变得更柔软之前，祝千双收回思绪，安静地上了车。

乔野被惊醒了，眯着眼睛问她："好了？"

"嗯。"祝千双回答道，低头看着手中的记事本，"接下来是沈明蔚和……秋实，他们是一个公司的。搞定了沈明蔚，接下来的就没问题了。我自己去也可以，导演你回片场吧，没关系的。"

乔野用手捏了捏眉心，有些疲惫，但语气很坚定："我说了要送你就一定会送你到每个地方。"

看他那么坚持，祝千双也不好再拒绝。

沈明蔚算是最近大红大紫的大明星，刚刚获得了一个"影后"大奖，再加上郁薇这段时间一直在国外拍戏，沈明蔚的风头一时无两。

还好祝千双提前知道沈明蔚在为新电影的主题曲录音，便守在了录音棚外。

她透过玻璃窗看见沈明蔚在里面录着，不好打扰，便安静地等待着。

不一会儿，沈明蔚出来了。祝千双赶紧笑着迎了上去，说明了自己的身份和来意。沈明蔚瞥了她一眼，自顾自地坐到沙发上，拿着歌词本低头看着，一言不发。

祝千双暗暗地翻白眼，但是又不好发作，只好继续耐着性子问："沈小姐，我们之前不是已经打电话确认过这件事了吗？现在拟定的时间是下午三点左右……如果没有跟您的行程发生冲突的话，这个时间您应该能来吧？"

沈明蔚还是不说话。

她是聋了没戴助听器吗？祝千双累了一天，脾气也不好，不由得提高了音量："沈小姐，今天我是代表我们剧组来的，相信您的经纪人也提前和您说过这件事了，麻烦您给个答复成吗？如果不答应，我还得马上联系别人，也不用待在这儿继续给您添堵不是吗？”

沈明蔚大概没想到她一个小职员竟然敢这么和自己说话，顿时有些不开心，瞪着她老半天，随后又恢复了以往冷冰冰的表情，说道：“去楼下帮我买一杯现磨咖啡上来。”

“啥？”祝千双不敢相信自己的耳朵。

“现磨咖啡，五分钟内。”沈明蔚用手摸摸自己的咽喉部位，“买回来后我们再谈，我现在嗓子不舒服，不想说话。”

但我看你现在说得挺顺溜的嘛。祝千双虽然心里有些不服气，还是耐着性子答应了，跑到楼下买了一杯现磨的咖啡。

咖啡有些烫，路上的人又很多，祝千双只能走得小心翼翼的。

到了录音室，沈明蔚还是一副爱搭不理的样子。多一事不如少一事，祝千双配合地装成孙子把咖啡递给沈明蔚。

沈明蔚接过去，就看了一眼，随后直接将咖啡朝祝千双的脚边泼了过去。

“啊啊啊——”事出突然，祝千双忍不住叫了起来。即使她已经尽量快速地躲避了，还是被咖啡溅到了。她低头看着被弄脏的裤脚和鞋子，不敢置信地瞪着沈明蔚。

“杯子太烫了，我一时手滑。”沈明蔚无所谓地撇撇嘴，“再去帮我买一杯吧。”

“你……”祝千双想反驳。

她已经做好心理准备了，没想到真的遇到时，才发现自己原来并没有想象中那么淡定。

她将手紧紧地握成一团，生怕自己忍不住扇沈明蔚一巴掌。

两个人僵持了一会儿，祝千双妥协了：“好。”

祝千双刚转身，忽然发现自己的手被人牵住了，转头看见了乔野冷峻的脸。

“祝千双，你有没有脑子？”乔野的脸上不带一丝表情，但是他对祝千双说话时，语气却很柔和。他说完这句话，将视线转向已经僵住的沈明蔚，冷冰冰地说：“走吧。”

祝千双本来就气得不行了，加上老板发话了，立刻老实地跟着他走了。

两人都到门口了，沈明蔚突然用颤抖的声音喊道：“乔野、乔野！”

她连续喊了几声，乔野才停住脚步，但依旧没转身。

沈明蔚站起来走过去，不甘心地说：“不就是一个小员工吗？！”

乔野露出一个冷笑，点头道：“她确实是小员工，但是这并不代表……你就可以随便伤害她。”

说罢，乔野便拉着祝千双头也不回地走了。

乔野拉着她来到车边，一把甩开她的手，恶狠狠地朝她吼道：“你平时就会对我大呼小叫，见到别人怎么就跟个丫鬟似的？她明摆着要整你，你看不出来？”

祝千双很委屈，不满地反驳道：“那我能怎么办，我一个实习生还能跟她吵架吗？”

“但是你至少可以用脑子想一想。”

祝千双也怒了，瞪着他说：“我的脑子告诉我，完成工作才是最重要的！”

乔野双手叉腰，显然没有想到祝千双会这样反驳自己。

尽管她总是对他阳奉阴违，但她在他面前从来不敢太放肆。可是，她现在却一副小刺猬的模样，对他大吼大叫。

祝千双见乔野没说话，开始据理力争，把刚才受到的委屈不自觉地发泄了出来：“我的事情我自己会解决！既然你决定不帮我，就不要来管我怎么处理事情！你是公司的老大，没做好事情叫失误，出了差错有全公司的人帮你解决。但是我不同，如果我没办好事情，那就叫犯了错误。难道就不能你走你的阳关道，我过我的独木桥吗？！”

你都要结婚了，还来管我做什么！

可是，这句话祝千双说不出来。

她现在这么生气，除了因为刚才平白无故地被欺负，更主要的是害怕他时不时地关心自己。

乔野说不出话来，蹙眉咬着嘴唇，脸色越来越冷峻。

两人都沉默了。

祝千双的手机铃声突兀地响了起来，她从包里翻出手机。森百里自作主张，将自己在她手机里的名称从“森百里前辈”改成了“百里哥哥”，还相当不要脸地加了一颗爱心。她每次改回来后不久，都会发现森百里不知道什么时候又改回去了。

她突然想到乔野就站在自己的对面，本来有些心虚，想把手机收起来，可是一想到他刚才莫名其妙地朝自己发脾气的事，意识到两个人还处于僵持阶段，就干脆面不改色心不跳地当着他的面接了电话。

“百里前辈……”祝千双握着手机的手有些冒汗。即使乔野没有说话，她还是能从他的目光中感受到他很不满。

祝千双匆匆扫了一眼，随后避开他疑惑的视线，问：“怎么了？”

“你那边弄完了吗？现在在哪儿？”

祝千双：“我还在沈明蔚这边，正准备走呢。”

“乔还在那里？”

“嗯……”祝千双这才抬头看着乔野，面无表情地说道，“不过乔导准备回去了，如果方便的话，百里你来接我吧，我在沈明蔚公司楼下的停车场。”

“好，我马上过来！”森百里立刻答应了。

安静的地下停车场里，森百里的声音清晰可闻。乔野一直看得出森百里待祝千双很特别。

乔野本来并不在意，只是单纯地感叹，竟然能有人让花心到出了名的森百里那么专一！可是现在，这个认知竟然让他越来越郁闷。

这种感觉不断在胸腔扩大、伸展，还没等乔野反应过来，就已经变得那么深刻了。

他觉得胸闷得不行。

可是看着倔强的女生，他除了干瞪眼，竟然不知道该如何是好。

因为……如果他那样的话，就算是越界了吧。

越界就越界吧！

他拉开车门，然后拉住了女生的胳膊，说："上车，我送你回去。"

祝千双甩开他的手："乔导，等一下有人来接我，不用麻烦您了。"

"祝千双。"他抑制着怒气道。

"以后也请乔导公私分明，不要再来干涉我的事了。"祝千双认真地说道。

祝千双说完就想用手拍拍自己的脑袋，她怎么说了那么自恋的话？乔野即将和大明星郁薇走向婚姻殿堂，过上幸福的日子，怎么会在意自己这样的小人物呢？

她尴尬地转身走向别的方向，在心里告诫自己，那些不切实际的期望该停止了！

嘭——车门被关上的声音传来，乔野的车像离弦的箭一样，从她身边飞快地开走了。

祝千双鼓着嘴巴，看着车越开越远。

但她不知道的是，坐在车里的乔野始终看着后视镜中的她。

乔野捏着方向盘的手不断缩紧。一种叫“吃醋”的东西，此刻清晰地存在于他的心中。

03

祝千双第二天到片场时得知了那个令人震惊的消息。

大明星沈明蔚一大早就来公司找乔野导演，甚至意外地表现得十分恭顺，与她平时的模样完全不相符。她说话的时候很亲切，让身为乔野秘书的安以柔都受宠若惊，当然，更多的还是狐疑。

当时乔野还没有到公司，因为有很多后期剪辑方面的事情要处理。

听剪辑室的姐姐说，乔野昨天在公司工作到深夜才走。

祝千双不由得想到了下午的那次争吵，当然还有她尚未完成的工作。

虽然森百里后来来接她的时候说会帮她摆平后面的事情，让她安心回家休息，可她毕竟是把自己的本职工作推给了别人，那个人还是掌握自己生死大权的“二把手”，她心里还是没底。

当看到沈明蔚突然出现在这儿的时候，她心里更没底了。

她想打电话问问森百里，可是新剧组的副导演走过来，非要拉着她一起去乔野的办公室，说是让她帮忙拿点儿东西。

那她不就正好要见到沈明蔚吗？！昨天对自己颐指气使的人今天出现在自己的面前，祝千双还真怕自己按捺不住脾气，和沈明蔚再起什么冲突。

但是她也找不到合适的理由拒绝，只能硬着头皮低着头走在副导演的身后。

副导演一走过去就震惊得大呼小叫起来：“这不是沈小姐吗？我是……”

祝千双暗自懊恼，副导演这个大色坯，一看到美女就连路都走不动了。祝千双叹口气，想说那就假装没看见沈明蔚好了，结果还是在偷看沈明蔚的时候，和她的视线对上了。

祝千双和她四目相对的时候，真是尴尬得不知道应该做出什么样的表情才好。但祝千双觉得昨天的事情错不在自己，应该感到生气的人是自己才对。这样想来，祝千双就释怀了，抬起头来光明正大地和她对视着。这下，沈明蔚变得不自然起来，一时间表情变化万千。

不过，沈明蔚不愧是“影后”，从怒目而视、尴尬闪躲到平静，仅仅发生在祝千双从她面前走过去的那么短的时间内。

沈明蔚一上来就拉住祝千双的手握在手心里，另一只手放在祝千双的手背上。这深切的革命情谊到底是什么时候建立起来的，祝千双不得而知，但这是连自己的堂姐祝千禾都没有做过的举动，祝千双确实被吓到了。

“我……你知道我是谁对吧？”沈明蔚不确定地笑了笑。

祝千双干巴巴地笑了两声，这个人昨天打了自己一巴掌，今天又给自己一颗枣，实在讨人厌。

祝千双心想，既然你来恶心我，那我也恶心一下你好了。

祝千双露出无辜的表情，有些疑惑地问：“嗯？”

一个带着疑问的单音，让沈明蔚的笑容冻结在了脸上。

见状，来乔野办公室的一些职员和负责接待沈明蔚的安以柔都瞪大了眼睛。

一时间大家都愣住了。

不过祝千双没有那么不识趣，在副导演冲上来试图解围的时候顽皮地笑了，学沈明蔚那样握住了她的手，说道：“我当然知道你是谁啊，只是奇怪你怎么会这样问！”

沈明蔚的脸色变化万千，之后她把胸中的怒火强压下去，露出和蔼可亲的笑容，不经意地抽回了自己的手放在唇边低笑道：“真爱乱开玩笑。”

祝千双见好就收，摆摆手：“那没事我就先走了……”

“等等！”沈明蔚喊住她，露出带着歉意的笑容，“关于昨天那件事，我想和你谈谈。”

“我？”祝千双下意识地想拒绝，看着旁边眼睛发亮的副导演，想到了借口，做出为难的样子，“可是刚才副导演找我有事，说很急呢！”

沈明蔚便转头用哀求的目光看向副导演。

本来就对大美女沈明蔚垂涎三尺的副导演立马连连点头：“没事，我一个人拿得完！”他点头哈腰的，就差没去抱着沈明蔚的大腿了。

祝千双只好答应了沈明蔚的请求，跟着她走到了员工休息室里。

沈明蔚到底是客人，祝千双本想给她准备一杯咖啡，可是想到她昨天的举动，便只给她倒了一杯水。

这才转个身的工夫，沈明蔚就换回了昨天那副趾高气扬的模样，双手环抱在胸前，眼睛瞪着祝千双。

祝千双也没多想，转过身去给自己也倒了一杯水。

可就在祝千双转身的瞬间，沈明蔚拿起面前的那杯水朝祝千双的脸泼了过去。祝千双的衣服和头发瞬间被水打湿了。

“啊——”祝千双被吓了一跳，自己手上的水杯也掉在了地上。

地上铺了毯子，杯子没碎，只是水弄湿了祝千双的鞋子和裤脚。

这一层楼只有乔野的办公室和几间剪辑室，所以没什么工作人员到这间员工休息室来。总裁室外面的会客厅离这儿有点儿远。大概正是因为这样，沈明蔚才会这么肆无忌惮地露出真面目吧。

祝千双看着自己被弄湿的鞋子，抬起头来看了她一眼。祝千双早就猜到她没安好心了，自然就不觉得有多震惊了。

祝千双平静地弯下腰，把杯子捡了起来。现在祝千双十分庆幸，刚才给她的是一杯水。

“你……”沈明蔚怒气冲冲地开口，“去和乔野说清楚，不是我为难你，而是你自愿要帮我做那些事的。”

祝千双望着她挑了挑眉，无所谓地说：“我没说你为难我了啊，你想说什么，大可以自己和乔导说。从一开始我就没有要打小报告的意思。”

“如果我解释得了，还来找你干吗？！”意识到自己说漏了嘴，沈明蔚的脸上闪现一丝尴尬之色，“总之，你最好现在去把昨天的事情跟乔野说清楚，不然的话……就算你姐姐是祝千禾，我也一样能够让你在这行混不下去。”

又来了又来了。

祝千双现在总算能够理解多多被威胁时的心情了。

除了让她在这行混不下去，这些女明星就没有别的手段了吗？

“我……”她的话还没有说完，就被另外一个人打断了。

乔野站在门边，虽然嘴角似乎带着笑，却让人觉得异常地冷漠，那样嘲讽的目光似乎能让人无所遁形。

他慢慢说：“那你试试。”

“乔野！”这下沈明蔚是真的慌了。

乔野说完就离开了。祝千双什么都没说，对沈明蔚比了个无可奈何的手势之后走了出去。她刚出门，森百里就赶了过来，扶着祝千双的肩膀满脸担心地问：“怎么了，她欺负你了？你的衣服和头发怎么都湿了？”

“没有。”祝千双摇摇头，不经意地避开了森百里的手，“我拿毛巾去洗手间擦一下就可以了，你先忙吧，有什么事我们下班后再说。”

“可是……”

祝千双对森百里轻轻笑了笑："百里前辈，我真的没事。"

森百里笑了起来，语气中满是宠溺："下班后先别走，我来接你。"

祝千双嗯了一声，算是答应了，之后便走开了。

莫名其妙地遭遇了这种事，祝千双的心情还是没有那么容易就好起来的。

她郁闷地想着乔野的事，越想越心烦，完全忘记了还要找副导演的事，拿毛巾把身上的水擦掉之后跑到公司食堂去吃冰激凌。

她一个人窝在角落，看着窗外发呆。她的头发湿淋淋的，身后恰好对着空调的出风口，她坐了一会儿就冷得头皮都开始发麻了。她本来打算走，起身后却忽然被身后传来的声音吸引了，立刻重新坐了回去。

"就是那个实习生，祝千禾的妹妹，昨天负责跟演员沟通拍摄时间。但是你知道吗？我听说乔导演让安以柔打电话给每个演员的经纪公司，将情况提前说了一遍。"

身后的声音听着很耳熟，但祝千双懒得回头去确认，如果让那些人发现自己就在附近，他们估计会立刻走开吧。于是，祝千双把身子往下压了一点儿，将自己隐藏起来。

"是啊，安以柔昨天还为了这件事在公司里发脾气了，虽然没有明摆着说出来，但是我有听到安以柔和别人嚼舌根，说祝千双不知道用了什么方法让乔导那么帮她！"

对于乔野帮了祝千双这件事，最震惊的当然还是祝千双本人。

直到冰激凌融化后滴到她的衣服上，她才反应过来，然后急忙跳了起来，把刚才说八卦的几个同事吓了一大跳。

瞬间，祝千双和他们面面相觑，都不知道应该说什么。

祝千双顾不得手上的冰激凌，将它扔在了一旁的垃圾桶里。

既然被发现了，她也没什么好躲的，朝那群人笑了笑，尴尬地跑开了。

乔野居然会帮她？！

可是为什么呢？他三番五次地出手相助，却从来没对她说过。

而且，她一直没给他好脸色看，他为什么要帮她呢？

祝千双实在有太多问题想问，可是一想到自己在毫不知情的情况下和他吵了架，就没办法拉下脸去找他道歉。

第十场 我藏不住

01

祝千双慢慢走回了片场。

这次拍的是室内戏，拍摄内容是女主角在浴室里弄坏水龙头后，男主角进来解围，两个人最初争吵，之后情不自禁地吻了对方。

祝千双在剧本中看到这段戏时心想，谁会那么倒霉，在他们俩拍吻戏的时候站在旁边帮忙洒水呢？

屋漏偏逢连夜雨。

祝千双一出现，顾文松眼前一亮，对她说：“你傻站着也没什么事，去那里帮忙洒水吧。”

按照剧情，女主角将水龙头弄坏了，水从水龙头里喷射出来。这时，男主角听到女主角的尖叫声闯了进来，女主角先是一愣，然后怒斥男主角，让他滚出去。男主角当然不愿意，两个人开始发生争执。

气氛逐渐升温，男主角再也按捺不住内心强烈的爱意，冲了上去！

这一幕要有多老套就有多老套。

但没办法，现在的观众就喜欢这样的戏。

镜头已经拉近，拍不到水龙头的画面，祝千双就站在旁边，拿别的水管朝男女主角的身上洒水。

祝千双觉得既无奈又尴尬，不但要近距离观看男女主角接吻，还要拿着水管往男女主角的身上洒水。

就在男主角将女主角按在墙上，两个人抱着对方亲吻时，男主角一转身，却没站稳，两个人一起压向了刚才那个被女主角弄坏的水龙头。

完了，这下水龙头是真的坏了。

水柱立刻喷出来。

水压很大，一下子压不住，水花开始到处乱射。

现场一下混乱起来，为了防止水把摄影器材弄湿，顾文松指着祝千双喊道："先用手堵着！堵着！"

祝千双先是怔了怔，立刻按照他说的用手堵住了那个水龙头。

可是那么大的水，她哪儿堵得住，还是有不少水从指缝中漏出来，祝千双的身上一下子全湿了。好在没多久就有别的工作人员拿来毛巾之类的东西帮忙一起堵着。

祝千双刚松了一口气，场务过来叫她，让她马上把毛巾和备用的衣服拿给女主角，等女主角换好衣服后带女主角去补妆，将一切弄妥之后再带女主角回来。

这个活并不是很累，祝千双抱着毛巾和衣服走到休息间，本来打算将东西交给女主角之后出去等她，可是女主角进浴室之后叫住祝千双，将自己的内衣从浴室里递出来给祝千双，难为情地说："麻烦帮我拿着这个去空调底下吹一下可以吗？内衣不能干洗，但是我来这儿后才发现，今天的服装打湿之后是透明的，我带的别的内衣颜色不太合适……"

“其实服装组也有内衣可以选的……”祝千双有些为难，她还想趁女主角去换衣服、洗澡的时候，去休息室擦一下身子呢。何况，站在空调下吹内衣这种事，怎么想都很尴尬吧。

女主角还算性格温和，道：“啊，帮帮忙啦，毕竟是内衣这种东西。这几天我觉得组里最好相处的人就是你，如果是别人，我都不知道应该如何开口。”

祝千双之所以最好相处，还不是因为她只是一个实习生而已？

既然女主角都这么说了，祝千双也没办法拒绝了。

祝千双一边哀叹今天实在太倒霉了，一边无奈地答应下来，站到休息室里的柜式空调前，将内衣放在吹风口那里吹起来。

好在那个女主角洗澡还算快，很快就出来了。

祝千双本来就受了凉，全身湿漉漉的，吹了没多久，头就开始疼了。女主角感激地拿回自己的内衣，迅速换好了服装，笑着道：“真是多亏了你啊！”

祝千双豪迈地摆手说没事。

女主角回去之后拍摄得很顺利，很快就拍完了，祝千双这才得以早点儿下班回家休息。

因为是提前下班，所以祝千双便没有通知森百里来接她。但是头实在痛得不行，她就拦了辆出租车回家。

回到家，她几乎立刻就倒在床上睡着了。

祝千双一直睡到凌晨两点多才醒来，迷迷糊糊地爬起来洗澡、换衣服。

镜子里，祝千双的眼睛肿得吓人，她摸了摸自己的额头，滚烫滚烫的。

她有预感，大事不妙。

“啊，发烧了。”在量了体温之后，祝千双欲哭无泪起来。这几天她的工作量很大，现在又是考核的重要时期，她根本不允许自己请假去看病。

她洗完澡，吃了一颗退烧药，重新回去睡觉，然后……就这样一觉睡到了上午十点。

“啊啊啊，我死定了！”

因为睡过头而迟到，这种事似乎已经不是第一次发生在祝千双的身上了。她还没有退烧，坐在出租车里，一直强撑着不让自己睡着。

祝千双到达片场的时候，拍摄工作已经开始很久了。顾文松正在拍摄，没有立刻冲过来，但是祝千双已经从他的目光中充分了解了他的愤怒。

祝千双实在不懂顾文松为什么会这么针对她一个实习生，仅仅是因为她的姐姐是祝千禾，因为顾文松以为她是走后门进公司的吗？

祝千双蹑手蹑脚地绕到片场的另一边，拉住其中一个场务问：“常姐，等会儿有事情需要我做吗？”

常姐用沉痛的目光看了祝千双一眼：“顾导说等会儿要找你谈话……”

常姐正说着，刚才那个场景拍摄结束了。

顾文松朝着祝千双的方向走来，不料乔野这时走了进来。

顾文松本来有所顾忌，但乔野只是面无表情走到了副导演身边，开始和副导演谈论拍摄进度的问题。于是，顾文松放下心来，继续走向祝千双。

祝千双紧紧地握着手。从乔野进门的那刻开始，她整个人都紧张了起来。

每次只要看到他，她就会莫名其妙地不自然起来。

“祝千双，我说多少次了，今天的拍摄很重要——”顾文松在离祝千双几米开外的地方就骂了起来。

现场的工作人员大概已经习惯了，都继续忙着手头上的事。

祝千双始终低着头，偶尔用眼角的余光看看乔野，乔野依旧毫不在意地和别人交谈着。

他大概是生气了吧。

其实顾文松说了什么她一句都没听进去，头昏脑涨得不行。她低头看着脚尖，努力支撑着，让自己不要东倒西歪。

“祝千双，我说的话你听到了没有——”顾文松看着一脸呆滞的祝千双，有些生气。

“嗯？”

“我说让你立刻把下午要用的道具搬过来！”

“哦。”祝千双赶紧点头，快步从他面前离开。

她赶紧走向仓库，可是身体实在不舒服，走到仓库的时候，险些站不稳，只能扶着架子稍微休息一下。

她的肩膀忽然被人拍了拍，祝千双一回头，看到了乔野那张毫无表情的脸。他出现得实在突然，吓得她瞪大眼睛后退了两步，头直接撞在了架子上。

“好痛。”本来就因为发烧而头痛得厉害，现在她更是觉得眼前一黑，险些流出眼泪来。

乔野上前拉住她，忽然脸色一变，抓住她的手让她更靠近他一些，问：“你身上怎么那么烫？生病了？”

祝千双顾不上头痛，要抽回手，手却被乔野抓得更紧了。

她抑制不住，眼泪哗哗地流了下来：“乔野，你干吗总来管我的事？”

乔野怔了怔，问：“祝千双，那你为什么总是拒绝我的好意？”

“因为……”祝千双说不出来。

虽然她心里很清楚原因，但是这个原因，她怎么都没办法承认。

乔野等不到自己想要的回答，嘴角带着一丝自嘲的微笑，松开了她的手，说道："算了吧，我……"

话还没说完，乔野忽然看到了什么，脸色一变，大力地将祝千双推开。祝千双都不知道发生了什么，直接向旁边倒去，紧接着乔野也倒了下来，将祝千双护在身下。

乔野紧蹙眉头，闷哼一声。紧接着，祝千双听到重物砸到乔野身上的声音。

乔野瞬间失去了支撑的力气，倒在了她的身上。

东西落下来时发出了很大的声响，经过的工作人员听见动静赶紧冲了进来。看到这边的情况，大家都慌了，手忙脚乱地把乔野身上的东西挪开，才发现乔野已经昏迷了，他的头上全是血。

祝千双这才意识到刚才发生了什么。

他挡在她的面前，用自己的身体挡住了坠落的物品。

她看了看，砸下来的都是道具，重量并不轻。

一定是她刚才撞到了柜子，道具才会掉下来的。乔野才会因此受伤……

她从未如此不安过，不敢再往下想了，后悔和害怕的情绪袭来。

她眼前一黑，昏了过去。

后来的事情，祝千双也记不清楚了，醒来的时候就已经躺在医院里了。

森百里坐在病床边一脸担忧，看到她醒了，立刻站起来关切地问："千双你怎么样了？有没有哪儿疼？"

祝千双摇摇头，脑子里还是乔野满脸是血地倒在她身上的样子，紧张地问："乔野呢？"

森百里脸色一变，失落的情绪转瞬即逝，很快又恢复了原本的模样，安慰道："乔野没事，你好好休息吧。医生说你发高烧，这种情况你居然还去上班。”

祝千双还是不放心，挣扎着要坐起来。

森百里按住了她的肩膀：“祝千双，如果你再乱动不好好打针的话，我就亲你啦。”

“但是……”每次森百里开这样的玩笑，祝千双就会很无奈，不知道应该怎么回答。可是，她现在只关心乔野的伤势，根本就不听劝，也没把森百里的威胁放在心上。

就在那个瞬间，森百里的脸猛地凑近，吓得祝千双立刻躺了回去，抬手挡住了自己的脸。

祝千双是真的被吓到了，因为他靠向自己时的眼神太认真，并不像在开玩笑。

“百里前辈……”她不知道应该说些什么。

等她把手放下来时，森百里已经变回了平常那个没心没肺的花心大少，脸上挂着玩世不恭的笑容，让人看不清他的真实心意。

她总算松了一口气。

“祝千双，我警告过你了。”森百里帮她把被子盖好，“在这儿乖乖地躺着，我会去看乔野的。所以你老实地休息，等千禾过来。”

他对她伸出手，不知道为什么，祝千双竟然条件反射地躲了一下。森百里看着祝千双防备的眼神，将手收了回去，一边走向门外一边说：“我去喊医生，你的烧似乎已经退了。”

她这才反应过来，他刚才只是想摸她的额头而已。

祝千双本想解释自己不是故意闪躲的，可是森百里根本没给她这个机会，已经快步走出去了。

医生来了，森百里一直站在离床很远的地方看着，没有再向她靠近。

医生检查完，说大致没事了。森百里走到她的床边轻声道：“那你休息吧，我先回去了，千禾应该很快就回来了。”

祝千双点点头。

森百里快要走出去的时候，祝千双还是忍不住喊道："百里前辈……"

"我没事。"森百里没有回头，只是稍微停了下来，"没关系，我可以等，等你有一天……哈哈，快点儿好起来吧。"

他背对着她挥了挥手，快步走了出去。

可是，森百里走出去后默默地站在病房外，等了很久才离开。

他只是在等她有一天能够看见他。

他也曾出现在她的记忆里，为什么伤害她的人是他，而她却唯独记得乔野？

即使是恨意，她都没有留给他。

02

祝千禾很快就来了，大概是因为最近工作太累，眼眶红红的。

祝千双不忍心让这样的千禾来照顾自己，所以等千禾把换洗的衣服放好后就开始赶千禾走："姐，回去睡觉吧，你看你的眼睛跟金鱼的差不多了。"

"你知道让我休息，那你自己干吗还要发着高烧去上班啊？请个假乔野是不会说你什么的。"祝千禾瞪着自己的妹妹，手上正给她削着梨。

祝千双听到乔野的名字又开始担心起来："姐，你知道乔野现在怎么样了吗？"

"现在应该还在昏迷吧，毕竟被那么重的东西给砸了一头血呢。"说起这个，祝千禾也有些好奇，"为什么乔野会帮你挡？为什么就你俩在仓库啊？"

"这个……"祝千双也不知道乔野为什么会去那里找她。

她更不知道乔野为什么会那么奋不顾身地救她。

因为第二天早上还有一个重要的会议，祝千禾必须回去换衣服。她本打算回去洗个澡再来医院陪妹妹，可是祝千双坚决地拒绝了，让她好好在家里睡一觉。祝千禾拗不过妹妹，只好答应了。

千禾离开之后，祝千双怎么都躺不住了。

她直接坐起来，一只手举着输液瓶，推开了病房门朝外走。

她本来想去前台询问乔野的情况，恰好在楼梯口遇到了乔野的私人医生陈医生，立刻叫住了他："陈医生，你怎么在这儿？"

陈医生愣了一下，很快认出了面前的女生，不由得浅笑起来："是你啊，虽然我是乔野的私人医生，但是不代表我没有就职的医院啊，只是我确实偶尔才会来这儿。"

"你知道乔野……乔导演在哪间病房吗？"

"当然知道。"陈医生的眼神微微闪烁，他点点头，"我带你去。"

乔野的病房离祝千双的病房并没有很远。

陈医生带她到了房间之后，轻声叮嘱道："现在乔野还没有醒，所以尽量不要打扰他。"

"嗯。"祝千双赶紧点头，感激地说道，"真的谢谢你啦，我在这儿坐一会儿，保证不会吵他，你放心吧。"

陈医生笑了笑："乔野受伤……是为了救你吗？"

祝千双心虚地点点头，愧疚地咬着嘴唇。

可是陈医生丝毫没有责怪她的意思，而是温柔地说："你对乔野来说真的是个很特别的人啊。"

"嗯？"祝千双飞快抬起头，不敢相信自己刚才听到的。

"你知道吗？我帮他包扎的时候他醒了一次，当时他应该还处于意识模糊的状态，根本分辨不出面前的人是谁。但是在那种状态下，他还是抓着我问了句'她怎么样了'，我起初不知道是谁，但是现在知道了，原来这个‘她’就是你啊。”陈医生的笑意更浓了，“好了，我不打扰你们了。”

说罢，他退出了房间，还把门轻轻地带上了。

祝千双露出一脸不可置信的表情，看着在自己面前安静地熟睡的乔野。

真是可笑啊，十年来，她一直靠恨他来鞭策自己，现在居然被他救了。

而看到他这样躺在自己的面前，她丝毫不觉得喜悦。她只是担心他，很担心他，想知道他什么时候能醒来，什么时候能像以前一样和她大吵大闹。

看着他毫无血色的脸、缠满了纱布的头，祝千双难过得快要呼吸不过来了。

她有很多话想告诉他，可是陈医生说不能打扰他，要给他一个安静的休息环境，所以她只能用手捂着嘴巴，甚至连哭声都不敢发出来。

她本来想忍住的，但最终没能忍住，小声地哭了起来。

乔野醒来时的第一反应就是，自己的手臂怎么那么麻。

可是他的头沉得厉害，他根本没办法抬头看自己的手臂，只能偏过头去看，正好看见了手臂上那个毛茸茸的小脑袋。

熟睡的她正紧紧地抱着他的胳膊。怪不得他的手臂会麻！

他试着抽回自己的手，却惊醒了那个正睡觉的女生。

“啊！”她叫了一声，飞快抬起头，看着乔野略带震惊的脸，眼眶立刻红了，“乔野你总算醒了。”

总算？乔野蹙了蹙眉：“我昏迷了很久？”

“嗯……”女生偏着头算了算，“一整天了。”

什么啊，乔野觉得好气又好笑，看到她的眼泪时还以为自己昏迷了三天三夜。

他看着女生咬着下唇抽泣的模样，竟然觉得熟悉，像是和记忆里的某张脸重合了。可是那张脸的主人到底是谁，他记不起来。

“祝千双，我……以前见过你？”乔野问道。

“才、才没有！”祝千双一下子站了起来，紧张得不知道应该将目光投向哪儿。

他一定见过她。

看到女生似乎想离开，乔野手疾眼快地拉住她：“别走。”他低沉的嗓音中带着哀求，在祝千双听来有致命的吸引力。

乔野望着她，目光灼灼，让她有一种无所遁形的感觉。

祝千双真的老老实实地重新坐了回去，却没办法让自己和他对视。

她很害怕，怕他认出自己，怕自己想要埋葬的过去被挖掘出来，怕他会看透自己的内心。

“祝千双，你的脑子里在想些什么啊？”乔野无奈地轻声说道。

祝千双抬手擦掉眼角的泪，惊讶于乔野如此温柔的语气。

乔野没再说话，在黑暗中安静地和她对视着。

那一刻，祝千双觉得心脏不自然地快速跳动起来。这种既熟悉又陌生的感觉，突兀得让她害怕，可是她丝毫没有想逃走。

她忽然注意到乔野还拉着自己的手，想抽回手，他却不放。

祝千双有些无奈，说道：“喂，我不走。”

“嗯。”

“那你可以放开我了。”

“嗯。”乔野淡淡地应了一声，手还是没有放开。

“喂！”祝千双看着耍无赖的乔野叫了声，“我都说不走了，你答应了为什么还不松手？”

乔野哈哈笑了笑，得寸进尺地将她的手握在手心，用自己的大手紧紧地包裹住她的小手。

“祝千双，不要每次我试图靠近你，你就一溜烟地跑开。”乔野根本不顾女生的反抗，继续说自己的话。

此刻的他不再有以往那种患得患失的感觉，真切地觉得祝千双正待在自己的身边。

此刻的他，总算安心下来。

“我这次不是没有跑吗？”祝千双听不出他话里的深意，因为她已经紧张得快要重新发烧了。好在这儿光线昏暗，乔野看不见她红透了的脸。

乔野笑了笑，然后闭上眼睛说：“祝千双，在这儿陪我，等我睡着了再走。”

祝千双没有回答，即使知道他看不见，还是轻轻点头，安静地看着他的脸。

可是过了一会儿，祝千双突然反应过来，瞪着他问：“乔野，你不是才睡醒吗？”

乔野扑哧一声笑了起来，睁开眼看她：“喂，就算我才睡醒，但是我伤到的是头啊。”

“我走了！”她愤愤不平地站起来，转身就要离开，可是这次乔野的手不但抓得更紧，甚至用力地一扯，让始料不及的祝千双直接斜着身子摔到了他的身上。

在和他四目相对时，祝千双分明看到乔野的眼中闪过一丝害怕的神色，虽然很快就消失了，但仍然被她捕捉到了。

“喂、喂、喂！”祝千双被吓了一跳，生怕自己又砸到他了，手忙脚乱地爬起来，抓着他的胳膊仔细看了看，问，“没伤到哪里吧？”

“没有。”乔野看着她，心情大好，“你在怕我受伤？”

“才不是。”祝千双撇撇嘴不肯承认，只好恶狠狠地朝乔野吼道，“你干吗莫名其妙地拉我？”

“我以为你要走。”

祝千双没想到乔野这么直接，只好用凶狠的语气掩饰自己的慌乱：“可是你在打针啊！”

说到这儿，祝千双顺带看了看乔野打着针的手背。

果然，针管里已经回血了，手也有肿起来的迹象。

祝千双赶紧按铃喊护士，看着乔野的手发脾气：“你看看你！现在手都肿了！”

乔野倒是不急不躁，一点儿也不担心，反而用责怪的语气说道：“谁让你要走的。”

“我又不是真的要走！”祝千双也急了，结果不经大脑地说出这样一句话。

突然，两个人都愣住了，看着彼此说不出话来。

好在这时护士进来了：“怎么了？”

这位护士年纪比较大，一进来就发现两个人不对劲，边帮乔野拔针边摇摇头，说：“怎么会折腾到手都肿了？！”

这明知故问的语气让祝千双无语了，她涨红了脸，试图解释道：“是不小心……”

“咯咯。”护士轻声咳了两下，埋怨道，“就算再相爱也别太激动，这儿毕竟是医院，他还生着病。等他养好了病回了家，随便你们小两口怎么折腾！现在你们就好好休息吧。”

“我们……”祝千双尴尬得说不出话。乔野用一副看好戏的眼神打量着她，似乎想看看她到底打算怎么解释。她瞪了他一眼，继续说道：“护士，我们真的不是你想的那样……”

“好了。”护士完全不听，帮乔野调整好输液器后站起来说，“下次要注意点儿了。”

说罢，护士就快步走了出去。

祝千双本来还想解释，却只能对着她的背影无力地说了句："知道了……"

乔野看着她大笑起来，祝千双见状，转头问："有这么好笑吗？你不是撞到头了吗？早知道就不拆穿你，让你好好睡觉！"

"所以说你干吗拆穿我呢？"

"我这次真的要走了！"祝千双头也不回地走出病房，没有再给乔野抓住她的机会。

黑暗中，独自一人的乔野回想起刚才身体出现的异常状况，不由得皱起了眉头。

03

第二天一大早祝千禾就送了东西过来。

她怕吵醒祝千双，蹑手蹑脚地把东西放到床边。

祝千双并没有睡得太熟，听到动静后睁开眼，看到祝千禾红肿着眼睛坐在一边。祝千双觉得奇怪，让千禾回去休息，结果千禾的眼睛好像肿得更厉害了。

"姐，你怎么了？"祝千双意识到有些不对劲，赶紧坐了起来，"你的眼睛怎么了？昨天不是还没有那么严重吗？"

祝千禾以为是自己吵醒了她，愧疚地道："对不起啊，我的声音太大了。"

"不是。"祝千双不让她转移话题，从床上下来，走到她身边拉着她说，"昨天你的眼睛没那么肿啊。"

祝千禾偏过头不看她，边摆手边说："没有啦，你快回去躺着继续睡，我昨晚看会议资料看得太晚了，没休息好眼睛就肿了。而且，我今天还起来给你熬汤，大概有点儿累吧。"她指了指放在桌子上的保温壶，补充道，"醒了之后记得喝汤，我炖了不少。"

祝千双狐疑地看着姐姐，虽然还是觉得千禾怪怪的，可是没再说什么。祝千双看了看手机，才六点半。她见千禾已经一副正装打扮了，猜到待会儿的会议很重要，便问：“那你要不要在这儿睡一会儿，现在离开会还早吧？”

祝千禾站起来摇头道：“我马上去赶飞机，开完会回来再来陪你，不出意外的话，今晚就可以回来了。”

祝千双也不多挽留，嘱咐她在飞机上好好休息，便跟她道别了。

祝千双睡意全无，脑子里开始想乔野。

他现在在干什么呢，估计还在睡觉吧？

翻来覆去到七点多，祝千双最后干脆起床洗脸刷牙，然后拿着千禾带来的汤蹑手蹑脚地推开门，走到乔野的病房前。

她本来想敲门，但是又怕吵醒他，便直接推门而入。

可是祝千双刚把门打开一条缝，就听到里面传来乔野低沉的声音。他缓缓地道：“嗯，那等你回来再说。”

祝千双看他已经醒了，便不再小心翼翼，直接破门而入，将保温桶高举在头顶朝他喊道：“Hi（你好）——”

结果她怎么都没有想到，乔野现在正光着上身站在房里，祝千双这极其猥琐的一声让两个人都愣在了当场。

祝千双啊祝千双，你丢的脸还少吗？

当然，最先反应过来的是乔野。他微微眯起了眼睛，皱着眉头看着面前的女生，抬起一边嘴角重复了一遍：“Hi？”

“没事！”祝千双下一秒就要逃跑，可是衣领被人揪住了，她奋力地挣扎起来，“我走错房间了！放开我！我要回去了！”

“喂！”乔野干脆抓住了她的两只胳膊，将她拉向自己，“你在害羞什么啊？别乱动，我全身都痛。”

祝千双立刻乖乖地停了下来，紧张地问：“头还很痛？要叫陈医生吗？”

“不用。”乔野笑了笑，按着她的两只手臂不让她转身，将她拉向自己，问，“那你说，你来找我做什么？”

耳边拂过他温热的气息，她这才发现二人此刻的动作极为暧昧，乔野就像将她整个人圈在怀里了一样。祝千双害羞得快速地挣脱开来，转身面对乔野，举着保温桶说：“你冷静点儿！我只是拿汤给你喝而已！”

“该冷静的人是你吧。”乔野将双手交叉在胸前，“我又不会对你做什么。”

“那你为什么没穿衣服？”

“你进来的时候我就没穿衣服，是你没给我机会穿上而已。”

“为什么你现在还不穿？！”

“反正都被你看到了，还有什么好隐藏的！”

“谁要看你裸体啊！”

“我也没说要给你看啊。”乔野很委屈，“明明是你先破门而入的。”

“那你快穿！”

“知道啦。”见女生已经羞愤得不行了，乔野从床上拿起上衣，朝卫生间走去，“我先去洗澡。”

等乔野进了卫生间，祝千双才长嘘一口气。卫生间的门被关上了，紧接着里面传出水声。

祝千双将保温桶放在桌子上，打开盖子看了看。

千禾真的熬了很多汤，估计就算是两个人喝都喝不完。

她从柜子里翻出两个碗，将汤倒进去，然后安静地等待乔野出来。

不一会儿，乔野推开门出来，已经穿好了衣服，除了头上的纱布让他看起来有些搞笑，依旧英俊帅气。

乔野走过来推了推她的脑袋，问：“喂，你在想什么呢？”

祝千双摇摇头，把汤递给他：“快，趁热喝，我姐一大早上起来炖的呢！”

“哦？”乔野看着碗里的汤，“原来千禾的手艺那么好。”

“当然啦，千禾一直很独立，不然我妈也不会放心让她来照顾我。”

“那你呢？”

“嗯？”

“你做饭的手艺怎么样？”

“大概……”祝千双尴尬地笑了一下，“吃不死人吧。”

“那你要做给我尝一下吗？”

“你想挑战一下吗？”祝千双的嘴角含着笑意。

这下倒是乔野比较惊讶了：“你真的愿意给我做？”

“啊……”祝千双尴尬地停顿了一下，“也不是不行……可是真的不好吃哦。”

乔野忽然沉默了，望着女生的脸有些出神。

他的目光让祝千双有些不好意思，她只好安静地低头喝汤。

“祝千双……”乔野轻轻地喊了她一声，问了一个就连他自己都不能理解的问题，“你是不是喜欢我？”

“噗——”祝千双刚喝进嘴里的汤瞬间就喷了出来，她不安地挥着拳头，一拳砸在乔野的手臂上，“你在说什么啊——”

“喂！我只是在开玩笑！”乔野皱着眉问，“谁让你突然那么反常？”

“我哪儿有！”祝千双慌乱地否认道。

“平时张牙舞爪地跟我吵架，现在居然会答应做饭给我吃，这不是很奇怪吗？”

“这是报答，你别想太多了！”祝千双站起来瞪着乔野怒道，“早知道就不给你汤喝，也不答应给你做饭了！哼！”

看着女生生气的样子，乔野莫名地笑了起来。

“笑什么？！”

“没什么。”

“你明明就在笑我……”

两人正争吵着，忽然听到了轻微的关门声，可是没有人进来。

祝千双朝门的方向看了看，有些奇怪：“是护士来了吗？”

但是除了那道关门声，没有别的动静了。

此时，站在门外的森百里靠着墙深深地吸了一口气，握紧了自己的拳头。

森百里先去了祝千双的病房，没看见祝千双。

他本以为她是去检查或者去别的地方了，想先在乔野这儿待着，没想到推开门的瞬间便看到了那两个人其乐融融地坐在一起的画面。

森百里没有进去，仿佛自己和他们之间隔着什么……

森百里出了医院，开车到了公司，上楼后竟然不自觉地走到了祝千禾的办公室门外。他也不知道自己要来干什么，只是觉得既然来了就推门进去好了，但祝千禾不在。

他掏出手机打电话给她，那边很快就接了电话：“百里？”

“千禾，你现在在哪儿？”

“我在外省开会。”祝千禾迟疑了，“你怎么了？找我有事？我晚上回去。”

“哦，没事啦。”森百里这才想起她今天的行程，“那你快忙吧，就这样！”说完，森百里便匆匆挂了电话。

整整一天，森百里都待在剪辑室工作。如果不让自己埋头专注在一件事上面，他大概会疯掉吧。

不知道过了多久，剪辑室的门突然被人推开，他转身看到了气喘吁吁的祝千禾，她的脸上还带着汗珠。

“嗯？”森百里有些意外，看了看墙上的钟，才下午六点多，“你怎么那么快就回来了？”

正喘着气的祝千禾得意地笑着道："我的效率还用说吗？！我还把项目敲定了，怎么样，厉害吧？"

"厉害！"森百里赞同地点点头，"辛苦了。要不要我这个老板请你喝杯酒？"

"当然需要！"祝千禾脸上的笑意更浓了，"我得趁机开几瓶好的洋酒才行。"

来到酒吧之后，祝千禾很快就发现森百里今天不对劲。

他一直一声不吭地喝着酒，不像往常那样跟她热火朝天地讨论哪个姑娘长得秀气，哪个姑娘身材火辣。

祝千禾用手肘撞了撞他："喂，大情圣也有失意的一天？"

森百里这次异常认真地说："祝千禾，我好像遇到麻烦了。"

"嗯？"祝千禾瞪大眼睛，"你把人家姑娘的肚子弄大了？"

"虽然我交过很多女朋友，但还算是正人君子。"森百里瞪了她一眼，把手中的酒一饮而尽："我只是觉得，我大概遇到了……真正想要的人。"

这已经不是他用"喜欢"或者"爱"就能说清楚的感觉了。

森百里一直觉得自己活得太一帆风顺了，似乎从来没有特别想得到什么东西。

可是现在，他变了！

等他自己察觉的时候，他已经非那个人不可了。

他非常非常想得到她。

因为自己是私生子，又被母亲抛弃过，所以森百里曾迫切地想得到母亲的爱。

可是在父亲接纳他并竭尽所能地满足了他所有的需求后，他就再也没有特别想得到什么了。

他喜欢过那么多女孩儿，可从来没有像现在这样执着过。

祝千禾望着森百里失魂落魄的样子，语气开始不自然起来：“是……谁呢？”

“祝千禾，”森百里转过身来，双手搭在她的肩上，无奈地苦笑着说，“是你的妹妹。真是好笑，居然是你的妹妹。”

但是，此刻只顾着吐露真心的森百里并没看到祝千禾的眼中突然熄灭的火光。

第十一场 别再越界

01

“你真是的，跟你做朋友这么久，竟然没听你提起过你的妹妹。”森百里放开她，重新转身面对吧台，给自己倒满了酒。

祝千禾微微低下了头，慢慢地轻声说道：“我说过啊。”

其实我说过很多次，只是那时的你从来就没有认真地听过我的话。你没有在意过我真正的感受，也没有发现那么长时间以来站在你身后的我。

祝千禾叹了一口气，即使跟他靠得那么近，好像知道他的很多事情，好像足够了解他，可是其实自己从来没有走进过他的内心。

“而你的妹妹……居然就是我一直在找的那个人。”

其实祝千禾一点儿都不惊讶。

那个夜晚，森百里送喝得烂醉的祝千双回来并亲吻她的画面，祝千禾都看见了。那时祝千禾就知道了，森百里正用心地喜欢着自己的妹妹。

昨天也是，她在推门的时候看到了森百里吓唬千双的那一幕。

她暗恋森百里那么多年，以为自己就算再难受也一定能忍下去。

但是，在他向自己坦白的时候，祝千禾第一次觉得没法再听下去了。她猛地站起来，抓起自己的包说："我、我先走了……我还要去医院。"

"我送你去吧。"森百里跟着站起来。

"不用！"祝千禾一口回绝了，看到森百里眼中的惊讶之色后才意识到自己失态了，"我自己去就好了。你喝了酒，我还不想死得那么早。你也早点儿回去吧，别喝了。"

不等森百里再说什么，祝千禾赶紧跑了。

祝千禾接到他的电话后就快速赶了回来，她听得出他心情不好，本来以为自己可以像往常那样陪他喝酒、听他诉说、安慰他，却没想到他会对自己说那些。如果她再不走，她的秘密一定会被他发现的。

祝千禾走出酒吧，悄悄用手背擦去眼角的眼泪。这个悲惨而懦弱的女人，还真不像她自己啊！

她莫名地感到特别疲惫。

医院里，祝千双忽然接到了森百里的电话："百里前辈？"

乔野此刻正悠闲地吃着女生削的苹果，听到祝千双一脸疑惑地叫出这个名字后脸色一变，警惕起来。

祝千双发现乔野想偷听自己跟森百里的谈话，不满地瞪了乔野一眼，站起来走得离他远了点儿，继续说："嗯？没有……"

乔野黑着脸朝祝千双喊："喂，你跑那么远干什么？！"

"别吵！"祝千双吼了一声，然后又温柔地说："我姐真的没有来，我打个电话给她吧……嗯，那好！"

祝千双挂了电话，重新走到乔野的床边，看着正一脸不高兴地吃着苹果的乔野，怒道："乔导演，我接电话你也要管吗？"

“我是因为……”乔野自知无理，绞尽脑汁地编借口，“因为我的苹果吃完了！你再给我削一个。”

“还要吃？”祝千双已经给他削了三个苹果，他根本就是在耍自己吧，“你不是才吃了晚餐吗？”

“嗯。”乔野点点头。

“不胀？”

“不胀。”乔野口是心非地回答道。他其实已经饱到快吐了……

祝千双只好又拿了一个苹果削了起来。

乔野看着一声不吭的祝千双，问：“喂，刚才森百里说什么？”

“他说……”

突然，女生的声音变得像是从很远的地方传出来的，一下子大一下子小。看着女生的嘴巴一张一合，乔野快速地摇了摇头，想要把充斥在耳郭内的忙音甩掉。好在这样持续的时间并不长，他很快恢复了正常，皱着眉头问：“什么？”

“你是在耍我吗？！”祝千双瞪着他，没发觉他不对劲。

乔野装作没事一样笑了起来，挑了挑眉，说：“是啊。”

女生把削好的苹果递给他，没好气地说：“就是问我姐有没有来医院，也许她来了我不知道，所以我现在要回去看看。你睡觉吧。”

乔野在她起身要走时伸手拉住她。

祝千双看着欲言又止的乔野，问：“乔导演，就算是实习生也有下班的权利吧？”

“嗯。”乔野松开手，笑着说，“只是想和你说晚安而已。”

祝千双怔了怔，虽然还是一脸不高兴的样子，但最终别扭地回了一句：“嗯，你也是。”

次日，祝千双醒来的时候，祝千禾已经到了，照例带了汤。

祝千双揉揉眼睛从床上坐起来，看着自家堂姐的黑眼圈，不由得说：“其实不用拿来啦，我下午就出院了。你那么忙，干吗还花精力煲汤？我就是发烧而已。”

“下午出院也要吃早餐啊。”祝千禾把汤倒出来，“而且也不花什么时间。快去洗脸、刷牙，然后过来吃。”

祝千双点点头，想到昨晚森百里的电话，问：“姐，你昨晚去哪儿了？百里前辈打电话问我你有没有平安地到医院。你昨晚来了？”

祝千禾顿住了，迟疑了片刻，又继续手上的动作，将碗放在桌子上：“昨晚本来想来的，但是太累就回家睡觉了，没什么。”

“哦。”祝千双虽然觉得千禾似乎有心事，但多少了解千禾的性格。千禾不说，那祝千双就不问。

祝千双洗漱完出来，见千禾正发呆，走过去抱着保温桶，然后拉着千禾说：“走吧，我们去找乔野。”

“乔野？”祝千禾愣住了，立刻皱起眉头，“你和乔的关系什么时候那么好了？”

“这叫讨好上司，我借花献佛而已。”

乔野这两天喝了不少千禾的汤，如果他能亲自夸奖千禾，千禾的心情估计能好一些。与其让千禾一个人坐在那里胡思乱想，不如带她去见乔野。

所以，祝千双不管不顾地拉着姐姐往外走：“走啦走啦。”

“可是……”祝千禾似乎很为难，但是又不好说出来。

祝千双走到乔野的病房门外，像往常那样推开门，可这次却没进去。

她怎么都没想到会看到这一幕。

郁薇紧紧地搂着乔野的腰，一对恋人彼此相拥着，形成了如此美好的画面。

祝千双只觉得双手像是瞬间失去了全部的力气。

郁薇回来了。

祝千双就算再想装作不在意他和郁薇的婚事，可是看到这一幕，也没法再自欺欺人了。

正拥抱着的两人听到动静，松开了彼此。乔野皱眉看着祝千双僵硬的脸，没有开口解释，而郁薇更是一脸惊讶，疑惑地看着千双和千禾。

祝千禾大概也没想到会看到这么尴尬的场景，对郁薇和乔野笑了笑，拉着祝千双往后退："不好意思啊，我本来想跟千双说的，但是没来得及——"

"千双？"郁薇重复着这个名字，似乎想到了什么，若有所思地看了看乔野，语气中充满警惕，"你就是祝千双？"

郁薇不仅是祝千双的学姐，还跟乔野是青梅竹马！郁薇那么耀眼的人自然走到哪儿都是焦点。就算祝千双是女生，也很难否认郁薇确实美丽，具有不一样的魅力。

只是她没想到，郁薇居然知道她的名字。

祝千双呆呆地点点头："嗯。"

郁薇向祝千双走来，手臂却被乔野拉住了。

郁薇诧异地看着乔野的举动，说不出话来。

乔野面无表情地看着祝千禾，轻声说："千禾，带千双回去休息吧。"

祝千禾赶紧哦了一声，伸手去拉住祝千双的胳膊，却发现自己的妹妹有些不对劲，愣着没打算走。祝千禾只好伸手揽住了祝千双的肩膀，想带她离开。

这时，另一只手忽然牵住了祝千双的手，不光吓了祝千双一跳，也让在场的人都有些惊讶。

森百里突然出现，毫不犹豫地牵起了祝千双的手。

祝千双大概没想到森百里会出现，还没反应过来，就被他带走了。

森百里将祝千双带回病房，强行让她坐到床上。他看着木然的祝千双无奈地笑了，伸手轻刮她的鼻尖：“喂，生病的人干吗不好好休息？”

祝千双的鼻尖一阵酸涩，心里十分委屈，可是她无法说出原因，只是摇摇头道：“我没事。”

“没事就好。”森百里伸手揉她的头发，说，“快点儿回去躺好，今天打完针就可以回家了。”

祝千双发现祝千禾没有进来，便推了推森百里，说：“我姐没进来，你帮我找一下她。”

森百里这时也意识到了这一点，直起身子点头道：“好，那你躺会儿。”说着，他就朝外走了过去。

祝千双长长地叹了一口气，无法驱散脑海中的那个画面。

其实她一直知道，乔野总有一天会和他最爱的郁薇一起走进婚姻的殿堂。

即使这样，她还是想以“报答”为借口向他靠近。

她再一次放纵了自己的心。

02

森百里走出病房，起初以为祝千禾是去找医生了，结果护士告诉他并没有看到祝千禾，医生也不在办公室里。

森百里一边走向电梯一边掏出手机给祝千禾打电话，电话一直没人接。他在经过楼梯口的时候隐约听到了千禾的手机铃声。

他轻轻推开楼梯间的门，看到了靠墙用手捂着脸的女生。

楼梯间内很昏暗，只有一盏光线微弱的白灯。

他轻声问：“千禾？”

女生没有出声，只是立刻停止了抽泣，依然用手紧紧地将自己的脸捂着。

森百里以为她受了什么委屈，赶紧走向她，刚走了两步，就听到千禾用有些嘶哑的声音说：“别过来。”

他顿住了，没敢再向前，柔声问：“你怎么了？”

“没什么。”祝千禾用手擦着眼角，似乎在努力地让自己平静下来，“没什么，你先回去吧。”

“千双找你。”

“嗯。你先回去吧。”

“你到底怎么了……”森百里觉得很奇怪，和千禾认识那么久以来，似乎从来想过一向坚强的她会这样一个人躲起来哭，“有人欺负你了？工作的问题？”

“都不是。”千禾一口否决，只是用几近哀求的语气重复道，“你先回去吧。”

森百里只好不再坚持，应了声便转身准备离开，走出去之前不放心地叮嘱了一句：“千禾，有什么事情你跟我说，我不会看着你被欺负的。”

走出去的森百里并不知道，黑暗中的女生低着头，无可奈何地苦笑着喃喃道：“可是一直在欺负我的人就是你啊。”

祝千双躺在床上，决定振作起来，不能让他们察觉自己的异样。

如果自己以前可以痊愈，那么这一次也可以。

她听到有人开门进来，以为是森百里把千禾找回来了，便立刻挤出笑容，假装兴奋地说道：“千禾、百里，晚上我们一起去吃大餐吧！庆祝我……”

可是在看到来人之后，祝千双就没办法再说话了。

乔野眯着眼睛瞪着祝千双，似乎非常不高兴。

祝千双没说话，也没有辩解，不明白乔野为什么要来这儿。

他是来告诉她不要想太多吗？

“祝千双。”乔野低声喊她的名字。

祝千双努力让自己笑起来，露出一副揶揄的表情，用八卦的口吻说道：“嘿嘿，导演，你的未婚妻要来，你也不提前和我说一下。看在我把千禾的汤分你的分儿上，下次记得告诉我，我要去合照！啊，不过，等你们结婚的时候也可以。所以……快点儿结婚吧！”

她毕竟在片场待了那么久，演技提高了不少。祝千双不禁感叹，自己居然真的能那么流利地说出这些话。

乔野本来面带愠怒之色，而后竟然露出疑惑的神情，没再说话。

祝千双站起来推着乔野往门外走：“好啦好啦，快点儿回去吧，你的未婚妻估计等急了。”

她将乔野推到门口，然后朝他笑了笑，关上了门。

——“我不会想太多的。”

结果，她刚小声说完这句话就没出息地哭了出来，一个人靠着门低下头，狠狠地咬着嘴唇，不让自己发出声音。

门外忽然有人敲门。

祝千双担心是乔野回来了，赶紧将门反锁起来。

结果，森百里在门外轻声道：“千双，是我。”

“啊……”祝千双清了清声音，抱歉地说道，“前辈你先回去吧，等会儿我和我姐一起回去就可以了。我现在不太方便。”

“可是你……”森百里听出祝千双的声音不对劲，有些不放心。

“我真的没事，你回去吧。”

森百里有些郁闷地抓了抓头发，怎么这两姐妹今天都这样啊？

“那好吧。”他没有再坚持，“那等你回去了我再去看你。”

“嗯。”祝千双应了一声。

祝千禾很快就回来了，眼眶红红的，结果进门之后看到祝千双无精打采地躺在床上，眼眶通红。

她拍拍祝千双的胳膊："喂，你今天怎么回事？"

祝千双本来不想回答，可是抬头瞥见祝千禾红肿的眼睛，忍不住坐起来拉住她问："你才有问题，你刚才哭过？"

"没有。"祝千禾一口否认，"我只是因为要照顾你这个麻烦精，太累了。"

"不可能，你最好快点儿告诉我到底是怎么回事。"祝千双不相信，拉着祝千禾，不让她蒙混过关。这太反常了，一向以女强人形象出现的堂姐怎么会突然变成这个样子？！

祝千禾不顾妹妹病人的身份，迎头赏给她一记栗暴，威胁道："快给我躺着，等会儿还要打针呢。"

"就是因为你，我才总是哭！"祝千双瘪瘪嘴，老实地躺了回去。

下午，祝千禾办好了出院手续，祝千双换好衣服后便可以离开了。

乔野的病房在另外一头，祝千双离开的时候不会经过那儿。

祝千双时不时回头看向乔野病房的方向，但是又害怕被祝千禾看出来。

结果祝千禾狐疑地看着她问道："你干吗一直回头看？"

"没有。"祝千双摇摇头，"我躺太久了，脖子痛。"

祝千禾白了她一眼，没再搭理她。

祝千双还是忍不住问出来："我们走……不用和乔导演说一声？"

"哦。"祝千禾想到了什么，"乔今天中午就出院了，毕竟郁薇回来了，待在人多嘴杂的地方不好，所以乔就回家疗养了，反正陈医生就住在那边……你怎么了？"

“没、没有。”祝千双狠狠地咬住了嘴唇，脑子里都是乔野和郁薇拥抱的画面。

到家之后，祝千双一言不发地进了屋，倒头就睡。

她睡醒时已经是第二天了。

天还没有大亮，外面还是灰蒙蒙的一片。

她站在窗口看着窗外的天空，整个城市还在沉睡中，等待着被晨曦唤醒。

他现在在哪儿？

他是否和自己心爱的人在一起，带着对婚礼的期待安心地熟睡着？

就算不愿意承认，她还是清楚地知道自己现在很想见他。

03

祝千双很会伪装，如果遇到令她不高兴的事情，就算内心纠结得要死，表面上还是会装得十分平静。

所以就在祝千禾睡到日上三竿时，祝千双已经把家里全部收拾了一遍，甚至做好了早餐，优哉游哉地躺在沙发上看电视。

祝千双平时宁愿自己的房间乱成猪窝，今天居然把屋里打扫得干干净净，这令祝千禾目瞪口呆。

祝千禾摸了摸妹妹的额头，奇怪地问：“你是不是发烧还没好？”

“走开。”祝千双知道她话里有话，不满地挥开她的手，“我是有多懒才会让你觉得我做家务是件那么可怕的事……”

“上次婶婶打电话给我的时候格外强调了很多次，你很懒惰！”

“那是我妈从来看不到我勤快的一面。”

“对了，”祝千禾一把抢过遥控器开始调台，“昨天郁薇回来了，今天应该会有她的新闻。我们来看看老板是不是又要公开秀恩爱了。我跟你说，只要乔和郁薇一起出现，整个人就会格外地温柔……”

祝千禾自顾自地说着话，祝千双的脸僵住了，目光一点点地黯淡下去。

祝千双本想直接离开，结果刚站起来，电视上就出现了郁薇的名字，只是上面的新闻让祝千禾和祝千双惊呆了。

——“据记者拍到的画面，昨日郁薇已经从美国回到了国内，也第一时间去了恋人乔野所在的医院探病。可是下午记者就发现郁薇一个人在停车场，神情不对劲，原来郁薇已经于昨日下午搬离与乔野共筑的爱巢。娱乐圈内著名的青梅竹马是否就此分手？这段美丽的爱情童话是否就此破碎？记者会进一步了解情况……”

电视机里的画面是郁薇戴着墨镜一个人在停车场里的样子，身边是她的行李箱。

回到主持人的画面之后，主持人身边的屏幕上出现了另外一张照片，上面是乔野在泳池边和祝千双一起被拍到的样子。

主持人继续说道：“有知情者透露，这对恋人分手的原因是有第三者介入。看来著名导演乔野之前陷入‘泳池门’的事件并不是凭空捏造，后来两人的结婚消息应该是乔野为了挽回郁薇所做的努力……”

“这、这、这……”祝千禾张着嘴巴，震惊不已，“乔野在搞什么啊……”

说罢，祝千禾从沙发上跳起来，冲进屋子喃喃自语道：“我就说我不能休假！每次我休假，一定会出点儿事让我休不成！”

祝千双看着新闻中乔野的照片，忽然开始担心他，现在他正一个人待着吗？

她拿起手机，盯着乔野的号码，上面那串数字她早就熟记于心。

她很犹豫，应该联系他吗？

等她回过神来的时候，她的手指已经情不自禁地开始打字了：“乔野，你现在在哪儿？”

乔野为情所伤，休假了。

这是祝千双回到公司重新开始上班后，全公司告诉她的答案。

郁薇和乔野分手这件事对公众人物来说不只是私事，很多投资商之前投资了由乔野当导演、郁薇当主演的电影项目，现在几乎全部打算撤资。

祝千禾正跟进的几个项目接连受到影响，她最近忙得团团转，没时间和妹妹说乔野的近况。

祝千双回到公司的第一件事就是询问身边的同事，想知道乔野最近怎么样了。虽然官方给的消息是乔野的身体还没有完全恢复，他需要疗养一段时间，但是大家心里都明白，乔野是因为和郁薇分手才变成这样的。

祝千双给乔野发了很多条信息，可他一条都没有回复。

祝千双每次想到他正因为郁薇而悲恸欲绝时，就觉得自己的心像是一块吸了水的海绵，重重的，压得她喘不过气来。

祝千双接下来一个月都心不在焉的。乔野和郁薇分手的事情总算平息了一些，当事人始终没有露面澄清或者解释。

森百里据说去外地出差了，祝千双一直没见到他，只是每天会接到他打来的电话。祝千双每次都想问他关于乔野的消息，可是不知道该怎么开口。

今天，她又在顾文松的骂声中度过了一天。电影拍摄接近尾声，动作戏越来越多，结果祝千双偏偏数错了道具、记错了场次，让顾文松气愤不已。助理导演没办法继续给祝千双安排一些重要的活儿，只好让她去搬搬东西、清理道具。

祝千双垂头丧气地从片场走出来，口袋里的手机忽然振动起来，原本无精打采的她立刻双眼发亮，迅速拿出手机。电话是森百里打来的。

她考量再三，还是决定接通，轻声道："百里前辈。"

"祝千双，今天有没有好好工作？！"森百里语调高昂，看起来像是遇到了什么好事。

祝千双独自出了片场，边下楼梯边回答道："嗯，还不错。"

她只是摔坏了几台机器、碰倒了一台摄像机、铺轨道的时候摔了一跤而已，但总的来说还不错。

"你在哪儿？"森百里忽然问道。

"我？"祝千双看了看，已经到了一楼，"刚下楼梯，准备到公司大厅了。"

"好，你从楼梯间里走出来，然后向小花园的方向走。"

祝千双皱起了眉头，不知道森百里在唱哪一出戏，但还是按照他说的走到大厅，之后向左边的那个玻璃大门走过去。

可就在她刚走到大门附近的时候，外面忽然传来一阵喧哗声。

因为乔野和郁薇的事，公司外每天都有几个不死心的记者蹲守，一定要采访乔野。

祝千双转头看过去，立刻停下了脚步。

乔野穿着一身黑色的休闲西装，头上的纱布已经拆掉了，看起来依然十分疲惫、憔悴，两侧脸颊有些陷下去了，整个人看起来瘦了不少。

在保安的护送下，他面无表情地走进了大厅。

祝千双上前几步，可是乔野依旧目不转睛地看着前方，直接从她面前走了过去，连瞥都没有瞥她一眼。

祝千双小声喊住他："乔、乔野！"

他依旧大步向前，丝毫没有迟疑或犹豫。

祝千双对着手机飞快地说了一句："对不起，百里前辈，我有点儿事，晚点儿再和你打电话……"说完她就把电话挂了，朝乔野的方向跑了过去。

森百里的手上提着礼品袋，他握着手机站在小花园内，透过落地的玻璃窗看见女生朝另一个方向跑去。森百里眼中的期待和兴奋一点点消失，他缓缓地低下头，捏紧了手中的袋子。

04

祝千双还是没有追上乔野，乔野已经上了电梯，祝千双跟了上去。

现在是下班时间，办公室里没几个人了。乔野的两个助理已经走了，就连安以柔也不在。

祝千双左右看了看，确定没什么人注意到她，加快脚步走到乔野的办公室门口，轻轻敲了几下门。

里面的人没有反应。

祝千双只好加大力度又敲了几下，终于听到乔野沉稳有力的声音，他说："谁？"

"是我……祝千双。"

二人那么久没有见面，祝千双的声音竟然有些发颤。

"进来。"

得到许可之后，祝千双推门进去了。

乔野坐在椅子上目不转睛地盯着电脑，匆匆扫了一眼祝千双之后，问："有事？"

祝千双僵了一下，此刻的乔野似乎变得不太一样了，周身散发着疏远和冷漠的气息，让人无法靠近。

见祝千双没有说话，乔野皱眉停下手中的工作，然后直视着祝千双问："有什么问题？"

"没、没有。"祝千双不知道该说什么，想了想，小心翼翼地问，"乔野导演，你的身体好些了吗？"

"嗯。"乔野显得有些不耐烦，"就是这件事？"

"那个……我是来谢谢你的，谢谢导演那天救了我。我一直想和你说，但总是没机会。"

"不用。"乔野依旧是一副冷冰冰的样子，"中辛集团的任何一个员工遇到危险，我都会去救，你不用放在心上。如果没事的话，你就出去吧，我还要工作。"

祝千双不敢置信地看着面前的乔野，猜不透为什么他现在像变了一个人似的。

他这样……是因为郁薇吧？

他是因为相爱十年的恋人突然和自己分手了才这样的吧？

她觉得心里空荡荡的，一边骂自己没出息，一边任由悲伤的情绪蔓延全身。

她的胸口像聚集了一个旋涡，她觉得自己快窒息了。

祝千双咬咬下唇，转身走了出去。

第二天，祝千双到公司后发现公司内已经炸开了锅，所有人都交头接耳，讨论着乔野的事。祝千双刚走进摄影棚，就看到了站在顾文松旁边的乔野。

两个人在低声交谈着什么，顾文松手舞足蹈，说得眉飞色舞，乔野则低头看着剧本，十分平静。乔野忽然抬起手，似乎在示意顾文松先不要说了，然后带着疲惫的神情走到椅子边坐下来，用手捏了捏眉心，继续看手中的剧本。

这时，两个负责送饮料的同事进来了，挨个儿给大家发饮料。

那两个同事走到乔野身边时，因为腾不出手递给他，便在他旁边喊：“乔导演，您要咖啡还是果汁？”

乔野并没有吱声，依旧低着头看剧本。

同事有些奇怪，又喊了一声：“乔导演，您的饮料。”

乔野还是一动不动。

这位女生大概有些莫名其妙，自己没做错什么，却被他无视了，不由得提高了音量：“乔野导演。”

乔野这才抬头看着她，眼里的惊讶转瞬即逝，皱起眉头冷冷地道：“我不需要。”

即使乔野并不是谴责那个女生，但这句不带温度的话也让在场的其他人有些震惊。

乔野虽然严厉且看起来冷漠，可对待每一个同事都还算温和，尤其是女生，即便态度比较疏远，也很有绅士风度。只要对方没有犯太大的错误，他就不会这样冷着脸斥责谁。

今天他的举动格外地反常，明明那个女生一点儿错误都没犯。

女同事眼眶红红的，送完饮料后走出了片场。

有人开始小声嘀咕：“乔野导演和郁薇分手之后就像变了一个人一样，今早来的时候还把摄影组的一个助理骂了！失恋果然很痛苦啊，现在的乔野就像吃了炸药一样。”

“是啊，乔野导演现在的心情应该很差，我们还是少惹他比较好。”另一个人附和道，“没想到乔野居然也会被别人抛弃，毕竟现在郁薇走向国际了，肯定不会再甘心跟着乔野了。那么多年了，除了一些必要的宣传场合，从来没见乔野在别的场合提过郁薇，就算郁薇来探班，两个人都不会有什么亲密的互动，郁薇估计是受不了乔野了吧。”

祝千双边清点服装边听她们讨论。

她也觉得乔野今天实在很奇怪。

拍摄进行到一半的时候，乔野的手机铃声似乎响了，他接了电话就朝外走。

祝千双放下手中的东西，悄悄跟着他走了出去。

走廊上的人并不多，祝千双听到乔野对着手机说：“这儿有点儿吵，等一会儿你直接发邮件告诉我。”

他挂了电话，继续向前走着。

祝千双蹑手蹑脚地跟在他身后，因为害怕被发现，所以每一步都走得小心翼翼的。结果，她太全神贯注地盯着他的背影了，没注意到旁边的门突然打开了，一个抱着大箱子的男人走出来，迎面朝她撞了上去。

男子手中的东西全部掉在地上，发出了极大的响声。

祝千双的第一反应就是自己死定了，这次一定会被乔野发现的。

她直勾勾地盯着乔野的背，他却完全没有回头的迹象，就像是根本没有听见一样。

祝千双不禁大感庆幸，然后对那个男子不住地道歉。

等她收拾好东西，乔野已经消失在走廊的尽头了。

她追过去，满脸失望地看着已经关上门的电梯，不住地叹气。她心里有些烦闷，打算到楼下吃点儿东西，便进了电梯。

电梯在十楼停了，门一打开，祝千双抬眼一看，准备进来的人居然是乔野，被吓得瞪大了眼睛。

可是乔野似乎并不在意，看都没看她，直接走了进来。

电梯门关上了。狭小的空间里，祝千双本来有那么多话想问他，可现在总算有机会和他独处了，话到嘴边却怎么都说不出口。

她只是小声问了句：“导演，你怎么了？”

乔野没有说话，甚至连一点儿反应都没有。

祝千双咬了咬牙，伸手去抓他的胳膊，正想开口时电梯门开了。门外站着很多同事，他们看到这一幕全都一脸疑惑。

乔野转头面无表情地看着她，问：“什么？”

“没什么。”祝千双缓缓地收回手，低下了头。

就在这时，乔野忽然主动拉住祝千双的手腕，在大家惊异的目光中拽着她走出了电梯。

祝千双也不清楚乔野为什么会这样，只是莫名其妙地被他拉着走进楼梯间。

“祝千双，你到底是什么意思？”

“啊？”祝千双忐忑不安地赶紧摆手，“没有。我只是想要谢谢你！”

她看到乔野的眼神不断地闪烁着，他听到她否认之后重新恢复了平静，冷冷地道：“祝千双，就算我救过你，我和你也只是上下级的关系，你不要再越界了，离我远点儿。”

说完这段话，乔野不等祝千双回答便转身离开了。

第十二场 两个秘密

01

接下来的几天，乔野都一副冷冰冰的样子。除非是他主动找别人说什么事，否则，大多数情况下，别人和他说话，他爱搭不理的。

顾文松平时喜欢在片场大呼小叫，大家已经够紧张了，现在加上个乔野，大家越发感到有些喘不过气来。

最关键的是，乔野像是在刻意地躲着祝千双一样，几乎没再和她说过话。

一天早上，乔野来片场转了一圈之后很快就离开了。

快到中午的时候，同样是实习生的小惠过来找到祝千双，说："千双，帮我一个忙吧，等会儿会有师傅过来修昨天坏了的灯，你能帮我接待一下吗？我下午有急事，要请假，如果负责处理这件事的话，中午肯定走不了了。"

"行。"祝千双点点头，接下了写着号码的名片。

祝千双看得出，全场最清闲的人大概就是自己了。别人都忙得焦头烂额，只有她在做一些完全没有技术含量、不需要费脑筋的事。

恰好她没什么事要处理了，便打电话联系了那个师傅。虽然他们还有很久才到公司，但祝千双懒得在片场无所事事地待着，就下楼到了停车场，打算直接在这儿等着。

停车场里没什么人，她随意找了一个角落，坐在台阶上玩手机。

她坐的这个位置较为隐蔽，过往的人很难看见她。

就在她百无聊赖地四处张望时，她发现乔野一个人出现在停车场。

他似乎在等人。

公司的停车场相对隐蔽，保护措施做得极好，基本没人能来这儿偷拍。如果乔野是来这儿见人的话，那见的必定是与他关系敏感的人。

果然，不一会儿，一辆车在乔野身边停了下来。

车门打开，祝千双看到一身黑色连衣裙的郁薇从车上缓缓地走下来。祝千双震惊得用手捂住了自己的嘴巴，生怕自己会叫出来。

郁薇下了车，把墨镜取了下来。郁薇的眼睛红肿着，但她依旧那么优雅、清新，看起来楚楚可怜。

相对地，乔野就显得冷静得多，始终面无表情。

“我打了十几通电话，你却一通都没回复。”

“我已经答应和你见面谈了。”乔野说道，“你想和我说什么？”

“乔野……你始终欠我一个解释。”郁薇的手紧握着，“到底是什么让你像变了一个人一样？”

乔野蹙起了眉头，缓缓道：“郁薇，提分手的人是你。”

“那你有试图挽留我吗？”郁薇提高了音量，看着十分委屈，“你和我在一起更多是因为责任。你答应和我交往，和我公开出席活动，却从来不会因为我和别人的绯闻而生气。哪怕一次，你有没有害怕会失去我？”

乔野怔了怔，叹了口气：“我以为你了解我是什么样的人。”

“对！”郁薇的眼泪滑落，脸上带着愠怒，“我曾经以为自己了解你，所以我才体谅你，知道你的性格本来就是这样的。可是自从那个人出现之后，我才发现我从来没有了解过你……”

“郁薇，我以为我们已经把事情说清楚了。”乔野用手指捏了捏眉心，打断她的话，“等你清醒一点儿我们再说吧。”

“乔野，我们交往十年了。如果你爱我，那我现在愿意回来，你还会像以前那样和我在一起吗？”

乔野怔住了，显然没想到郁薇会说出这样的话。他沉默了几秒后摇了摇头：“不会。或许我十年前就不应该答应你。对不起，我耽误了你十年！但是现在，我知道你过得很好。”

“你知道？”郁薇大吃一惊。

“我最初就知道。”

“所以你是在报复我？”

“不。”乔野沉声道，“相比生气，我意外地想要祝福你。至少我知道你过得很好。”

郁薇哭了起来，脸上的怒气逐渐加重。她激动地向前走了几步，拉住了乔野的胳膊说：“乔野，你凭什么这样反复地践踏我的自尊心？！我为什么这样做你不知道吗？是因为你从来没有在意过我！我只是想知道如果我离开你，你会不会难过！你竟然一点儿都不介意……是因为那个人吗？那个女生……”

郁薇愤怒地用手拍打、推着乔野，祝千双看到乔野的脸上露出了痛苦的表情，他似乎并不是因为眼前的烦恼，而是因为头疼而不得不用一只手按着自己的头。

祝千双再也按捺不住，站起来冲了出去，一把拉开了郁薇，然后扶着乔野的胳膊问道："导演，你怎么了？头很痛？"

乔野眉头紧蹙，在看到祝千双时惊讶得睁大了眼睛，张开嘴想说什么，却像有难言之隐一般没法说出来。

"祝千双，就是因为你……"郁薇拉住祝千双的手腕，指甲硬生生地抠进祝千双的皮肤里。郁薇完全不顾及形象，瞪着哭红的眼睛喊道："都是因为你……"

祝千双靠近了才发现郁薇的眼底全是血丝，郁薇像是很久没有睡过觉一样，身上夹杂着烟酒的味道。可是这个时候，祝千双已经来不及探究郁薇到底是怎么回事了，郁薇抓着她的手，让她痛得根本就没办法思考。

郁薇总算松开了一只手，祝千双本想趁机将自己的手抽出来，但惊觉郁薇正高举着那只刚松开的手，带着狰狞的表情，要将那只手扇下来——

本应该承受这一巴掌的祝千双睁开眼睛，看到了挡在自己身前的乔野。他伸手钳制住了郁薇，将她的巴掌拦了下来。

郁薇看着站在自己面前的乔野，松开了抓着祝千双的手，喃喃道："果然是因为她……乔野，你会改变果然是因为她。"

乔野的脸上也出现了怒意，他冷冷地道："郁薇，你该回去了。"

郁薇狠狠地抽回了自己的手，然后冷笑着点点头，说："乔野，这是你欠我的。"

说罢，郁薇转身走回自己的车边，开门进去之前转头瞪了一眼祝千双，随后开车扬长而去。

02

祝千双松了一口气。

失恋且喝醉了的女人果然很可怕！

在人前那么光鲜靓丽的大明星郁薇现在居然会变成这样，祝千双怎么都想不到。

当然，她更没有想到的是郁薇提出了分手，却又回来苦苦地哀求乔野复合。

可是，如果乔野是因为郁薇而痛苦，那为什么郁薇都愿意回头了，他却不接受呢？甚至，这件事还莫名其妙地跟自己有了关系。

祝千双自顾自地思考着，抬头才发现乔野正用手拍着自己的头，站都站不稳了。祝千双赶紧上前扶着他，让他倚靠在自己的身上："乔导演，你怎么了？"

乔野推开她，冷冷地说："没事，不用扶我。"

"可是……"祝千双迟疑着，他虽然这样说，可依然是一副很痛苦的样子，"导演你是不是……"

"放开我！"乔野的声音更大了。

他以前就算是发脾气教训人，也从来没有用那么大的声音吼过人。

祝千双慢慢松开了手。

乔野怔怔地看着祝千双，露出了不知是歉疚还是犹豫的神情，叹了一口气，情绪平缓下来："我没事。"

祝千双咬着下唇没有说话。

他知道自己过分了，又放低了声音："我真的没事。"

"郁薇为什么说都是因为我？"祝千双本来不想问的，可是如果现在不问的话，以后乔野不知道会不会又像以前一样躲着她。

乔野顿住了，眼睛里的情绪变化万千，但不过片刻，还是变回最初那冷漠的样子，说道："不关你的事。"

"可是我明明就听到了！"祝千双拦着不让他走，"她说是因为我。"

"怎么可能，她甚至不认识你。"乔野否认道。

“可是我认识她，也认识你。”祝千双差点儿就脱口说出自己的真实身份。

乔野并没有理会，而是转身向公司走去。

祝千双急得在他的身后大喊：“乔野，你真的忘记我是谁了？你到现在还没有想起我是谁？”

乔野停了下来，缓缓地转身，望着她平静地说道：“我已经不在乎你是谁了。”

乔野离开之后，她一个人沿着停车场一直走到公司外，漫无目的地走在街头。

祝千双，你可真是愚蠢啊，居然还以为他想要知道你的身份，居然还是那么软弱地被他吸引了，不断向他靠近。

祝千双，你真是没出息，才会让自己那么狼狈、那么心痛。

她魂不守舍地走着，已经完全忘记了自己等会儿还有工作，没有注意到迎面走过来的人。而对面那个人正和友人交谈着，也没注意到一头撞上去的她。

“哎哟。”祝千双突然被撞了一下，忍不住发出了声音。

“祝千双？”对方带着不确定的语气道，“祝千双！”

“嗯？”祝千双这才看清了自己眼前的人。

虽然他们已经有一段时间没见面了，但她还是没有忘记，面前这位高高瘦瘦、留着短发的年轻男子就是自己当年的主治医生，林路。她不禁惊喜地叫起来：“林路，你回来了？”

她因为过度减肥引起胃病而住院的那段时间，林路作为她的主治医生陪她度过了那段痛苦的日子。在她痊愈后不久，林路就出国进修了。

林路笑着点点头，然后指了指自己身边的人：“这是我的好友，陈医生。”

祝千双这才发现，刚才一直站在他们身边的那个人居然是乔野的私人医生——陈医生。

“陈医生？”祝千双觉得很惊讶。

不过，两个人看起来年纪相仿，如果都在业内很出名的话，会认识也不奇怪。

陈医生朝她笑了笑：“你就是林路和我说的那个患者吗？哈哈，世界可真小啊。”

“嗯？”祝千双有些迷惑。

林路用手肘推推他：“少乱说。你先去那边等我吧，我一会儿过去找你。”

陈医生揶揄地朝他看了一眼，点点头，对祝千双说：“我们下次见。拜拜。”

“好。”祝千双跟他挥手道别。

陈医生走了之后，林路一把搂过她的肩膀笑着说：“走吧胖妞，我请你吃冰激凌。”

在治疗期间，祝千双的病情一直反复，她不光是胃出了问题，肾也受到了一定的影响，还因为厌食症而患上抑郁症。那时在她身边开导她、陪伴她的就是林路。

两个人就近找了一家咖啡厅。林路找她要了手机号码，说是以后方便联系。他已经进修结束，短时间内不会再离开。

坐下来之后，林路便开口问道：“怎么样，你向那个人复仇了吗？”

“我也没说我要复仇啊。”祝千双吐吐舌头。她只是说不会再让自己被他看轻，决定去乔野的公司实习，这其实还是林路给她的建议。

当年，林路在出国进修之前对她说了一句话：“祝千双，如果只是逃避，你就没有真正地走出他的阴影。你要证明自己痊愈了，应该是即使见到他也不会再受到他的影响。你把自己藏起来，只是不敢去面对而已。”

说完这句话林路就上了飞机，一去就是五年。

“哈哈哈。”林路笑起来，“那你告诉我，你有没有再见到他？”

祝千双想到乔野在停车场说的那些话，点点头，满脸失落地说：“见到了，我啊……好像还是没能走出他的阴影。”

林路的眼睛一亮：“哦？你现在可以告诉我，他是谁了吗？”

“那你要不要告诉我，你和陈医生说了哪些关于我的事？”祝千双不想回答，只好岔开话题。

“我们都在聊各自的患者，他的患者貌似出了点儿问题，所以我们在一起想办法。”林路拿起勺子搅了搅杯子里的咖啡，端起来浅呷了一口，“喂，你别以为我不知道你在转移话题。”

“出了问题？”祝千双的手不自觉地抖起来，陈医生的患者不就是乔野吗？难道乔野之前为了救她而受的伤还没有好吗？

林路挑了挑眉毛：“你那么激动干什么？”

“他的患者怎么了？是什么问题？严重吗？”因为出了问题，所以他才会一直出现头痛的症状吗？难道是出现了什么后遗症？

林路没有说话，看着她沉默了一会儿，说：“这是病人的隐私，我不方便透露，除非……你认识这个患者，还很在意他。”

“才不是。”祝千双一口否定道。

林路将杯子里的咖啡一饮而尽，站起来对祝千双说：“作为你的主治医生，我在你身边两年多，还算了解你。祝千双，不要在我面前说谎。我还有事，下次再找你出来好好聚一下。”

“可是你……”祝千双还没把乔野的病情弄清楚。

林路根本就不等她再说什么，说了“再见”后就结账离开了。

他还真是跟以前一样啊！

祝千双看着林路离开的背影，噘起了嘴。

不一会儿，祝千双的手机忽然振动起来，一个陌生的号码给她打了电话。

——“祝千双，被重物砸伤的后遗症是什么你知道吗？其中有一项是，患者或许会因为伤到大脑，瘀血压迫神经，而导致短暂的失聪、头晕、头痛，需要进行手术治疗。我什么都没说，只是和你聊一下我最近在研究的病例而已。”

电话是林路打来的。

她再望过去，林路站在马路的另一边对她招了招手，而后转身离开了。

03

祝千双马上站起来，现在只想找到乔野。

原来是因为这样，所以乔野才会经常一副心不在焉，没有听到别人说话的样子，甚至有时候没办法控制自己的音量。

乔野那么冷冰冰地对待她，是因为觉得她是始作俑者，所以厌恶她了吗？

祝千双边打电话边朝公司跑过去，可是乔野始终没接电话。

祝千双好不容易跑到了公司，去片场和办公室问过才知道，乔野似乎已经回家了。

她立刻往外跑，结果半路被场务拉住，场务问：“祝千双，我听说是由你负责联系修理师？”

祝千双急着往外走，随口应了一句，然后抽回自己的手说：“场务，我现在真的有急事要出去一下，等我回来再和你解释。”

祝千双还没来得及听清场务说了什么，便急急忙忙地朝外跑，拦了一辆出租车，直奔乔野家。

祝千双之前去过乔野家，很快便找到了。

祝千双来到他屋外的铁门前，按了按门铃，可是屋内完全没有动静，她等了半天也不见有人来开门。

祝千双想到乔野的病情，难道他真的没办法听到吗？

她不死心，继续按着门铃，又等了一会儿才看到一个熟悉的身影缓缓地朝这边走过来。

乔野显然有些吃惊，打开门看到祝千双后愣了几秒，很快就蹙着眉问："你来这儿干什么？"

"我、我……"祝千双犹豫了一下，不知道是否应该直接问出来，最后还是决定不问，而是说，"先让我进去好吗？我有话想对你说。"

乔野依旧一副冷冰冰的模样，不过好在还是让她进去了。

祝千双跟在乔野的身后走着，在穿过庭院时小声问："乔野，你……听不见吗？"

走在前面的人没有反应。

祝千双又提高了音量，颤抖着问道："你真的是因为被砸伤了才变成这样的吗？"

乔野仍然没有回头。

最后她有些急了，干脆加快了脚步，跑到他跟前大声问道："乔野，是因为我害你受伤了，所以你才讨厌我的吗？"

她没办法再忍耐，原来林路说的是真的。

她上前拉住了乔野，眼前氤氲的雾气让她看不清他的脸。可是，她还是说了出来："乔野，是因为我，你才变成这样的吧？"

乔野皱眉瞪着她："你在说什么？"

"我已经知道了，你的耳朵……"

"谁告诉你的？"乔野拉住了祝千双的手腕，非常震惊。

“我看出来的。”祝千双只能撒谎。她确实看出他的身体状况有问题，只是没想到会是那么严重的问题。

“你想错了。”乔野否认道。

祝千双低下头，小声说：“乔野，你不要再骗我了。”

乔野拉了拉她的胳膊，让她抬起头，提高音量问道：“你说什么？”

祝千双甩开他的手，抬手擦掉自己的眼泪：“乔野，我刚才低着头，所以你看不清我说了什么对吧？如果你看不见我的脸，就没办法读出我的嘴形，是这样吗？”

乔野呆住了，没有说话。

本来她看他对答如流，还以为林路告诉她的是错的，于是便低下头验证了一番，没想到林路说的果然是真的。

“是为了救我？”

“不是。”乔野一口否认，“不关你的事。”

“可是……”

“祝千双，”乔野打断她，“我不是提醒过你不要再越界了吗？这件事你不许对任何人说，你也不要再管我的事。不管我怎么样，都和你没关系。你可以走了。”

说完，乔野就拉着祝千双往外走，祝千双拖着他不愿走，说道：“乔野，你不记得我了吗？在你上高中的时候，曾经有一个胖胖的女生在做课间操的时间向你告白，可是最后被你拒绝了。那个胖胖的女孩儿，你还记得吗？”

乔野果然停住了，不敢置信地看着她。

“我就是她啊。”

居然是她。

乔野看着面前的祝千双，心中忽然变得柔软。他总觉得自己见过她，直到现在记忆才浮现出来。

那个笨拙地喜欢上自己的女孩儿竟然就是祝千双。

现在眼含泪水的祝千双和那个时候的她一模一样，倔强而勇敢。

居然是她。

他突然很想抱紧她。

可是女生的声音在脑中被分割成了无数段，他就像在剪片的时候遇到了卡带，没有办法听到任何一个完整的词。

他的耳中只剩下刺耳的忙音……

此时的世界对他来说，只是一部彩色的默剧而已。他努力想听清，想知道祝千双到底对他说了什么，可是除了看到女生的嘴一张一合，他什么都听不见。

除了能够辨认那句“我喜欢你”，他读不出别的词。

他眼底的温柔瞬间冻结成了冰。

手术的成功率只有百分之二十，毕竟是开颅手术，因此落下的后遗症或许还有很多。

所以他没办法再对任何人温柔了。

他躲在家里看完了所有以前喜欢的电影，听了自己喜欢的音乐，看自己拍下的每一部片子。那时的他，第一次觉得声音如此悦耳。

他明白如果失聪了，就没办法给郁薇想要的幸福生活，毕竟她是那么骄傲且追求完美的人。他本来想按照承诺给她一个婚礼，但意外得知郁薇并没有继续等他了。于是，他就放手让她走。

十年前，郁薇提出要和他在一起的时候，大家都说二人般配、合适。二人交往、结婚好像是顺理成章的事，他从来没有考虑过自己的人生会有什么意外，直到祝千双出现……

他承认自己心动了，承认自己似乎因为她变得不一样了，承认自己越来越脱离了原本的自己。

可即使这样，他还是愿意和郁薇结婚，因为他一直以为……祝千双不喜欢他。

如果祝千双知道他可能会失聪的事，一定会自责，会觉得是她的错。与其让她一直愧疚，不如不要让她知道，自己悄悄离开就好。

他当初放弃她，是以为自己只是一厢情愿，但现在他是不得不放弃她。

他好不容易才知道，原来她也是喜欢自己的，但他还是要放弃她。

那种自我厌弃的感觉爆发出来了，他不管祝千双在说什么，拉着她纤细的手腕往大门走去。

祝千双想挣扎，可是怎么都挣脱不了。

乔野现在只想让她赶快离开自己的世界，这样他就不会再奢望自己还可以获得幸福，就不会不自觉地流露出温柔的眼神，就可以阻断自己想要抱住她的冲动。

所以他只能把她赶出去。

走到门外，他一把将她甩开，然后关上了门。

他从未那么憎恨过自己。

04

祝千双站在门外，看着紧紧关闭的大门，知道乔野不会再理自己了。

不管她怎么敲门、按门铃，他都不会再来给她开门了。

她干脆坐到了乔野屋外的台阶上，双手抱着腿，头埋在膝盖上。

她不记得自己哭了多久，直到有人拍了拍她的肩。

祝千双立刻抬起头来，看到来人后眼底的光彩转瞬即逝，微微抬起嘴角喊道："百里前辈。"

"走吧。"森百里扶着她的肩膀，将她拉起来。

可是因为坐久了，祝千双刚站起来就腿软了，重新坐了回去。

森百里见状，直接弯腰将她打横抱起，吓得祝千双不停地说：“我没关系的，前辈，我自己可以走！”

森百里嘿嘿一笑：“不行，难得有机会可以抱你，我怎么能错失？！”

“我真的没事，可以自己走的。而且……我很重啊。”

“是啊。”森百里笑着说道，“所以，别说话，也别乱动，不然你摔下来我可不负责任啊。”

祝千双认命地不再挣扎，让森百里将她一路抱到了他的车前。森百里将她放下来，帮她打开车门，扶着她坐了进去。

之后，森百里也坐进来，拿着钥匙启动车子，问道：“那么接下来你要去哪儿？回家吗？”

祝千双想到自己还有工作没完成，包包什么的都放在公司，便说道：“回公司吧。”

森百里点点头道：“好。”

回到公司，森百里去停车，祝千双先去了片场。

大家没有拍戏，整个片场的气氛十分凝重，只有顾文松一个人扯着嗓子骂骂咧咧，不知道在说什么。

祝千双赶紧走上前，看到了站在顾文松面前、已经被他骂得泪流满面的小惠。

她拽住了身边的一个同事问：“怎么了？”

那个同事看了她一眼，眼神有些闪躲，说道：“小惠本来应该负责联系修理师，却擅自请假离开。结果修理师没来，灯没修好，下午和晚上的戏拍不成，顾文松就发脾气了。”

祝千双这才想到，这个叫小惠的同事把这件事托付给她了。

果然，小惠抬头看向祝千双时，眼神中充满了怨愤。

祝千双赶紧站出去，挡在小惠的前面对顾文松说：“导演，这件事是我的错。”

“祝千双？”顾文松一下子没反应过来。

“是这样的，其实这件事一开始确实是交给小惠了，但是这几天我感觉组里没有给我什么任务，所以就主动请缨，要求小惠把这件事交给我来办。但是我没能办好这件事，这应该算是我的责任。”

小惠赶紧点头：“是的是的，就是这样的。”

祝千双咬咬下唇，继续说道：“所以导演，你要骂就骂我吧。”

“你——”顾文松气得说不出话来，但是又不好发作。

自从乔野救了祝千双，两人一起住进医院之后，顾文松就明白了，这个祝千双不但是祝千禾的妹妹，还很受森百里和乔野的重视。所以，即使她回来之后神不守舍，每天心不在焉，他也不好朝她发脾气。

现在，他更加愤怒了。祝千双摆明了就是仗着有后台，在给他下马威。

“怎么回事？”这时，森百里走了进来。

一个副导演小声地说了一下事情的始末，森百里看了看祝千双，然后转头对顾文松说道：“顾导演，祝千双住院之后身体一直有点儿虚弱，所以今天我擅自做主带她去医院复诊了。给你带来那么大的麻烦，我很抱歉，我会负责的。”

这下顾文松更加不知道应该怎么办了。

“不是。”祝千双道，“这件事是我的错。”

森百里一把拉住祝千双的手，将她拉到自己的身边，对顾文松说：“这件事我和祝千双都有责任，你可以在祝千双的考核说明中将情况如实地写进去，并对她施以相应的惩罚。在乔野回来之前，我先代他处理，让祝千双停职一个星期。这件事就算和小惠无关了。顾导演，你觉得呢？”

“那就这样吧。”森百里对祝千双实在偏袒得太明显，但是顾文松也只好顺着这个台阶下，点头说道，“那这件事就算了。”

周围的人都没有说话。

可是祝千双感觉得到他们的目光。

森百里想拉祝千双离开，祝千双没动，想解释清楚。

森百里在她的耳边低声说："千双，别闹了。相信我，我会解决好这件事的。"

祝千双依旧没动。

森百里直接揽住她的肩膀，加大了手上的力气继续道："千双，回去吧。"

他几近哀求的语气终于让祝千双没办法再坚持，她点点头，跟着森百里走了出去。

一路上两个人都没有说话，祝千双靠在椅子上闭起了眼睛。因为流了那么久的眼泪，她的眼睛早就酸涩肿胀得不行了，她想要好好休息。

车子停到楼下的时候，祝千双轻声说了句"谢谢"之后推门下车，可是刚起身就被森百里拉住了手腕。

"嗯？"祝千双疑惑地看着他。

森百里微微张口，欲言又止，随后摇摇头说："没什么。你一个人在家，需要我陪你坐一会儿吗？如果你现在很难过，我……"

"我没事。"祝千双从森百里的手中抽回了自己的手，然后按住他的肩膀，朝他笑了笑说，"百里前辈，谢谢你。"

森百里伸手捏她的鼻子："喂，如果觉得委屈或者难过，你可以说啊，忍着干什么？"

祝千双躲开他的动作，推门下了车，弯腰在车窗处朝他挥挥手："路上开车小心。"

"祝千双。"森百里在她准备离开时喊住她。

"嗯？"

森百里推开车门，走到了祝千双的面前，双手按在她的肩上，道："祝千双。"他轻声喊着她的名字，然后一把将她抱在了怀里。

祝千双愣住了，这个突如其来的拥抱让她有些措手不及。

森百里抚摸着她的头发柔声道："祝千双，我不想再看到你哭了。"

"我没哭。"祝千双知道他想安慰自己，但是现在的她只想休息。

她轻轻推开他，朝他嘿嘿笑了起来："你看我，我不是没事吗？"

"我们交往吧。"

"啊？"他的表白令她猝不及防。祝千双瞪着眼睛、张着嘴巴，一句话都说不出来。

更令她吃惊的是，森百里下一秒就弯下腰低头亲了她的嘴角。

祝千双条件反射地一把将他推开，捂着自己的嘴，惊恐地看着森百里。

"对不起，我……"森百里没想到她的反应会那么激烈。

祝千双本来就因为乔野的事情而十分混乱，现在这始料未及的一吻让她的大脑直接空白了。她不知所措，一句话也没说，立刻转身往楼上跑。

森百里看着她逃走的背影，本想追上去，可是想到现在祝千双也不会见自己，所以干脆回到了车上。

他从后视镜里看见了在不远处停着的那辆熟悉的车，叹了口气。

乔野，是你自己选择将她推开的，那就不要再恋恋不舍，不愿意放手了。

他抿紧嘴，开车离开。

乔野的手慢慢握紧了方向盘。

他抬头看着祝千双的房间，见房里的灯亮了，双手交叉着放在方向盘上，慢慢地趴了上去。

第十三场 如坠深渊

01

祝千双消除烦恼有两个方法。

第一个是吃。

第二个是睡。

因为身体，她不得不放弃“吃”这个方法，现在只能依靠“睡”了。

停职一周，她不可能真的睡满一周，但是又害怕被别人打扰，所以把家里的电话线拔了，把手机也关机了。

祝千禾飞去加拿大了，家里除了祝千双就没别人了。

此外，祝千双告诉父母自己这周在山里拍片子，所以联系不上，让父母别打扰自己。

按理来说，短时间内应该没人会联系她了。

但是偏偏就有不速之客！

她被敲门声叫起来的时候是下午四点多钟。

她知道森百里来敲过门，但是没开，还让千禾跟他说，她不想见人。之后森百里就再也没来了。

她本来想继续无视门外的人，可是那人偏偏好有耐心，站在门口一敲就是十几分钟。最后，她认输了，从床上爬起来，揉着眼睛朝门镜看了一眼。

奸诈的对方把门镜堵住了。

她扣上铁锁链，警惕地开了门——

“Surprise（惊喜）！”林路那张贱兮兮的脸此刻正带着异常灿烂的笑容。

祝千双既无奈又惊讶，把门打开了。

林路如同进入自己的家一样，脱了鞋大步走了进去，然后把手上提着的几袋东西递给身后的祝千双，说道：“放在冰箱里。”

祝千双看着塑料袋，里面全是蔬菜瓜果和一些鱼啊肉啊之类的东西，皱眉道：“我不会做菜，自己在家都吃比萨。”

林路在沙发上坐下，打开电视，瞪了她一眼：“我就是因为知道你绝对不可能自己做饭，所以才买了这些来。不然，你以为我怎么从你妈那里要到了你的地址？你没事干吗关机在家里躲着？又犯病了？”

以前林路为她治疗的时候，她一有烦心事就喜欢自己躲起来使劲吃或者闷头睡。

林路对她还算有些了解，一看到她这样的举动就知道她肯定有了什么心事。

“我啥事没有，正常人一个，你看我这不是没暴饮暴食吗？我已经好了。”祝千双把东西放好之后重新走到沙发旁坐了下来。

“你这几天哪儿都没去？”林路环顾四周，见垃圾桶里堆满了外卖食品和从便利店里买的速食，皱了皱眉头，“我不是和你说过胃不好的人不能乱吃这些东西吗？”

“那是五年前。”祝千双翻了翻白眼，“我都痊愈多久了。”在剧组里经常不按时吃三餐，她不也撑了下来？

她现在不过就是连续吃了几天垃圾食品，不会有什么问题的。

“你以为你当时得的是小病？胡乱节食和暴饮暴食让你的胃出了毛病，乱吃减肥药又让你的肾出了毛病，你能不能稍微爱惜一下我的劳动成果？”林路愤怒地在她的头上狠狠地拍了一下，然后站起来说，“你给我老实地待着，等会儿给你看一下什么叫健康的饮食！”

说完林路就走进厨房，将他买来的东西摆好，还把千禾那条清新的小碎花围裙系上，开始摆弄起来。

一个小时后，电饭锅跳闸了，米饭煮好了。

林路挥舞着勺子，让祝千双去洗碗盛饭。

祝千双跑到桌子边一看，才这么一会儿，他就做好了三个菜——手撕包菜、胡萝卜炒肉、清蒸鱼。

这时，林路把汤端了过来，是猪肚鸡汤。

祝千双双手叉腰，啧啧啧地摇了摇头：“林路，谁‘娶’了你真的会很幸福。”

“没有两百万，我连脚趾都不会动一下。”林路一脸清高又严肃的表情。

“去死。”她恶狠狠地道，然后把盛好的饭递给他，和他一起在桌旁坐下来。

林路的手艺真的很好。

本来都是一些家常小菜，但是他做得爽口、不油腻，色香味俱全。

祝千双最爱吃手撕包菜，胃口大开，一下子吃了两碗饭。

吃完之后，祝千双倒在沙发上满足地拍着自己的小肚子，林路走过来拉她。现在的祝千双十分清瘦，林路几乎可以单手握住她的胳膊，拉她起来更是轻而易举。

“吃完别马上坐下，站一会儿，你去换件衣服，我们去散步。”

“啥？”

“怎么……”林路皱眉。

“你怎么过得和老年人一样？”

“你去不去？！”

“我好饱……想坐一会儿。”

“我现在马上打电话给你妈，说你躲在家里每天吃垃圾食品，”林路的嘴角带着笑意，“还说谎骗她。”

祝千双愤愤地甩开他的手，认命地朝屋里走去：“林路，你大爷！”

祝千双被停职后就出过三次门，都是在晚上去超市里买吃的。在屋里待久了，再见到太阳时，她还真的有点儿不习惯。

林路穿着白色的T恤、帆布鞋和亚麻色的休闲裤，头发也是亚麻色的，左耳上还戴着耳钉。如果不是知道他已经快三十岁，还是一位还算优秀的医生，祝千双真的以为他就是一个大学生。

看到她一脸不耐烦、走路慢吞吞的样子，林路用力地捏了捏她的脸，然后拉着她向前走，不让她偷懒。

小区附近有一个小公园，但是因为这个住宅区里大多是上班族，来锻炼的老年人比较少，公园里很安静。

夕阳温和、不灼热，这时出来走走似乎比闷在家里舒服多了。

林路已经像个老人家一样开始研究这儿的健身器材了。

祝千双十分无语，很难想象林路这么一个长相帅气、满脸笑意的大好青年在这儿玩老年器材的样子。

好在他只是看了看，并没有真的上去玩。

祝千双坐到树下的石凳上，跟林路有一搭没一搭地聊天。

突然，祝千双的耳边传来愤怒的尖叫声，她还没有反应过来，只见林路大惊失色地冲了过来。她甚至没来得及回头，就被林路一把拉了起来。

哗——

与此同时，响起的是女子的咒骂声。

02

这是一个年轻的女孩儿，手上抱着保温桶，一脸愤怒地瞪着祝千双。就在刚才，这个女孩儿将保温桶里的液体泼向了祝千双，却被林路挡住了。

祝千双没时间探究那个女孩儿为什么攻击自己，急着看林路的伤势。好在女孩儿泼的不是硫酸，也不是什么太烫的水，如果没有猜错的话，应该就是一般的自来水，无异味、无颜色。林路会受伤，是因为他跑过来的时候太快了，手臂在石凳的边缘处擦伤了。

林路的胳膊上红肿了一块，渗出丝丝血迹。

他没在意自己的伤口，紧蹙眉头反复地打量着祝千双。

祝千双摆手："我没事，倒是你，没伤到别的地方吧？"

林路摇摇头，然后转头看向那个莫名其妙的女生，问祝千双："你认识？欠了别人钱，还是抢了别人的男朋友？"

看他还有心思开玩笑，想必是真的没有什么事了。

祝千双白了他一眼，不再理他，而是问那个女生："我应该不认识你吧？这位小姐，你是不是攻击错人了？"

女生凶恶地瞪着祝千双："你的样子我化成灰都不会认错！这次只是警告，下次我很难保证只是泼水！"

她说完就想走。

但祝千双也不是一个老老实实任人欺负的人，直接走上去拦住那个女生："把话说清楚。"

女生猝不及防，伸手使劲地推了祝千双一把，力气大得让祝千双后退了两步。

那个女生趁此空隙拔腿就跑。祝千双好不容易站稳，再看过去时那个女生已经跑得没影了。

林路过去扶住祝千双："你自己说，到底惹了什么麻烦？"

祝千双也摸不着头脑，一脸疑惑地看着女生跑开的方向。那个女孩儿看起来不像是受人指使，反而像是自己本身就很讨厌祝千双。

可是祝千双又很确定，以前绝对没有见过这个女生。

她只好叹了口气："走吧，先回去帮你上药。"

但是，事情好像并没有结束。

二人走到家门口的时候，祝千双看到信箱里被塞了好几封信，以为是别人写给千禾的。平时祝千禾的信件都是直接寄到公司的，很少会寄到家里来。

祝千双伸手去拿，发现上面的收件人都是自己。

她刚想拆开信封，林路一把抢过去，反复打量后撕开了信封。

祝千双正打算教训他多管闲事，偷看别人的隐私，林路忽然将信封口朝下。祝千双竟然看到了几只蟑螂的尸体从里面掉出来，当场吓得直向后跳。

林路拆开了第二封信件，这次里面只有纸，没有什么恐怖的东西。但那张纸上用了写恐吓信时常用的手法——贴字。

不知道是谁将从杂志、报纸上剪下来的字贴成了"祝千双，你这个贱人"这句话。

之后的几封信都是这类的，大多数是咒骂她或恐吓她出门要小心之类的。

祝千双瞪着那些莫名其妙的信，双手叉腰："到底怎么回事？！"

"所以说，你在外面怎么那么喜欢惹事？"林路伸手推开她的脑袋，把那些信全部扔进了垃圾桶里，“走吧，上去再说。”

祝千双虽然个性冲动，但还不至于和别人结什么深仇大恨。

她唯一可以想到的就是：林妙语是不是因为气不过，所以在别人面前污蔑她，让别人来整她？可是乔野和她的手上都有足够威胁林妙语的证据，林妙语应该不敢这么明目张胆地整她吧？

祝千双想不出自己到底做了什么招人恨的事，便不再想了，反正她明天就去上班了，忙起来后估计也没时间再想这些。

倒是林路走的时候再三叮嘱她一定要小心。

大概因为这几天睡得太好，祝千双在要去公司上班的这天起得特别早。

祝千双走到楼下的时候看了一眼信箱，里面没有恐吓信之类的东西了。只是她走出楼梯口后，有几个年轻女孩儿一直盯着她看。

但当祝千双抬头和她们对视时，她们又会低下头，像是没事一样彼此交谈着。大清早，几个女孩儿三三两两地聚在这儿，实在是太怪异了。她担心她们是来找碴儿的。

难道她们和之前那个写恐吓信的女生一样是来寻仇的？

可是她们又没有做出什么奇怪的举动。

祝千双虽然觉得奇怪，但还是自顾自地继续走着。

她跟往常一样坐公交车来到公司，但公司外的气氛比她家楼下的还奇怪。公司外聚集了大批记者，看起来像是通宵守在这儿。

她只是过了一个星期与世隔绝的日子，但似乎已经发生了不少事情。

她迫不及待地走进公司，想问问到底发生了什么。

可是从她进入公司的那一刻起，大家就诡异地僵住了，不小心交错的视线中包含了说不出的复杂，有鄙视、愤怒、尴尬、冷漠、嘲讽等等。

虽然她和公司的人不怎么亲近，但是关系也不至于差到这种程度吧，难道就因为她上次工作失误了？难道公司的股价下跌，公司很可能发不出工资了？

她觉得自己想多了。

正巧这时，平时和她关系比较好的阿蒙拿着文件匆匆走过。

祝千双赶紧冲上去拉住阿蒙。阿蒙先是一愣，但很快就看到周围的人看向她们的目光，缩了缩脖子，有些尴尬地道："千双，你回来了？"

"嗯。"祝千双知道她在意别人的目光，所以拖着她一路走到角落，问道，"老实告诉我到底怎么了，为什么大家都那样看着我？"

"你不知道为什么？"阿蒙也很奇怪。

这下祝千双更摸不着头脑了："我当然不知道，不然我问你干吗？"

阿蒙叹了口气，沉声道："祝千双，我都知道了，原来Z小姐就是你。唉，我们怎么都没想到。"

"嗯？！"祝千双瞪大了眼睛，全身的血液如同倒流一般向头顶涌过去，"你怎么知道？"

"你专栏里说得那么明显，现在全公司的人都知道了。"阿蒙扯起嘴角，露出一个无奈的笑容，"虽然我之前觉得你还不错，但是祝千双，我现在对你太失望了。"

留下这句话，阿蒙转身就离开了。

03

为什么Z小姐会那么让人讨厌？之前公司里有人谈论过Z小姐，即使褒贬不一，但是他们从来没有露出过厌恶的情绪啊！

还有，她这个月的专栏还没有写啊……

等等！她这才想到，她这个月的专栏文章没有交，文靖汀竟然没有打电话来催稿！

她立刻翻出自己的手机，赶快按了开机键。

果然，手机里有来自文靖汀的来电提醒，可奇怪的是她只打了一通电话。

祝千双边拨回去边冲向办公桌，打开电脑。

文靖汀不仅没有接电话，还挂断了电话。

祝千双登录微博账号，发现上面居然在昨天中午发布了一篇文章。

这篇文章中不但写了自己名字的缩写，还说了很多令祝千双震惊的事情。

“——就我所知，在拍摄期间不断传出的‘女主角林妙语和导演乔野闹不和’的消息是真的。为了展现出电影要呈现的初恋情怀，乔野不得不让女主角在每一次本该痛哭流涕或者是以情动人的时候用面瘫般的表情代替。啊，这一点我上次貌似说过。我不知道应该称赞乔导演的拍摄技巧，还是该称赞林妙语的后台太硬，一直自称不会让‘潜规则’这种事发生的乔导演也破了例……”

其后，文章中更是详细地介绍了新电影的内容，甚至将电影里的伏笔和最后的反转都一清二楚地写了出来。

“——听起来还算是个不错的故事吧。不过，这应该会是乔野导演的最后一部作品吧。大家都听说过乔野出事故进医院休养的事情，据说那次事故让他的脑部有了瘀血，他很可能会结束导演生涯。在这儿，我希望他吉人天相，也希望中辛集团能够挺住。

“不过就算中辛出了再大的问题，只要乔野的父亲出手相助，就会渡过这一道难关吧。再不行，中辛还可以靠公司的股东之一、电影的副导演森百里的家族财团，毕竟森百里是他父亲唯一的儿子，他父亲应该不会袖手旁观……”

在这篇文章的最后，清清楚楚地写了ZQS三个字母。

乔野的粉丝愤怒地在文章下评论了几千条。

先前涌入脑中的血液正在飞速地流向她的四肢，她的身体变得躁动起来。与此同时，从背脊处一点点冒出的寒气和头顶的热气让她觉得异常地难受。

害怕、冤屈、愤怒的情绪让她说不出话来。

正巧这时安以柔走了进来，双手抱在胸前冷笑道："没想到你居然还会回来。"

"安姐，你听我说……"祝千双有些急了，站了起来，声音开始发抖，"我、我……导演呢？我一定要找到乔导演……我可以解释！"

"不用了。"安以柔打断她的话，"乔导演已经吩咐过了，如果你非要留下来的话，就把你调到G组。你要是还有脸继续工作下去，就去那里报到吧。不过如果我是你，我不会再出现在这儿了。"

祝千双拿出手机拨打乔野的电话，语音提示对方已经关机了。她反复拨了几次，都是一样的结果。

她赶紧拨打了森百里的电话，也处于关机状态。

千禾！对……她还可以打给千禾。但是千禾现在在国外。

她在微信上给千禾留了言，重新坐回椅子上忐忑不安地等待着回复，一遍又一遍地拨打着他们的电话号码。

她现在应该怎么解释呢？

过了一会儿，千禾总算回复了微信：千双你别急，先正常地去工作，我马上回去。

总算得到了回复，祝千双这才稍微安心下来，知道自己应该怎么做了。

祝千双拿着刚才安以柔给她的调组通知单，前往上面写的摄影棚。

一路上，那些人看着她的目光很不友善。这里面一定有什么误会！她没有删除那篇文章，上面的文字和IP地址都可以成为证据！她决定等千禾回来之后再说。

她暗自给自己打气，告诉自己一定可以处理好这件事。

但事情远不像她想得那么简单。

G组的导演叫杨琴，是一名有一定经验的女导演，四十出头，戴着无框眼镜。祝千双听说过她，知道她在中辛也算是一个有名望的老导演。

祝千双将通知单递给杨琴，杨琴扫了一眼后就将单子放在一边，阴阳怪气地说道："我可不想我的电影作品还没上映就被剧透，你去11号摄影棚帮忙吧。"

祝千双点点头，没有说什么，按要求走向11号摄影棚，这儿正在搭建电影的下一个摄影场景。

上一部电影的拍摄团队才撤走，东西还没拆卸完毕，祝千双便跟着大家一起拆道具。

她按照题板上写的要求一项一项地执行，没有人来和她说一句话。

祝千双可以清晰地听到那些人在她背后小声议论的声音。

不管她们骂得多难听，祝千双都告诉自己，一定要撑过去。

祝千双一声不吭，埋头干了几个小时，有人进来喊了一声"芬姐说喝点儿饮料后再继续，大家休息一下吧"，祝千双顺着声音看过去，只见大家都纷纷走过去拿饮料。

祝千双见大家拿完了，这才站起来走过去。

台子上只剩下一杯饮料了。

她拿着那杯饮料一个人走到摄影棚外透气。

祝千双正准备喝的时候，电话铃声忽然响了起来。

她本来以为是乔野，没想到是林路。

"喂？"

“祝千双，你在哪儿？”林路似乎有点儿着急。

“我在公司。”

“那就好。”他停顿了一下，显然松了一口气，“我已经到你们公司了。你在几层？我上去找你，有重要的事情和你说。”

“我现在在12楼。”她走到了电梯口，这儿人不多，他上来之后比较容易找到她。

“千双，别怕。”林路的声音很低沉，意外地让她觉得放松了许多。

“知道啦……”她不自觉地笑着，然后将水杯递到了嘴边，大口地喝起杯子里的水——

啪！

嗓子里传来的疼痛感让她顿时扔掉了手中的手机，一只手无助地摸着自己的脖子，另外一只手想要抠出嗓子里的东西。

杯子里的既不是饮料，也不是水。

她不知道那是什么，只能张着嘴呕吐起来，火辣辣的疼痛感让她的眼泪不停地流下来。

她跪在地上干呕，路过的人只是冷眼看着她，没有一个人上来。她没有办法发出任何声音求助。

乔野。她的脑中只有这两个字。

以前她那么害怕的时候，也是他出现在自己的身边。

电梯门忽然开了，一个身影飞快地冲向她——

“千双！”那个温柔亲切的声音响起，同时，他一把将她抱了起来。

祝千双捂着自己的嘴巴，透过泪眼看着森百里的侧脸。

她的头有些沉，因为疼痛，甚至连耳朵里都开始传来刺耳的声音。

森百里自责地低喃：“千双，对不起、对不起，我不应该不理你……我竟然怀疑你……真的对不起。”

没关系。

她想说“没关系”，可是没有办法说。

林路在一旁说：“好了，祝千双，你先闭上眼睛休息，不要说话，不要乱动，到医院后再说。”

祝千双这才发现林路也来了。林路神色慌张地看着她，脸上写满了担忧。

她想说“对不起”，也想说“谢谢”。

谢谢你们，即使我惹了那么多麻烦，你们依旧在第一时间出现。

04

她的梦，总是逃不开那一天。

这次，梦中的她似乎已经不再痛苦了，任由脑海中那一幕幕情景慢慢地上演。

梦中，她满脸通红地站在他面前，说出了那句话：“我知道现在的自己不够好，很胖，很难看，成绩不好，没有特长。学长肯定不会接受我的。所以，等我有一天觉得自己足够好了再来向学长告白可以吗？那个时候——学长再好好考虑吧。”

她看到乔野微笑着点点头，然后轻声问她：“祝千双，你是不是喜欢我？”

但是她没办法再说出第二句话。

她张开嘴，说不出一个字。

祝千双醒了过来。

她的嗓子已经不是很疼了，但是被一种苦涩的感觉充斥着。她咽口水的时候会有些许刺痛感，有些想吐，但已经没有之前那么难受了。

她想到了梦境里的自己，张开嘴试图发出声音，可是除了呜呜呀呀的声音，没办法说清楚一个字，而且嗓子立刻开始痛了。

“喂，闭上你的嘴，老实休息。”林路的声音响起。

祝千双偏头看过去，林路将双手环抱在胸前，斜着眼睛望她。

“闭嘴，你少这样对我妹妹说话！”祝千禾走过去，用力地在林路的胳膊上打了一下，然后走到床前摸了摸祝千双的额头，语气瞬间变得温柔：“你好好休息，别说话，医生说你喝的水里面添加了胶水，现在没事了。你的嗓子受了些损伤，你可能短时间内没法说话，有什么需要就写在纸上告诉我。”

祝千双点点头，露出一个微笑。

祝千禾把本子和笔放在她的床头柜上。

祝千双拿起来写出自己的问题，然后递给千禾：“乔野呢？那件事真的不是我做的，我必须向乔野和百里前辈解释清楚。”

千禾露出为难的表情，犹豫了一下，不知道是否应该说出来。林路白了祝千禾一眼，道：“我正想和你说，泼水、写恐吓信以及在水里加胶水的人都是乔野的粉丝。公司的人知道你来了后，将这件事告诉了那些粉丝。但是据说现在中辛已经全面封锁消息了，所以事情应该不会再牵连到你。至于乔野和森百里……”

见林路一副欲言又止的样子，祝千双望向千禾……

祝千禾叹了口气，说：“因为电影已经被剧透了，所以现在只能想办法挽救。公司发声明了，称Z小姐不是本公司的职员，写文章曝光消息也是个误会。因为这篇文章在文靖汀主编的电影杂志上发表了，所以公司现在还在等那边发声明。”

“那阿靖联系过我吗？”祝千双继续写道。

祝千禾无奈地道：“文靖汀的杂志现在被她父亲控制了，所以这件事应该有人在背后操纵。文氏集团旗下的影视投资公司一直以来都和中辛对着干，如果有人要对中辛做什么，文老板肯定不会拒绝。阿靖也无可奈何，现在被软禁在家了。今天我一回来就找人偷偷和她联系，这才知道这件事，她让我向你道歉。”

怪不得文靖汀的电话一直处于关机状态。

祝千禾见她没继续写字，伸手拍了拍她的肩膀安慰道：“事情会过去的，乔野和百里把这件事情压下来了，没有曝光你，而是让记者认为这是中辛自己在炒作，你不会有事的。”

炒作？

祝千双急了，想张嘴说话，可依旧一个字都说不出来。

祝千禾赶紧压住她，让她别乱动，说：“千双，你听我说，这是唯一也是最好的解决办法。这件事牵扯了一些人，所以乔野才会选择这个方法。你别激动，这件事乔野和森百里会处理好的。你要相信，他们两个既然能一手成立中辛，自然也会有办法挺过这次风波。”

听到千禾这样说，祝千双不再激动，但内心依旧着急。她想见到乔野，然后向大家解释这件事。

一次又一次，他选择用伤害自己的方式来帮助她，这是为什么呢？

但如果说他喜欢她，那为什么他坚持不再见她，甚至露出那么厌恶她的神态？

祝千双咬着嘴唇，盯着自己面前白色的床单不出声。

祝千禾知道妹妹现在心里很乱、很自责，所以没再打扰她，说道：“你再睡一下吧，等一会儿我去帮你看看你的晚餐。”说罢，千禾就走了出去。

沉默了很久林路忽然来到祝千双面前说：“虽然你姐姐说这件事先不要告诉你，她会再想办法，但我还是觉得你应该知道。你已经被中辛辞退了，没有通过实习考核，出院之后去拿回自己的东西吧。”

祝千双先是被这个突如其来的消息震惊到了，但又觉得这是意料之中的事。她双手抓着床单，低下了头。

林路弯下腰来，一只手轻轻地按在她的头顶上，说道：“祝千双，离开乔野。我收回五年前对你说的话，如果我知道事情会变成这样，一定不会鼓励你去见乔野。”

祝千双愣愣地抬起头看他，眼神里充满了疑惑。

他笑了笑，然后站直了身子，收回了自己的手，用揶揄的口吻说道：“你表现得那么明显，我怎么会不知道你喜欢的人就是乔野？我只是没想到当年的小胖妹，现在居然有那么多人追。现在我得走了，不然待会儿你的另外一个护花使者来了，估计会对我产生敌意吧，哈哈。”

林路边说着边走到门边，朝她轻轻挥挥手：“拜拜。”

祝千双知道林路口中的护花使者是指谁。所以在他来之前，她吃完了东西就和祝千禾说自己不舒服，想先睡了，随后赶紧闭上眼睛躺着。

没多久，森百里果然来了，见祝千双睡了就没去打扰她。

公司的事情似乎真的很复杂，森百里和祝千禾本来在屋里说了两句，最后怕吵到祝千双，决定出去谈。

等他们走出去后，祝千双才睁开了眼睛，慢慢在昏暗的灯光下坐直了身子。

她拿出手机给乔野发信息：“相信我，我没有做过那件事。”

可是她等了很久，乔野都没有回复信息。

其实祝千双很清楚，乔野是不可能回复的，他甚至可能会直接删掉这条信息。但祝千双还是拿着手机等，等了很久之后，她终于放弃了，重新躺下。

不知道过了多久，祝千双隐约听到门被打开的声音，以为是森百里和祝千禾回来了，赶紧闭上眼睛装睡。

可是她很久都没有听到人说话的声音，觉得奇怪，便微微睁开眼睛看了看来人。

那个人站在门口的方向，祝千双只能凭窗外照射进来的月光分辨出来人是谁。

看清那个人的脸之后，祝千双差点儿震惊得叫出声来，但最终还是忍住了。或者是，她全身僵硬了。

乔野慢慢走到她的病床边，用她琢磨不透的眼神望着她。

祝千双不敢动弹，也不敢明目张胆地睁开眼睛看他到底要来做什么，只能紧张地闭紧了自己的眼睛，握紧拳头。她甚至可以感觉到自己在微微地颤抖着。

他始终没有说话。

祝千双有些急了，听到他微弱的脚步声似乎在走远。

她立刻坐了起来，果然看到乔野背对着她已经走到了门口，正准备开门出去。她掀开被子下了床，冲过去拉住乔野。

乔野顿住，本想甩开她的手赶快离开，可祝千双紧紧地抱着乔野的胳膊就是不放开。

祝千双咬着嘴，嗓子里发不出声音，没有办法解释，只是紧紧地抱着他的胳膊。

乔野握紧了拳头，咬紧了嘴唇。

他害怕自己再待下去会控制不住情绪，加大了力气，用力地挣脱了她。

祝千双被乔野这么一甩，整个人直接向后退了几步，背部撞到了病床的边缘，没站稳，跌倒在地上。祝千双疼得龇牙咧嘴，眼泪直往外冒。

乔野本来已经打开了门，看到摔倒在地的祝千双之后停了下来。乔野发出了一声叹息，重新将门关上，然后折回去弯腰将祝千双抱了起来。

祝千双下意识地伸手搂住了乔野的脖子。

乔野看着怀里的祝千双怔了怔，可还是继续走到病床边，弯腰将她放在了床上。

祝千双并没有松手。

如果她现在松手，乔野一定不会再见她，也不会听她解释。

可是她要怎么解释呢？说不出话的自己要怎么才能告诉他，即使那么多年来她告诉自己一定要恨他、忘记他，可还是做不到呢？

祝千双还没想出答案，身体已经自动做出了反应——她将乔野拉向自己，然后吻了上去。

第十四场 意外之吻

01

两个人都被这个吻吓了一跳。

可是祝千双并不后悔，反应过来之后也没想退缩。

乔野想拉开她停止这个吻。祝千双却加大力气搂着他，死不松手。乔野瞪着祝千双，她紧闭双眼，固执地将唇贴在他的唇上。

乔野对她无可奈何，甚至开始觉得自己似乎并不抗拒这个吻。

不知道从什么时候开始，他不再挣扎，不再远离她，而是让自己沉浸在这个吻中。

待祝千双反应过来，这个吻的主动权早就不在自己的身上了。乔野已经反客为主，一只手托着她的后脑将她的头压向他，加深了这个吻。

她甚至不知道应该怎么办，只能任乔野吻着自己。

这个霸道而火热的吻让他们忘记了现实。

昏暗的灯光加深了这份暧昧，乔野的吻从嘴到脖子，一路向下。

祝千双毕竟是二十多岁的人了，该见的世面都见过，该知道的东西也清楚……

可是影片毕竟是影片，这件事真正发生在她身上的时候，她仍旧措手不及。

病房里明明开了空调，但祝千双还是觉得热。

直到她的肩膀被一阵冰凉的风吹过，她才发现自己的衣服不知道什么时候已经被拉下了一半，扣子也解得只剩下一颗了。

第一次和一个男生如此“坦诚相见”，祝千双忍不住满脸通红。

不过，还在自顾自地“行动”的乔野没有意识到祝千双的窘迫，甚至开始伸手扯她已经被解开的内衣。

不、不、不！不行！

她没想到事情会发展到这个阶段！

她再喜欢对方，也不能那么简单地把自己拼死拼活保留了二十年的贞操白白地献出去。

就算二人真的要发生点儿什么，那也得先把话说清楚。

祝千双发不出声音，只能悄悄伸手摸到了床头灯的开关，然后按开了灯。

室内顿时被一片白色的亮光笼罩着。

正亲吻祝千双的肩的乔野忽然停住，然后瞪着眼睛看着自己面前的女生以及她身上那些被他留下来的点点印记。

他竟然还是失控了。

他越靠近她，就越无法自拔。

这点，他很早以前就察觉了。

可是，如果自己靠近她只会给她带来伤害的话，他只能强迫自己离开她。

现在的他，甚至没有办法给她一个她想要的自己。

乔野放开女生，站直身子后退了两步。

乔野忽然冲了出去，祝千双赶紧坐起来，面红耳赤地整理自己的衣服，想追出去。因为要一颗一颗地把扣子扣上，祝千双耽误了不少时间，又发不出声音，只能手忙脚乱地穿好衣服，光着脚追了出去。

等她跑到走廊上时，乔野已经不见了。

空荡、黑暗的走廊上，什么人都没有。

她只好跑向电梯那里，其中一台电梯正往下走，要去一层，而另外一台电梯正好上来。

没过一会儿，电梯门打开了。

祝千双正打算进去，被里面的人抓住了。

祝千禾震惊地看着连鞋都没穿的祝千双，问道："你去哪儿？怎么了？怎么连鞋也不穿？"

祝千双急着去追乔野，张着嘴巴想要发出"乔"这个字，却怎么都没办法。祝千禾偏偏不松手，祝千双看着电梯上的数字变成了"1"，知道已经来不及了，只好作罢，闭上嘴轻轻摇了摇头。

"到底怎么了？你在找谁？"祝千禾还是一头雾水。

祝千双没有回答千禾的问题，而是埋头一路走回自己的病房。

祝千禾追进去，把纸笔递到她面前说："告诉我到底怎么了。刚才发生了什么事？你不是在睡觉吗？有人来了？"

祝千双没有接纸和笔，只是摇摇头，然后倒在了床上。

乔野就只出现了那一次。

祝千双想知道他还会不会来，所以每天晚上都会睁着眼睛等到很晚，可是乔野再也没有出现过。

一个星期之后，她可以出院了，但是嗓子仍然没有完全恢复。她能说简单的字，但太长的句子说不了，说话时喉咙依旧会痛。

由于是祝千双自己拿的杯子，也没有证据证明是将水端来的人加的胶水，所以这件事最后只能不了了之。

祝千双早就想到这个结果了，可是祝千禾依旧愤愤不平，说一定要抓到凶手。

祝千双却觉得，自己给公司带来了那么大的麻烦，会有人讨厌她也不奇怪。又或许，她就是那么倒霉，不知道那杯水里有胶水，别人只是袖手旁观，没有提醒她而已。

出院手续办得还算顺利，祝千双在纸上写道："我先去公司拿东西，之后我们再回去吧。"

祝千禾有些犹豫："你的东西我帮你拿也可以啊，你不用特意跑一趟。"

祝千双摇摇头："没关系的，东西很杂。"

看到妹妹那么坚持，祝千禾只好点头妥协道："好吧。"

到了公司之后，祝千禾拉着妹妹的手到了妹妹原先所在的办公室。就在这时，祝千禾的手机铃声响了起来。祝千双朝办公室的方向指了指，示意自己先过去。即使祝千禾对她喊了句"等等"，她也没有理会，径直走了过去。

她进了办公室，在场的人都愣住了，纷纷停下了手头的工作看着她，大概是没想到她还会出现在这儿。

祝千双尴尬地朝大家笑了笑，然后招了招手。

可是，回应她的只有白眼。祝千双收回手，低头朝办公室里面的那间员工休息室走去。

其实，她一个实习生在公司里并没有什么东西，小小的办公桌上只放着一些关于电影排期的资料、表格什么的，但那些并不属于她，她也没必要去拿。

她在休息室里放了一些衣服和杂物，还有几张电影杀青时大家一起拍的合照。

她仅仅是想要拿回这些而已。

她打开自己的储物柜，拿出照片，呆呆地看着上面大家的笑脸。

当时他们都以为，尽管自己特别辛苦，为了这部电影忙得废寝忘食，但最终一定会得到一份满意的答卷。不少人期待这部电影上映之后，会像乔野以前的电影一样掀起观影热潮。

可是，大家的心血就这样毁在了她的手上。

祝千双手里的照片忽然被人抽了过去，一个女同事捏着照片冷笑道："你还看这个有什么意思？在这儿假惺惺地装难过是想给谁看？"

祝千双咬着下唇没有说话。

"当时那么勤奋地工作，把所有人都骗了，"另外几个女同事也加入进来，围着她说，"原来你一直在想方设法地陷害公司。"

"是啊，真搞不懂为什么乔导演当时会帮她。不过还好，现在大家知道了她的真面目，也算是老天有眼了。"

"听说她之前喝了掺有强力胶的水，不知道这算不算恶有恶报。"

越来越多声音充斥在她的四周，就像十年前一样。

02

祝千双见照片拿不回来了，只好低着头朝外走。

但是她刚走到外面，那些人又围了过来，甚至有人开始不耐烦地推她。

因为没办法解释，她只好躲着那些人，想尽快离开。

那些人偏偏不让她如愿，反而将她团团围住，不让她走。

她无助地抬头，想看有没有人可以帮助她，却看到了站在不远处的乔野。

他面无表情地站在一边，既没有走过来，也并没有表露出任何情绪。

她一直想见他，可是等真正见到他后，却无法向他靠近。

她绝望地看着他，张开嘴，无声地说："我喜欢你。"

在那一刹那，祝千双看到乔野的眼底闪过了惊慌和动摇，即便那些情绪转瞬即逝，她仍然捕捉到了。

——"我喜欢你。"

十年前的自己那么那么喜欢你。

十年后的自己依然没有办法不喜欢你。

咒骂声让祝千双忽然头痛起来。

就在这如同潮水一般的声音中，有人牵住了她的手。

祝千双抬头看过去，森百里冷着面孔环顾四周，说话时不带一丝温度："Z小姐的事和祝千双没有关系，公司的事情也和她没有关系，你们再为难她试试！"

那些人顿时闭了嘴。

"走吧。"森百里在她的耳边轻声说，然后用手搂住了她的肩膀。

祝千双只能跟着他离开，在转身之前不甘心地再次望向乔野的方向。

他依旧一脸漠然地和她对视着，在她收回视线之前转身离开了。

森百里开着车，祝千双和祝千禾坐在后座。

祝千双可以察觉到森百里不停地透过后视镜看她，但是她转过了头，装作没有发觉。

到家之后，森百里似乎想和她谈些什么，祝千双抢先一步指了指自己的屋子，示意自己想回去休息，之后便进去关上了门。

祝千双听到森百里对千禾说："既然这样，那我先回去了，你好好照顾千双吧。"

"好的！"千禾说，"那公司的事……"

"我来处理。"大门被打开了，森百里的声音变得远了一些，"再见。"

啪！大门被关上了。

客厅里没什么动静，祝千双悄悄打开门，看到千禾站在窗前凝视着楼下。

听到祝千双开门的声音，祝千禾慌乱地转过头，后退了几步，抬手擦了擦眼角，然后笑着对祝千双说："怎么了？"

祝千双摇摇头，走到窗边拉住千禾的手，指指她的眼角小声说："你哭了。"

窗外，森百里的深蓝色跑车驶离。

祝千双皱着眉头，用疑惑的目光打量着有些紧张的祝千禾。

祝千禾咧嘴朝她笑了一下，说道："我没事，是沙子进眼睛里了，我去给你做饭。"说罢，千禾快步从她身边走开，进了厨房。

祝千双想着绝尘而去的跑车和千禾刚才的表情，似乎明白了什么。

祝千禾为了照顾妹妹旷工了一个星期。祝千双觉得自己只是嗓子痛说不了话，生活上完全能够自理，便拒绝了千禾继续照顾自己的请求，把千禾赶去上班了。

乔野可能失聪的事情传出来后，祝千双每天都守在电视机前看中辛的消息。

只是她没想到，已经许久未报道乔野近况的娱乐媒体居然在第一条新闻中就说了他的事。

"知名导演乔野在被曝光其导演生涯很可能会因为失聪而结束之后，一直在医院里接受治疗。就在昨天晚上，本社记者竟然拍到了其前女友郁薇秘密前往医院探望他的画面。据说，郁薇从医院出来的时候一脸甜蜜，眼尖的记者发现郁薇的手指上戴着戒指，这令大家不得不怀疑，两个人是否已经暗中复合，续写这对金童玉女的爱情故事。"

电视机屏幕上是非常清晰的图片，郁薇带着浅笑从医院里走出来，然后开车离去。

祝千双的手不自觉地握紧了遥控器。

他们复合了？

她木然地关掉电视机，抱着双腿坐在沙发上。

为什么呢？

如果他还喜欢郁薇，那么那个吻是什么意思呢？就算是她一厢情愿的，可是……

是啊，或许一直都是她一厢情愿而已。

祝千禾好不容易忙碌完，回到家时已经凌晨两点多了。祝千双平常很早就关灯睡觉，但今天她房间里的灯还亮着。

祝千禾以为是祝千双睡着了忘记关灯，打算先换衣服再去帮她关灯，刚走进自己的房间，就听到外面传来了呕吐的声音。

祝千禾来不及换衣服，立刻冲了过去，看见祝千双头发凌乱地趴在床边，捂着自己的胸口干呕。地上散落着液体和污渍，房间里一片狼藉。

祝千禾吓得赶紧过去扶起妹妹，问道："你怎么了？"

"难……受……"她小声说着，又立刻呕吐起来。

祝千禾这下慌了，赶紧给森百里打电话，在电话接通时忍不住哭了起来："百里，千双吐了，好像很难受的样子，你快来。"千禾的声音都在抖。

接着，她连连点头说"好"，挂了电话后又立刻抱住祝千双，帮祝千双清理身上的脏东西。

她本来以为千双喝了酒，可是并没有。千双除了一直呕吐，屋子里没有半点儿酒气。

"打给……林路。"祝千双觉得自己的胃部在不断地收缩、膨胀着，每一次收缩和膨胀都带来了剧烈的揪痛感。

这种感觉她实在太熟悉了。

其实，在她重新过上那样的生活时，她就知道自己的身体一定会有承受不住的那一天。可是，当她的病真的复发后，她还是害怕了。

在看到那条新闻之后，她没有一刻不在想关于乔野的事情。

为了努力地将他从脑海中赶出去，她开始像以前那样拼了命地吃东西。

“打给林路。”她又重复了一遍。

祝千禾点点头，又拨给了林路。

过了二十分钟，林路到了。他二话不说，抱起地上的祝千双站起来，嘱咐身后的祝千禾：“看看她这几天吃了什么东西，等会儿一起告诉我，然后给她收拾几件衣服。我先送她去医院，你随后跟过来。”

祝千禾只能听着他的吩咐，连说了几个“哦哦”。

祝千双被林路抱在怀里。他强有力的心跳声竟然让她想起被关在道具车里的那个夜晚，乔野将门打开后也是这样紧紧地将她抱住的。

她的意识开始模糊起来，她只听到那个温柔的声音对她说：“该死啊，你这样让我怎么袖手旁观！”

03

三个月内，祝千双住了三次院。

她自从过度减肥之后，一度是医院的常客。可是前几年她的身体一直都不错，她连感冒发烧那样的小病都不曾有过。

祝千双醒来时听到了森百里有些埋怨的声音：“我让你好好休息，你还非要跑去上班，自己的妹妹这几天到底吃了什么，你完全没有在意吗？”

祝千双睁开眼睛，看到了站在病床不远处的森百里和千禾。

千禾的眼眶红红的，眼周肿得很厉害。

看到祝千双醒了，森百里立刻冲到她的床边握住她的手，声音和刚才截然不同，宠溺而温柔地问道：“千双，你有没有怎么样？还想吐吗？”

祝千双摇摇头，没有说话。

林路这时走了过来，皱着眉头拍了拍森百里的肩：“麻烦让一下，我做个检查。还有，现在暂时不要和她说话，她的嗓子本来就没有痊愈。”

森百里只好起身站在一旁。

林路似乎对森百里有着说不出的敌意，扫了森百里一眼之后，走到祝千双身边对她说：“张开嘴，试着发出‘啊’的声音。”

祝千双照着他的吩咐，张嘴发声。

林路看了一下，然后朝她笑笑：“嗯，虽然有损伤，但是问题不是很大。从今天开始，你一定要按时按量吃饭，不要吃垃圾食品，也不要吃带有刺激性的食品。祝千双，你明明知道你的厌食症和胃炎都有可能复发，如果你不想要命了就直说，不然就给我老实一点儿，别闹脾气。”

林路虽然笑着，可是祝千双看得出来，他的笑容中暗含怒气。

“喂，我说你……”森百里有些不高兴地道。

林路转头打断他的话：“现在局面变成这样，我想你应该知道是因为什么。”

森百里瞪大了眼睛，似乎惊讶得说不出话来。

一旁的祝千禾听出其中的猫腻儿，问道：“什么意思？”

“我不说第二次。”林路冷冷地看着森百里说道，“这是警告，不是劝告。”

自从林路对森百里说出那些话后，森百里便鲜少来病房了。

因为祝千双需要静养，林路便禁止她再看电视，尤其是娱乐新闻。

祝千禾来看望她时会时不时地皱眉头，显得心事重重。

可是不管祝千双怎么追问，她都不回答。

几日之后，森百里来了，竟然比上次憔悴了许多，眼睛里布满了血丝，像是失眠了很多天一样。

他来的时候，祝千双正准备睡觉。

祝千双看到他时怔住了，没有不耐烦，而是朝他笑了笑，声音沙哑地说了句："你来啦。"

看到她的笑容后，森百里似乎更加崩溃了。他忽然激动地走到她面前，一把抱住她，声音微颤地说道："千双，原谅我。"

因为还不能完全正常地讲话，她只发出了一个单音："嗯？"

"千双，和我出国疗养吧，"森百里的手臂越收越紧，"离开这个地方！你一次又一次地因为他而陷入危险，为什么还是不愿意放弃呢？你被人下毒，旧病复发住进医院，他却打算和郁薇结婚……为什么你不能放弃他呢？"

祝千双听着森百里的话，身体一寸一寸地冻结。最后，她缓缓推开他问道："结婚？"

森百里点点头："乔野的手术已经完成了，不管他恢复得如何，都会在下周日结婚。乔野能够复原的可能性不大，只有和郁薇结婚才能挽回如今的局面。祝千双，不要再等了，和我一起离开吧。"

"等……等。"她推开他，身体向后缩着。

"千双。"森百里还是不放弃，想要继续靠近她。

"别过来。"祝千双警惕地看着他，眼睛里已经蓄满了眼泪，"前辈……我想想。"

"好。"二人僵持了一会儿，森百里低下头自嘲地笑了笑，本来想伸手拍拍她的头，但是刚伸出一半，看到她防备的眼神之后还是收了回去，然后站起来说，"我等你。"

森百里走后，祝千双始终双眼无神地发着呆。不知道多久后，她反应过来，拿出手机给林路发了一条信息：“林路，我想见你。”

不久之后，林路回复道：“正好，我也有事要和你说。”

祝千双和林路约在第二天中午见面。

可是，林路进来之后，祝千双始终沉默着没有说话。

林路挑挑眉毛，终于忍不住了，笑着问：“祝千双，为什么你还是没办法说话？”

“嗯？”祝千双有些疑惑。

“我知道胶水对嗓子的伤害很大，可是为什么过去这么久了，你还是没有办法像以前一样正常地说话？”林路紧紧地盯着她的脸。

祝千双自己也不知道原因，每次想要说话，都会觉得异常艰难，只能慢慢说出几个词。

“我……不知道。”她低下了头。

“祝千双，乔野因你而失去听力，你是自责到想让自己也失去什么来向他赎罪吗？”

“不是。”祝千双回答。

“那是什么？”

“我也……不知道。”祝千双像是被看穿了心事一般，不敢直视林路的眼睛。

“你还喜欢乔野吗？”

“……”

“为什么不说话？”林路顿了顿，“是因为说不出话？”

祝千双点点头。

“你不是因为说不出话！祝千双，五年前我让你去面对他，是让你去弄清自己的心意，而不是一味地逃避，就像现在这样。你有按照约定，等你变漂亮、优秀了，有了足够的资格站在他的身边后，再一次向他告白吗？”

祝千双摇摇头，艰难地道："我……不配。"

"笨蛋。"林路伸手刮她的鼻尖，"祝千双，喜欢一个人不需要资格。如果你还没有完成这个约定就因为胆怯和自责而失声，你甘心吗？"

"不……"因为不甘心，所以直到现在她还在因他而难过。

如果不是因为喜欢他，光凭着当初的恨意，她怎么可能坚持到现在？！

其实，在最黑暗的那段时间，他一直是她心里的力量，以前是，现在是，即便到未来也是。

"失去了声音就再也没有办法告诉他了。"林路沉声道，"所以，说出来，在你还能说的时候。"

——"我……喜欢乔野。"

——"每一次见到他……我都好开心，甚至一次比一次……更开心。"

——"不管他变成什么样子，我都喜欢他。我想要告诉他，我喜欢他……不，我……爱他。"

祝千双的声音已经嘶哑了："好想告诉他，我真的好想告诉他，我爱他。十年前的我和今天的我都爱他。"

在不知不觉中，她已经能说完整的句子了。

那些话中带着绝望和不甘。

即使祝千双无法将这份心意传达给乔野，她依旧说得十分真挚。

林路笑着搂住她的肩膀，让她靠在他的怀里。

以前她每次哭的时候，他都这样安慰她。

如果能看她变得幸福，他不管做什么都甘之如饴。

过了很久，祝千双不再抽泣，平静了下来，他忽然小声说："我想要告诉你一件事情……"

第十五场 我也爱你

01

祝千双答应森百里一起出国休养一段时间后没多久，签证就发了下来。

森百里似乎很开心，时不时来她家问她有没有什么要带的，去那边之后想要怎样布置房间，想要住在什么样的地方，甚至细致到庭院里要种什么花。

祝千双一一写下来告诉他。

他们离开的日子定在乔野结婚的前一天。

一大清早，从七点钟开始，森百里就不停地打电话或发信息给她，不是问她行李收拾好了没有，还有没有什么东西忘了带，就是问她有没有特别想去的地方。祝千双知道他在担心什么，回复道："放心，安心地去机场吧！签证都下来了，我还能去哪儿呢？"

可是发完这条信息的祝千双，正在前往另外一个地方的路上。

出租车到达位于半山腰的别墅外，祝千双下了车，深深地吸了两口气。

她只是来见他最后一面而已。

可是，祝千双居然在半路上接到了文靖汀的电话。文靖汀之前被软禁在家里，一直没有机会和祝千双联系。

文靖汀的语气中没有丝毫愤怒，她胸有成竹地对祝千双说："千双，那些当初在背地里耍手段的人，我现在要他们全部受到应有的惩罚。"

祝千双听着她莫名其妙的话，不解地道："你在说谁？"

"你等着看吧。"说完这句话，文靖汀就挂断了电话。

祝千双之前来过这儿，很快就找到了乔野的家。

她之前就托林路找陈医生打听过，乔野每天早上的这个点都会在外面的山路上晨跑。果然没过多久，祝千双就看到乔野穿着一身蓝色的运动装，头上戴着和衣服相连的帽子，沿着山路跑了起来。

祝千双一直跟在他身后。

他跑了多久，祝千双就跟着跑了多久。

林路说乔野的手术没有成功，现在耳朵已经完全听不见了，所以她才敢那么明目张胆地跟在他的身后。

乔野突然停了下来，从口袋里拿出了什么，然后由慢跑变成了慢走。

祝千双眼看着乔野就要回到起点，鼓起勇气道："乔野，我知道你现在听不见，但是即使这样，我还是想要对你说这些话。或许正是因为你听不见了，我才敢说这些吧！"

"谢谢你。"

谢谢你，给我带来了这么多美好的回忆。

"对不起。"

对不起，我给你带来了那么多困扰。

“我喜欢你。”

我喜欢你，即使这份喜欢永远也不会传达到你那里了。

祝千双说完这三句话，看着乔野的背影笑了起来，然后轻声说：“再见，我要走啦。啊，不对，我们大概不会再见了，祝你幸福。”

再看了一眼他的背影，祝千双满足地转身，向山下走去。

祝千双怎么都没有想到，她才走出去没几步，忽然被人向后拉。她还没反应过来，就被人扯到了一个温暖的怀抱中。

熟悉的心跳声，熟悉的气息，熟悉的触感，还有他熟悉的声音——“白痴，道别的话不是应该当着我的面说吗？”

“啊？”祝千双吓得将眼睛瞪成了圆形。

祝千双被迫面对着他，抬头和乔野对视，瞬间害羞得低下了头。

可是乔野根本就不给她躲避的机会，用手抬起她的下巴，然后轻轻在她的嘴唇上亲了一下，笑意更浓了：“这下总算好多了。”

“到底是怎么回事？！”祝千双在他想再次亲上来时推开他，问道。

“什么怎么回事？”乔野皱起眉头。

“你不是……”

“我不是手术失败了，什么都听不到了吗？”乔野嘿嘿笑着，“如果我不让林路这样告诉你，估计你不会来向我告白吧。”

“什么啊？！”祝千双还是有些糊涂，“所以，你和林路串通好了一起骗我？”

乔野点点头，笑而不语。

“所以你知道我会来？”

乔野依旧点头，笑意更深。

“所以你从刚才就知道我一直跟在你后面？”

乔野哈哈笑着，一副想要糊弄过去的样子，看着一脸愤怒的祝千双，忍不住又亲了她一下。

可是这次，她就没有那么容易挣脱他了。

直到几分钟之后，祝千双红着脸低下头，害羞得说不出话了，乔野才放开她，然后开始解释。

“手术成功的可能性确实很低，但是外界之所以认为我会失聪，是因为我一直不敢做这个手术，一度想要放弃治疗。手术成功的概率那么低，如果失败了，甚至可能有很多后遗症。我那时害怕了。”乔野看着祝千双的脸，停了下来。

“然后呢？”

“那个时候……我排斥一切，因为我想得到的东西或者我已经得到的东西都可能离我远去。直到你说你喜欢我之后，我重新回到医院接受了治疗，并且同意做手术。”

“嗯？”祝千双不敢相信他说的话，“可是你不是一直和郁薇……”

“是啊。”乔野忽然无可奈何地冷笑了一声，“即使发了疯地想在治好自己之后和你在一起，却仍然只能把你推开，就是因为郁薇。我和郁薇从小就认识，我一直以为和她在一起是理所当然的事。可是后来我才知道，郁薇并没有因为和我交往而感到幸福，反而太患得患失了。我知道她在美国的那段时间发生的事情后，选择尊重她的决定，并且隐瞒了那件事。”

“什么事？”

“她在美国时跟那个导演在拉斯维加斯结婚了。”

“什么？”祝千双倒吸了一口气，“那她……”

乔野看着远处：“我按照她说的那样分手了，只是我没想到，她的反应会那么激烈。她觉得我没有挽留她，伤害了她的自尊，所以她告诉我，只要我靠近你，她就会不顾一切地伤害你。”

“所以你才会不理我？”

乔野微笑着揉揉她的头发，说道：“白痴，我没有不理你。”

“你明明就——”

他又俯身亲了她一下：“我只是在用我的方法保护你。但是，对不起，我还是让你受到伤害了。”

“那你和郁薇的婚事是怎么回事？”

“我要让她放松警惕，让她相信我会和她结婚，这样才能拿回她要挟我的筹码，才能保护你。”

“可是大家都知道今天是你和她结婚的日子啊，你打算怎么办？”

乔野牵着她的手，一脸神秘地凑近她的耳边说道：“这是个秘密——”

另外一边，已经到达机场的森百里不停地拿出手机看时间。

离两人约定的时间已经过了很久，祝千双还是没有出现，甚至连手机也关机了。

就在这时，他看到祝千禾满脸焦急地向他跑来。他赶紧走过去，拉住祝千禾的手臂问道：“千双呢？”

“嗯？”祝千禾也一脸疑惑，“她不在这儿？可是她之前发信息给我，让我马上把这个信封袋送来机场给她，我就立刻跑过来了！她怎么会不在？她已经将行李拿走了啊……”

森百里忽然有种不好的预感，接过信封袋拆开，里面有一封信和一本护照。

信果然是给他的。

百里前辈：

对不起，我说谎了！我没办法和你一起走了。如果我继续和你或者任何与乔野有关的人在一起，我大概就永远都放不下他了，所以我决定放你的鸽子啦！

我已经知道了，乔野快要失聪的事情是你透露给那个幕后操作人的。但是，你不知道那个人已经知道我是Z小姐的事，也没想过那个人会利用你来诬陷我，所以我不怪你。

我也知道了，你已经想起我就是十年前弄坏你的CD机的人了。

真的对不起。

同时，我也要谢谢前辈，给了我那么多的帮助。

我要谢谢你，在我遇到困难的时候，依旧愿意伸手帮我。

所以我也想帮帮前辈，告诉前辈其实你并不喜欢我。你起初在意我，是因为知道我是谁之后觉得愧疚，后来你喜欢我，是因为你从来没有得不到过什么东西。

我不喜欢前辈，正是前辈你喜欢我的原因。

但是，这不是真的喜欢。

一直喜欢你的人，我已经把她带到你身边了。

我之前告诉你的那些房间、花园的布置风格，都是按照她的口味来的。

前辈，请不要执着于那些因为得不到才想要的东西，而忽略了一直在你身边守着你的最珍贵的东西。

如果可以，你一定要帮我和她说一声“对不起”，还有“谢谢你”。

祝千双

“咦……为什么是我的护照啊？”祝千禾看着那本跟信封一起送来的护照说道。

森百里瞬间明白了所有的事情。

在知道乔野为了救祝千双而受伤的刹那，他就知道这辈子无论自己怎么争取，祝千双都不会走向他。不管是因为爱还是因为责任，祝千双绝对不会放弃乔野。

就在那时，他知道了乔野和郁薇分手的事。

在郁薇向他哭诉自己的不甘心和愤怒时，他假装无意地将乔野可能失聪的事透露给了她。但是他怎么都没有想到，郁薇竟然会和同样讨厌祝千双的林妙语联合起来，做出伤害祝千双的事情。

林妙语知道祝千双和文靖汀是多年的好朋友，而文靖汀正是Z小姐发表专栏的那本杂志的主编。林妙语和郁薇猜到了祝千双的身份，于是找人盗了Z小姐的账号，发表了那篇文章。

她们甚至向文氏集团提出交换筹码，让杂志也刊登那篇文章以增强真实性。

他以为郁薇只是要报复乔野，却不知道她将怒火发泄到了那么多人的身上，包括乔野、中辛的人，还有祝千双。

起初他也以为是祝千双写的文章。但是他知道，祝千双对他的身世并不知情，这才猜到另有其人。

但是他已经不在乎了，只要能让祝千双无法跟乔野在一起，他什么都不在乎。

可是最后，他还是没能拥有她。

祝千禾看着呆呆地坐在椅子上的森百里，有些慌张地坐到他身边，伸手拍拍他的肩膀问道："你没事吧？"

森百里没有说话，只是轻轻摇头，然后用双手捂住了自己的脸。

在离候机室不远的地方，林路看着森百里，知道祝千双已经和他说清楚了。

他看了看自己的手表，望了一眼入口，知道她不会来了，微笑着向登机口走去。

在他调查清楚这件事之后，他就做了一个决定。但是与此同时，他也清楚了，即使祝千双答应和他一起出国，最终也绝对不会来。

他上一次走，是因为知道祝千双的心里住着别人，所以他可以等时间将这份感情冲淡。

他这一次走，是因为他知道，祝千双这辈子都不会忘掉那个人了。

所以，他像五年前一样欣然接受了现实，一个人踏上了旅途。

那边，森百里再失意、难过，还有一个祝千禾陪着。

但是林路呢？他想想觉得，自己还真是寂寞啊！

这样想着，林路告诉自己，是该放下过去继续上路了！

02

乔野说要带祝千双去一个地方。

车上，知道事情始末的祝千双还是觉得很不可思议，心里的问题实在太多了，便一直提问："那郁薇现在怎样了？"

"不知道。"

"那你接下来打算怎么办？"

"什么怎么办？"

"我们……"她的声音小了下去。

"我们怎么了？"乔野明知故问。

"算了。"祝千双也不好意思直接问，"那我们到底要去哪儿？"

"马上就到了。"乔野指指前方，祝千双顺着他指的方向看过去，才发觉不知道什么时候车子已经驶入了一个类似果园的地方。

乔野停好车后对她说："下车吧。"

祝千双下车前看了一眼车外，这大概是某个郊区的果园，方圆百里似乎都是果树。

祝千双不知道他到底要带她去哪儿，可还是跟着他下了车。

乔野牵着她，带她沿着小路一直走。

一片果园过去后还是一片果园，树木丛生，一眼望不到尽头。

祝千双无奈地哀号道："还没有到吗？你现在是要带我去深山老林里吗？"

正当她这样说着时，他们走到了小路的尽头，那是一片清幽的空地。空地上站了很多人，大部分是公司职员，最显眼的是站在红毯上的文靖汀。

许久没见，祝千双直接冲上去抱住了她。

"啊啊啊啊——"

可是，文靖汀相当冷静地推开她，恶狠狠地说道："你该抱的人不是我，别弄错对象了。"

"什么意思？"

文靖汀笑着指了指一个系着粉红色丝带的白色板子，上面写着：

欢迎来到乔野先生和祝千双小姐的订婚仪式

"嗯？"祝千双见周围的人已经开始捂着嘴巴笑了，觉得很神奇。

几个星期前，大家在公司里还对她冷眼相待，可是现在都在笑着鼓掌。

文靖汀从包包里抽出了杂志，是她主编的那本。最新一期的杂志上，头版头条就证实了Z小姐上次发表的文章是幕后黑手弄出来的，其中涉及了中辛和其敌对集团之间的竞争。

此外，这件事闹得沸沸扬扬，也给电影做足了宣传。这部电影即便被剧透了，依旧凭借导演高超的拍摄技术和感人至深的情节获得了不俗的票房。

所以误会都解开了。

她不敢相信地看着上面的字，又转头看向文靖汀："可是你爸不是……"

"哦，我爸知道郁薇结婚的事后瞬间觉得她没那么大的吸引力了。而且，一旦郁薇的丑闻被曝光，就算以后郁薇加入他的公司，估计也赚不了多少钱。再说了，我可是他最重要的宝贝女儿，他不可能真的看着我绝食不帮我——"文靖汀说着露出了一个贱贱的表情，翻到了杂志的另外一页，"所以我就趁热打铁——"

这期杂志还刊登了一则新闻："当红影星郁薇在赴美拍戏期间劈腿，已嫁美国导演。"

"接下来，我还打算曝光林妙语的八卦。不过——"文靖汀推了祝千双一把，"我更加想发布的是明天的头条新闻：知名导演和Z小姐的订婚。"

祝千双被推得倒退几步，撞到了身后的乔野。

乔野顺势牵起她的手，放在唇边浅笑着吻了一下："所以，现在是不是该做正经事了？"

"你在说什么啊？"毕竟早上她还怀着相忘于江湖的悲壮心情，现在就被幸福砸中了，任谁都有点儿晕。

她居然没头没脑地说："谁要和你订婚啊？！"

"喂，你都说喜欢我了——"见祝千双反悔，乔野不满地叫道。

"你有证据吗？！少自恋了，我哪儿有说过……"

祝千双正说着，一个声音忽然响起来。

"我……喜欢乔野。

"每一次见到他……我都好开心，甚至一次比一次……更开心。

"不管他变成什么样子，我都喜欢他。我想要告诉他，我喜欢他……不，我……爱他。

"好想告诉他，我真的好想告诉他，我爱他。十年前的我和今天的我，都爱他。"

乔野看着目瞪口呆的祝千双，趁她没反应过来，把戒指戴在了她的无名指上，然后笑道：“是啊，你没说过你喜欢我，你说的是爱我。”

“我……”

还想辩解的祝千双连话都没说完，就被一个轻柔的吻堵住了后面的话。她已经猜到了，绝对是林路那个浑蛋干的！

说到林路，她还忘记给他打电话说她不去了。

只是，乔野根本不给她分心的机会，在唇齿纠缠之间，深情地说：“我也爱你。”

她就算再因为他而哭泣一百次、一千次都没有关系。

因为她喜欢他，所以没关系。

这就是即使她拼了命地想恨他，到最后还是将心输给他的原因。

可是这一次，她输得心甘情愿。

番外一

熊和兔子的故事

祝千禾悄悄打开了森百里家的门。

她尽量放轻了脚步，但是黑暗中堆满垃圾的屋子已经杂乱到让她无从下脚了。

她走了进来，不是踢到酒瓶，就是踩到食品包装袋之类的东西。

但是对于这儿，她早就轻车熟路了，所以还是顺利地摸索到了墙上的按钮，打开了一盏壁灯。

昏暗的灯光瞬间充满了整个房间。

祝千禾看到了躺在沙发上熟睡的森百里，或者说是喝得烂醉的森百里。

已经一周了。

自从那天祝千双写信拒绝和他一起离开之后，森百里就变成了这样。

祝千禾慢慢走到森百里身边蹲了下来，灯光正好照射在他好看的脸庞上。此刻的森百里头发凌乱，下巴上布满了青色的胡楂儿。

她想起了第一次见到他的样子。

和总是沉默的乔野不一样，森百里喜欢说话。同样是大学新生，他很快就和同学打成一片，跟女孩儿们的关系非常好。

她第一次见到森百里时他正在被一群学姐围着，那个画面倒像是一群花痴的学妹正围着学长。

她提着行李来到学校门口，那一年的她平凡普通，站在那么多美女旁就像一只丑小鸭。学姐们都围着森百里和乔野，学长都没有注意到她。

而这个时候，森百里出现在她面前，提起了她的行李。

她还清楚地记得，那天他穿着深蓝色的T恤，留着栗色的头发，耳朵上戴着耳钉，嘴角挂着微笑。

靠近他成了她在大学里努力改变自己的全部动力。

可是他似乎并不介意她的模样。

不论她是穿着T恤、牛仔裤，还是优雅的小洋装，森百里看着她的眼神从来没有变化过。

也许，那只是因为他从来没有在意过。

“森百里，你的眼睛总是注视着远方。”祝千禾抬起手，轻轻地抚摸着森百里的额头。

沉睡中的他并没有发觉。

静静地注视了一会儿后，祝千禾站起来收拾屋子里的垃圾。

等到她全部收拾好，已经过了一个多小时。祝千禾把整理好的垃圾放在门口，看了看森百里，提着垃圾袋转身出了门。

她白天还有工作要忙，下班后才有时间来帮森百里收拾屋子，或者买点儿熟食放在他的冰箱里，以防他喝酒或肚子饿了时找不到吃的。

难得今天下班早，祝千禾照例去超市买了点儿水果，然后来到了森百里家。

她推开门，看到了站在门口的森百里。森百里正一脸笑意地看着她：“哟，我还以为我家有只家养的小精灵，每次醒来后一片狼藉的屋子就会恢复整洁，还多了那么多吃的。”

“家养小精灵不用付钱，但请我打扫卫生可是很贵的。”祝千禾走进屋里，把手上的袋子递给他，然后从口袋里拿出头绳把头发扎成马尾，说，“把东西放到冰箱里。你吃过了吗？我买了菜，等一下帮你做。”

“没有哦。”森百里走向冰箱，放好东西后回到沙发上躺着，笑眯眯地看向祝千禾说道，“我要吃祝氏回锅肉。”

“那你等会儿。”祝千禾有些欣慰，今天屋子里的酒瓶少了一些，所以她收拾得很快。

弄完之后，她走进厨房做了回锅肉、地三鲜和紫菜汤。她把碗筷摆好之后走到客厅，发现森百里正蜷缩在沙发上。

“睡着了？”祝千禾皱着眉头走近他，有些无奈，这个人刚刚还吵着要吃东西，现在却躺着不动。

可是祝千禾发现他有些不对劲，他的脸痛苦地扭曲着，额头上全是汗，手一直捂着肚子。

祝千禾赶紧蹲在他面前，拍了拍他的肩膀：“百里，你怎么了？”

森百里咬着下唇没有回答她。

“森百里！百里！”祝千禾喊了他几声都没有得到回答，赶紧拿出手机打了急救电话。

祝千禾将人送到医院，医生检查后说他是因为酗酒而胃出血了。

本来森百里就常常因为工作而忘记吃饭，得了胃病。现在他还长时间喝酒，会突发这样的病也不奇怪。

医生再三叮嘱，短时间内绝对不能让森百里喝酒，也不能让他乱吃东西。

祝千禾在返回病房的路上接到了乔野的电话。她大致交代了森百里的情况，然后问道："千双……她知道吗？"

"还没有，我们明天回去时我再告诉她。"乔野沉默了一下，"千禾……虽然百里看起来谈过很多次恋爱，但是其实他大概根本不知道自己到底想要什么。"

"乔野，"祝千禾暗暗下了决心，"关于上次的那个计划……"

挂了电话，祝千禾走进森百里的病房。

他已经醒了，看到她之后朝她笑了一下，说道："啧啧，真是麻烦你了。"

"你麻烦我的还少吗？"祝千禾不屑地瞪了他一眼，走到他的病床边坐下，"现在好点儿了吗？"

"好多了。"森百里满脸遗憾地皱了皱眉，"没吃到你给我做的菜。"

"你要吃的话，我再做就好了。"祝千禾叮嘱道，"但是医生说，你最近真的不能再喝酒了。"

森百里笑着点点头："千禾，谢谢你。"

一时间，祝千禾竟然不知道应该如何接下去。

和他认识以来，森百里很少跟她说谢谢，也很少和她说对不起。他一般不说客套话，所以祝千禾也没有在意。

但是这一次，祝千禾却听到他那么认真地道谢，觉得有些不习惯。

两个人尴尬地对视着，直到森百里的手机铃声响起来。

他拿起手机看着屏幕，脸色一变。

“怎么了？”祝千禾问道。

“没什么。”森百里苦笑起来，眼神闪烁，避开了祝千禾的视线，“就是刚才接到通知，我之前在英国准备好的东西全部被取消了。”

祝千禾哑然，他心里依然很在意千双。

第二天，祝千禾到医院的时候已经是晚上了。

她推开病房门，屋内没开灯，借着窗外的月光可以看到床上空无一人。

祝千禾打开灯，发现森百里不在病房内。

她放下汤跑出去找护士，可是护士也不清楚他的去向。

祝千禾回想着昨晚森百里的神情，内心十分不安。

她照着以前森百里喜欢去的酒吧一间一间地找过去，果然在其中一间酒吧里找到了已经喝得烂醉的森百里。

她找到他的时候，森百里的旁边还坐着一个穿着露肩小短裙的女人，女人一直摇着他的肩膀，但是森百里已经烂醉如泥，没空搭理她了。

“你是谁？”祝千禾拉开女人的手。

女人不解地瞪着祝千禾：“要你管！你是谁啊？！”

“他老婆。”祝千禾毫不示弱地回击道，“你再碰他一下试试。”

女人先是一愣，很快就讪讪地离开了。

祝千禾看着桌子上的酒，洋酒和啤酒都有，照这种喝法他的身体根本受不了。祝千禾拍了拍森百里，他只是嘟囔了两句，又伸手去拿酒瓶。

祝千禾抢先一步拿走了酒瓶，劝道：“森百里，别喝了，快跟我回去吧。”

“千禾？”森百里看清来人后笑了起来，“千禾你来了刚好，我刚才就在找你……”

“别说了，和我回去吧。”祝千禾勉强把他的胳膊搭到了自己的肩膀上，然后把他扶起来。

好在森百里虽然醉了，但还算配合。

“千禾，今天千双来医院了。”森百里忽然在她的耳边说道。

祝千禾的脚步顿了一下，但就只有那么一会儿，她又继续向前走了。

她早该想到的，能让他再次失控的人当然只有千双。

一直犹豫着停滞不前的自己是时候向前看了。

森百里还在低声说着什么，可是千禾已经听不清了。

她一路将森百里扶回了医院。

躺在病床上的他始终拉着祝千禾的手。

祝千禾就这样任他握着自己，看着他因为哭泣而皱着的脸，默默地流眼泪。

祝千禾不顾森百里的自言自语，慢慢开口道：“百里，我不想再等你了。

“我以前以为，等我变得更优秀、更漂亮后，就可以吸引你的注意；等我有足够的能力站在你的身边后，你就会知道我喜欢你；等你累了后，你就会发现我一直都在等你。但是那么多年过去了，我现在终于明白了……

“也许一切只是因为我恰好不是你一直在寻找的那个人而已。”

你不喜欢我，不是因为我不够好，不是因为你没有注意到我，不是因为我们性格不合——

所以，我现在应该说服自己离开你。

“现在我接受这些现实。”祝千禾挣开他的手，“你一定会找到你想要的那个人，森百里。”

说完这些，祝千禾离开了病房。

森百里从宿醉中醒过来的时候已经中午了。他的头痛得不行，胃里也一直犯恶心。

他注意到自己已经回到了医院，身边放着一个保温桶，却没有看见祝千禾。

森百里以为她只是有事情耽搁了或者工作太忙了。

可是接下来的三天，祝千禾都没有再出现。

他打电话过去，千禾的手机一直处于关机的状态。

森百里看着祝千禾来医院陪他时坐过的椅子、眺望过的窗口、买来的花——

他心中从未这么落寞过。

他总是习惯了自己的身边有她。

他也很清楚千禾对自己的感情，所以才会那么肆无忌惮，不珍惜、不在意她的感情。

因为他们间的距离太近了，所以他一直看不清。

然而现在，他忽然意识到自己大概是真的要失去她了。

森百里出院回家，家里的冰箱中还放着祝千禾前一段时间买来的东西。

她大概在他住院期间又来了一次。那天晚上做好的菜都被她倒掉了，不能吃的东西她也都换掉了。

望着空荡荡的家，他的心像是被人挖去了一块。

以前祝千禾在的时候，他从来不会有特别的感觉。现在她不在了，她的身影却好像充满了整个世界。

他坐在沙发上，拿着平板电脑百无聊赖地刷微博，手指忽然停留在了一幅漫画上。

看完之后，他目光呆滞地望着远方，随后拿起手机打给了乔野。

二十分钟后，他飞快地离开了家。

“祝千禾参加了公司的一个进修项目，会去法国，大概去三年。之前她咨询过，但是一直没确定下来。前几天，她忽然和我说决定了要去，我就批准了。”乔野的声音听起来有些无奈，“我还以为她会和你说。”

她要去法国？

她甚至没有和他说？

以前不管大事小事，她都喜欢在他的耳边叽叽喳喳。但这次，她居然打算一声不吭地悄悄走人？！

这怎么可能？！

森百里开车来到祝千禾家，上去就拍着门喊道：“祝千禾，你在家吗？祝千禾！”

正慢悠悠地收拾行李的祝千禾被这突如其来的敲门声吓了一跳，在听到森百里的声音后更是紧张得把手上的书都弄掉了。书恰好砸在茶几上，发出很大的声响。

森百里听到里面有声音，确定祝千禾就在家里，于是继续说道：“祝千禾你出来，我有事要问你，我知道你在家，开开门。”

祝千禾咬咬牙，干脆躲进了屋里。

森百里继续喊着，但里面的人始终没有反应。

森百里知道，这样继续下去祝千禾也不会心软。他太了解她的个性了，所以干脆捂着肚子假装痛苦地说：“千禾，我的胃……”

祝千禾听到森百里发出这么难受的声音，想也不想就冲到客厅打开了门——

就在那一刻，森百里手疾眼快地一把抱住了冲出来的女生。

“百里，你……”还没弄清状况的祝千禾还在担心他的身体。

“我没事。”森百里笑道，“我骗你的。”

“你！”祝千禾意识到自己被骗之后，立刻试图推开他。

可是森百里把她抱得更紧，还用一副自己受了委屈的语气说：“祝千禾你真不负责任啊，既然照顾了，当然要照顾到我病好为止啊！这么半途而废，真不是你的作风。”

“你的病关我什么事？”祝千禾冷冷地说道。

“喂！”森百里松开她，满脸笑意地盯着她的脸，“你不是说是我的老婆吗？老婆照顾丈夫不是应该的？”

“我什么时候……”祝千禾忽然反应过来了，“你听到了？”

“是啊。”森百里无奈地说，“根本没办法一醉解千愁，那天我清清楚楚地记得发生的所有事情。”

祝千禾听他这么说，立刻想到了那天晚上自己在病房里对他说的话，不由得低下头不敢看她。

“祝千禾，如果我说我喜欢你，想和你在一起，你会不会觉得我很贱？”森百里问道。

“嗯？”祝千禾简直不敢相信自己的耳朵，迅速抬起头，不可思议地看着他。

她的第一反应就是森百里是不是酒精中毒了。或者，难道是她还在睡觉，所以才会发生这种事情？

“你不是……喜欢千双吗？”祝千禾低声问道。

“我喜欢你，不管你优不优秀、美不美丽、适不适合。以前我的眼睛只能看到我得不到的东西，越是得不到，我越是无法放弃。

我从来没有意识到，在我的世界里你有多重要。现在我的目光不会再停留在远方了，我会只看着你。”森百里还是第一次说那么肉麻的话，有些不好意思，可是语气依旧坚定，“你能不能给我一次机会……”

祝千禾从他开始说第一句的时候就已经红了眼眶。

她只觉得不真实。

但是此刻，即便这一切都是错觉，她也想要就这样一直错下去。

她含着眼泪点点头：“嗯……”

森百里笑着紧紧地抱住了她。

他在微博上看到了这样一幅漫画。

一个小男孩儿一直想要寻找熊。森林里有那么多动物，他却只想找到熊。这个时候，一只兔子出现在他身边，陪着他一起去找熊。不管风吹雨淋、电闪雷鸣，兔子都在他身边。

终于有一天，他找到了梦寐以求的熊。

此时熊却说要吃了兔子。

兔子对小男孩儿说，如果这是你希望的，那我愿意被熊吃掉。

就在这时，小男孩儿拉着兔子跑掉了。

他告诉兔子：“我也可以爱你。”

我也可以爱你。

我们总是因为自己一心想要的那个人而错过身边珍惜自己的人。

因为得不到，所以很想要。

森百里明白自己很想很想得到祝千双的爱，是因为祝千双拥有那样一颗执着地爱着乔野的心。

他觉得，如果他能得到祝千双的爱，一定会很幸福。

可是他忽略了，其实自己早就已经得到这样的爱了。

只是他看不见而已。

好在，好在他终于发现了。

他也可以爱她，用尽一切好好爱她。

番外二 爱都需要勇气

这是第几次了？

林路又听见同窗好友秦郁抱怨自己的患者是一个问题儿童了。

那个小孩儿因为父母闹离婚而离家出走、绝食，现在身体出问题了，在医院里还不肯好好地接受治疗。

林路笑了笑，拍拍他的肩膀："我以前碰到的比你的这个还麻烦，加油。"

秦郁瞪了他一眼，嘟囔道："要不是看她很可爱，我真的要发脾气了。"

林路低头浅笑，没有再搭理他，然后转头看向窗外，脑海中浮现出她的脸。

她现在怎么样了……报纸上写她终于和她心爱的人订婚了。

他偶尔打电话给她，她抱怨道："乔野那个大忙人压根儿就没时间跟我玩，而且我意识到了，我是不是被套牢得太早了啊？说不定我会找到一个比乔野更高更富更帅，还愿意花时间陪我的好男人……"

虽然她每次都这样说，但是他心里清楚，她绝对不会放弃乔野。

秦郁下午接了一个电话后，冲到他的办公室抓住他的胳膊哀求道："我女朋友的爸妈来了，下午要去吃饭，你暂时帮我看一下那个问题儿童可以吗？"

林路拒绝道："不要。"

"请你吃饭……"秦郁欲哭无泪。

"几顿？"林路抬起嘴角。

"一个星期。"秦郁咬咬牙，怒瞪着趁火打劫的林路。

林路微笑着点头："祝你幸福。"

虽说答应了，但林路还是觉得很头疼。

他光是听事迹就觉得那个家伙绝对是个比祝千双还难缠的人。毕竟祝千双还会做做表面功夫，林路让她别吃垃圾食品，她便会躲在隐蔽的地方悄悄吃一点儿，不让他发现。而且，祝千双即便是情绪不稳定，最多也就是发发脾气而已。

果然，他见到那个女生的时候，正好是她打算偷溜出病房的时候。

这个叫何辰的女孩儿在病房门口探头探脑了半天，发现护士都忙着去别的病房后，便准备往外溜。

林路没有穿制服，何辰并没有在意他。

好在林路事先看过她的病历，知道她的长相，所以在她经过他身边时，毫不留情地用手拉住了她的衣领，然后朝护士喊道："喂，这个患者要跑出去。"

何辰挣扎着叫道："放开我，你是谁啊你？！"

"我是你的临时主治医生。"林路回头对她笑了笑，"我叫林路。"

这明显不是何辰第一次“越院”。

护士在对她展开思想教育的时候，林路一直站在一旁盯着她。

当然，这是因为何辰一直在瞪他。

最后护士摇摇头，叹了口气后离开了。

何辰噘着嘴问林路：“秦医生呢？”

“有事，脱不开身。”林路如实解释道。

“我不需要临时的主治医生。”何辰眼里的厌恶清晰可见，她没打算掩饰自己的不满，“如果不是你，我就成功了。”

林路笑了笑：“嗯，那就争取下次别被我抓到。”

说罢，他走出了病房。

好在今天没发生什么事，不然作为主治医生的秦郁肯定要遭殃了。当然，林路这个临时的主治医生也难辞其咎。

林路知道何辰的家庭背景，父母一个从政一个经商，怪不得何辰惹出那么多麻烦还没有被强制转院。

但是不管怎么说，今天之后，他们两个人便不会再有联系，他打算尽责一点儿。

快做第二次抽血检查的时候，他又过去看了看，结果何辰又不在病房里。

他想去护士室问问，正好发现何辰正一动不动地站在护士室门口。

林路本想上前教训她，让她别再乱跑，但是走近了才听到护士室里传来的讨论声。

——“那个叫何辰的小丫头真是折腾人，惹了那么多事，父母也不管她。我今早打电话给她妈，她妈直接说没空过来，让我们看着办，她爸更是直接挂了电话。”

——“住院那么久，爸妈也没来过，这个女儿到底还要不要了？”

——“也难怪，那么讨人厌的丫头，谁都不喜欢。”

林路有些无奈，嚼舌根真是害死人。

当然，他更加担心的是站在自己面前的女生。

他犹豫要不要上前安慰她，女生先一步转过身来。林路望着她的脸有些吃惊，因为此刻何辰的脸上满是泪水。

“喂！”他刚开口喊她，女生就飞快地从他的身边跑走了。

林路有些不放心，一路跟着她，好在她只是回病房了而已。

林路慢慢走进去，看着她坐回病床上，双手抱着膝盖，没有说话。

他以前没遇到过这种情况，绞尽脑汁地想着应该如何开口安慰她。

“喂，你在哭？”话一出口，林路就想用手拍自己的脑袋了，这么明显的事情他居然问出来了。

不过女生虽然在哭，但竟然配合地回答了一句：“废话。”

两人又陷入了尴尬的沉默。

就在这时，护士推了车进来要给何辰抽血化验。林路一看，来人正是刚才嚼舌根的护士之一。他下意识地看了看何辰。

护士大概是找不到棉签，所以弯下腰在车里翻找着。

林路看着一脸平静的何辰，觉得有些不对劲。

等到何辰快速地将手伸向那支已经准备好的针管时，他才意识到何辰到底要做什么。

林路想也不想就冲上去，在何辰把针管插到护士的身上之前，用自己的手挡住了那个针管。

林路痛得倒吸了一口凉气。

何辰和看到这一幕的护士都惊呆了。

"对不起，我、我、我不是故意的……"何辰吓坏了，眼睛里积蓄的眼泪汹涌而出。

"怎么了？"护士惊恐地看着林路的手，转身去找棉签和纱布。

林路怕她起疑心，便说道："哦，她拿着玩，我怕她扎到自己就想抢过来，结果反而扎到了我自己。没事，一点儿小伤。"

那个针头扎进去大概有一厘米那么深。何辰看着林路的手都觉得疼。

而令她惊讶的是，林路竟然会包庇她。

护士帮他处理完伤口后开始帮何辰抽血。

这次何辰总算老实了，一动不动地坐着，眼睛直勾勾地盯着林路的手。

抽完血，何辰正想开口叫住林路，林路压根儿就不给她这个机会，先护士一步走出了病房。

回到办公室的林路真是一肚子无奈和恼怒。

一个二十岁的大学生，居然还那么幼稚。

林路想到自己只用负责她一天，明天就可以摆脱她回归正常的生活，瞬间气消了一半。

只是，他的脑海里总是浮现出何辰听到那些话后哭泣的脸。

然而，事情不会永远照着我们自己想的那样发展。

所谓的晴天霹雳，大概就是指当自己以为脱离了一个苦海的时候，却发现自己进入了另外一个苦海吧。

第二天，林路推开办公室的门，看到了放在办公桌上的文件之后迅速起身，打起了电话。

秦郁的电话占线。很好。

科长的电话打不通。很好。

院长的电话也没人接。很好。

林路走了一圈也没找到他们，便来到了何辰的病房，看到了那张笑眯眯的脸。

“因为我昨晚破坏了你的复仇大计，所以你现在把矛头转向我了？”林路压制不住自己的脾气，板着脸说道，“我很忙，没空陪你玩。我是不会当你的主治医生的。”

“哎——”何辰追上去一把拉住他的胳膊，但是林路凶神恶煞的样子让她又瘪瘪嘴，松开了手，“我错了。你的手有没有好一点儿啊？”

林路低头凝视了她一会儿，一时间竟然觉得何辰的脸和那个人的脸有些重叠。

他一愣，甩开她的手，第一次用不耐烦的语气对她说：“别烦我。”

嗯，他第一次用这样冰冷且不近人情的语气说了话。

他只是觉得，自己真的不能再靠近她了。

但是，这毕竟是院里的安排，他还是得服从。

于是，林路每天让护士小姐代替自己去做检查，然后让护士直接告诉何辰诊断结果。

当然，这个方法没能持续三天。

林路到达医院，隔老远就望见有人在自己的办公室门口蹦来蹦去。

那个人穿着一件白色的卡通T恤和一条浅蓝色的牛仔裤，不是何辰又是谁？

林路叹口气，转身就走。当然，他很清楚，以她的性格不会那么轻易放弃，所以在何辰从后面追上来拉住他的胳膊时，林路给她下了最后通牒：“你再无理取闹，我就跳槽到别的医院去。”

何辰本来兴奋的脸一点点垮下来，她委屈地低声问：“你为什么那么讨厌我？”

“那你哪儿值得人喜欢了？”林路想也不想就反问了她，但是说完就后悔了。

他尴尬地看着面前的女孩儿，不知道应该怎么办，只能咬咬牙，转身走开。

一直沉默的女孩儿忽然开口道：“可是我喜欢你啊。”

林路一愣，转身冷冷地告诉她：“别开玩笑了。你还是换一个主治医生吧。”

林路向医院提出不再当何辰的主治医生，医院很快便同意了。

他有些意外，可心里还是松了一口气。

只不过，不再当她的主治医生后，林路还是觉得莫名地烦躁。只要一想到何辰那张委屈不解的脸，他就很烦躁。

医院里总算风平浪静了几天，偶尔他去别的病房时会刻意经过何辰的病房门口，假装不经意地扫一两眼。何辰不是老老实实地躺在床上戴着耳机听歌，就是在睡觉。

如果不小心和她的目光对上，林路便立刻低下头赶紧走开。

谁知道当天晚上就出事了。

那天恰好是林路值班，护士长慌慌张张地跑进来，说何辰刚才忽然跑出去了，别人怎么拉都拉不住。

林路告诉她别急，让护士长先通知何辰的父母，自己再出去找一下。

“破小孩儿，就是事儿多。”林路赶紧换好衣服，十分焦急，忍不住骂道。

医院附近有夜市，人比较多，他猜想她是不是偷溜出去玩了，所以决定先从那边找起。

但是林路在夜市里转了两圈都没有看到何辰的影子。

他还得值班，不能在外面待太久，只好返回医院。

林路开始有些后悔，如果他之前不对她说那些话，她大概就不会惹出那么多麻烦。

就在林路经过医院后门附近的一家便利店时，他看到了在门口坐着的那个熟悉的身影。

“何辰？”他没想到她居然一个人跑到这儿来了，赶紧走上前去。

看着一地的酒瓶子，林路有些生气：“你不知道你的身体还没有好，不能喝酒？”

他拉着何辰的胳膊想让她站起来，却看到她一脸疑惑的样子，似乎对他的出现感到很惊讶。

何辰：“林路？”

“是林医生。”林路纠正她，“快点儿跟我回去。”

“我的肚子好痛……”何辰噘着嘴巴，捂着肚子想重新坐回去。

“等会儿。”林路拉着她不让她坐到地上，在她的面前蹲下，“我背你，上来吧。”

何辰没有拒绝，老老实实地爬上了林路的后背。

走在回医院的路上时，林路听到何辰在他的耳边小声问：“林路，你不是很讨厌我吗？”

“是啊。”林路没好气地说，“身体没有好还不好好治病，整天折腾人，现在还喝酒来伤害自己，我真的讨厌这样的人。”

“林路，如果我好好治病，再也不无理取闹了，你会不会喜欢我？”

林路迟疑了片刻，叹了口气：“我都三十岁了，你才刚刚二十岁。”

“我今年二十一岁了！”何辰立刻说道。

“何辰，我只是个医生而已。你现在只是因为第一次遇到像我这种不顺着你的人，所以才会对我感兴趣。但是，你以后会遇到更多更好的人。”

何辰不甘心：“林路，你明明很关心我，干吗总是不承认？相差十岁有什么不好？你四十岁的时候我三十岁，你五十岁的时候我四十岁，我就可以看起来年轻一点儿，你就不会嫌弃我。我大概不懂谈恋爱的规则，但是我知道，只要我爱上谁就一定会勇敢地爱下去。”

林路没接话。

可是他清楚，此刻的自己确实被她说动了。

五年前，他没有勇气对祝千双告白，五年后也没有勇气不顾一切地带她走。

他不是把何辰和祝千双弄混淆了，而是一看到何辰，就会想到她和祝千双一样勇敢，就会想到自己有多懦弱。

“喂，你不说话是什么意思？！”何辰等不到答复，有些急了。

“嗯……再说吧。”林路的嘴角藏不住笑意，“你喝了那么多酒，谁知道你明天会不会记得自己说的这些话啊？！”

过了很久，月光铺满了回程的道路。

何辰在他的耳边轻声说道：“其实啊，我没有喝酒，我只是痛经，正好蹲在了那堆酒瓶子旁边而已。”

林路没说话，也没有生气。

他没说出口的是，半年前因为祝千双而放弃的项目，他已经再一次申报成功了。再过一周，他就要飞往新西兰了。

那个时候他猜到祝千双不会和他一起走，所以只买了一张去外省的机票。

在离开时，他还在心里抱有一丝幻想，或许有一天祝千双会需要他。

但现在看来，祝千双很幸福。

那么，他也该继续走自己的路了。

他觉得，如果两个人有缘分，那需要的只是时间而已。

他想等何辰再长大一些。

安静地度过了一周，林路拖着箱子再次来到机场。

大厅里回荡着广播的声音，他要进候机室了。他看了一眼入口，慢慢走过去。

而就在这时——

“林路！”

熟悉的声音让他迅速回头，并准确地找到了声音的来源。

何辰的身边还跟着秦郁，两个人一前一后，小跑着来到林路的面前。

但出乎他意料的是，何辰甚至还没有停稳，就伸出双手一把勾住了他的脖子，趁他不注意的时候，在他的唇上轻轻一吻。

“喂、喂、喂。”秦郁不自然地叫了起来。

就连林路自己都尴尬了，瞪大眼睛看着面不改色的女生，她的脸上带着一丝狡黠的笑意。

“要不是我逼着秦郁告诉我，我甚至不知道你要走！”何辰噘着嘴巴，“你打算抛弃我吗？”

看着何辰的表情，林路真的以为自己什么时候给了她承诺却没遵守。

林路无奈地苦笑道：“我要去进修的事情早就已经定了。”

“那你什么时候回来？”

“大概……三年吧，也可能是五年。”林路自己也不确定。大厅里，广播又响了起来，林路朝她笑了笑：“老实养病。”

何辰拉着他的胳膊满脸委屈，欲言又止。

林路笑着拍拍她的头：“快点儿长大，你每个假期我都会回来看你的。”

听林路这么说，何辰先是惊讶，随后慢慢变得喜悦起来。

林路拉着行李箱走向候机室。

何辰在他身后大喊：“林路，你一定要记得回来啊！”

嗯，他一定会记得的。

因为这一次，他有了不得不回来的理由。

番外三 恋爱难题

乔野无比烦躁地盯着自己放在桌子上的手机。

已经整整一天了，祝千双说是去采景，却连一条短信都没有发给他。

所谓的剧本讨论会他已经开不下去，拿着手机站起来。在场的人全部吓了一跳，一脸惊讶地看着乔野。

他烦躁地说了句："我出去一下，你们继续说吧。"说罢，他推开门走出去，拿着手机给祝千双打电话。

嘟了两声，那边接通了电话，祝千双用慵懒的声音说："喂？"

"你在睡觉？"乔野闷闷不乐地问道，"你没看到我发的信息吗？"

祝千双啊了一声，解释道："看到了，当时忙就没有回复，后来我就睡着了……"

"那你睡吧！"乔野说完就把电话挂了。乔野觉得恼火，自己一直在担心她，担心她采景顺不顺利，有没有遇到问题，结果她倒好，不仅不回消息，还心安理得地睡觉。

他回到会议室，继续开这个无聊的例行会议。

晚上，乔野坐在办公室里看新电影的资料。

手机振动起来，是祝千双发短信来了。

祝千双："哟哟哟，大导演在干什么呢？"

乔野看看时间，晚上八点，猜测她是睡醒了，知道要来求自己原谅她了。他把手机放回去，无视她。

又过了五分钟。

祝千双："哟哟哟，大导演要不要赏脸请小的吃饭啊？"

她还让自己请她吃饭？真是得寸进尺。我看你不饿的时候根本不会记得你还有男朋友！乔野揉了揉自己的太阳穴，继续无视她。

祝千双："呜呜呜，大导演发脾气了！"

你知道就好。乔野叹口气，还是忍不住要回复短信。

他正慢慢地按着键盘时，办公室的门忽然被推开了——

"Hi！"祝千双大叫一声冲了进来。

乔野赶紧把打了一半信息的手机放在桌子上。

祝千双看着他诡异的行为，狐疑地半眯着眼睛走过去，在他不注意时飞快地抢走手机："哈哈哈，你在回复我的信息！"

乔野不高兴地瞪着她："是啊，但是因为某人今天一条都没有回复我，所以我本来是打算将信息删了的。"

"哈哈哈，所以我来这儿请罪啦。"祝千双满脸笑意，走到乔野的身后，搂住他的脖子撒娇道，"我错了我错了。请我吃饭吧。"

乔野瞪了她一眼："你不是来请罪的吗？"

祝千双吐吐舌头："吃饱了才有力气请罪。"

两个人来到以前经常吃的日本料理店。

从坐下开始，祝千双就一直在讲今天去采景时碰到的事情，完全沉浸在自己即将担任助理导演的喜悦中，压根儿没注意到乔野渐渐冷下去的脸。

快要吃完时，祝千双问了他几个问题，乔野只是淡淡地回答了几个字，她这才发现他的心情似乎不是很好。

祝千双噘嘴问："我不是都道歉了吗？"

乔野面无表情，不回答她，用纸巾擦了擦嘴巴，叫服务员过来结账。

祝千双见他不理自己，继续问："喂，你真的不打算理我？"

乔野扫了她一眼，拿起账单朝外走去。

祝千双跟在乔野身后，边走边碎碎念："我知道错了，不就是没回你的短信吗？男生不要那么小气。你看你上次因为拍外景一个星期没有跟我打电话，我都忍了……"

因为料理店外没有停车场，所以乔野不得不把车停在隔壁街那边。现在两个人走在大街上，向着另外一边走过去。

乔野一直没有回答，祝千双忍不住提高了音量："乔野，别走得那么快！"

周围有人朝他们望了过去，乔野没回头，走得更快了。

祝千双一下子急了，叫道："乔野你走得太快了，我胃痛。"

这句话奏效了，乔野停了下来，刚转过身，祝千双已经一头撞进了他的怀里。祝千双双手牢牢地搂着他的腰，把脸埋在他的胸口上，哀怨地问："乔野，干吗对我发脾气？"

"千双……"乔野低吟，大概是他真的太小题大做了，"你的胃还在痛？"

祝千双将脸在他的胸口上蹭了蹭，说："不痛啊，刚才吃完后急着走，我没擦嘴。"

乔野这才放下心来，同时也注意到周围的人越来越多了。已经有人认出他的身份了，乔野不由得提醒道：“走吧，这儿人太多了。”

接下来的三天，祝千双都忙着开会，只能通过信息跟乔野联系。

总算空闲下来后，祝千双立刻给乔野发信息问他在干吗。

结果乔野没有回复，而是直接打了电话过来。

两人的恋情在全公司都很引人注目，祝千双特意走到楼梯转角处接了电话：“喂，你今天不忙吗，怎么有空给我打电话？”

“祝千双，我下午没有拍摄计划，你有没有想去的地方？”

“哦？”祝千双挑挑眉，“你这是在邀请我跟你约会吗？”

“算是。”

“我也很想去。”祝千双慢慢说道，“但是我下午要去摄影棚里找李导。”

他沉吟了一下：“那晚上一起吃饭吧。”

“剧组晚上要聚餐。”祝千双有些为难，“我本来不想去的，但这是我第一次担任助理导演，我想去向前辈多学习一点儿。”

“那我在你家里等你好了。”

“可是……”祝千双小声说，“明天有拍摄，我想早点儿睡觉。”

祝千双知道乔野肯定又不高兴了。果然，他再开口的时候语气里已经带着不满了：“祝千双，你多久没和我见面了？”

“我知道。”祝千双试图安抚他，“以后我一有空闲时间就给你打电话。”

“打电话？”乔野叹口气，显得很无奈，“那你去忙吧。”

啪！乔野把电话挂了。

祝千双自己也不好受。进入拍摄阶段后，她因为是新手，很多地方做不好，压力很大。

男朋友是那么优秀的导演，自己如果是个什么都不会的草包，那背后的议论不管是对乔野还是对她都不好。

她想成为有资格站在他身边的人。

只是，自那之后乔野就没有给她发过信息。祝千双给他发信息，他也不回复。

虽然忙起来后不会想那么多，但是只要稍微空闲一点儿，她就开始胡思乱想了，以至于本来就少得可怜的吃饭时间都被她用来伤感了。

两个人的冷战大概持续了一周。

祝千双为了赶拍摄进度，早上五点半就要起床，洗漱的时候眼前一直发黑，胃也有些空荡荡的，整个人十分难受。

她猜想可能因为最近没睡好才会这样。可等她到了片场，拿出自己在路上买的墨鱼粥后，才发现自己难受得吃不下东西。

粥才吃了两三口，她就开始反胃了。

祝千双在众人惊讶的目光下，捂着嘴巴飞快地跑出摄影棚，来到卫生间。

她刚才恶心得想吐，好在因为吃得不多，所以没有让惨剧发生在那么多人的面前。

她到卫生间里吐了个干干净净，洗了把脸，重新回到了片场。

片场的人都惊恐地看着她，祝千双朝他们嘿嘿一笑："没事，可能是我没休息好，所以才这样。"

"那就好好休息。"祝千双身后忽然传来了熟悉的声音，吓得她条件反射地跳了两下，然后被来人一把抓住了胳膊。

乔野皱着眉头看她："不要跳来跳去的，这种时候不是更应该注意吗？"

"啊？"祝千双听得一头雾水，哪种时候？

乔野忽略她疑惑的眼神，直接对导演说道："李导，今天先让祝千双休息吧，我约了医生给她做检查，是她忘记了。”

“啥？”祝千双更加疑惑了，“我怎么不记得有这件事？”

乔野温柔地对她说：“所以才说是你忘记了，走吧。”说罢，他就牵着她的手走了出去。

“喂，我们到底去哪儿啊？”祝千双跟着乔野来到了停车场。

乔野一本正经地道：“都说了要去医院啊。”他把祝千双推上车，然后跟着上了车。

“去医院做什么？”祝千双见车已经启动了，只好老实地扣好安全带。

乔野理所当然地回答道：“都说了是做、检、查。”

他还真的是带她去做检查！

林路走之前交代了，她每三个月要去复诊一次，算算时间，现在刚好三个月了。

祝千双的检查结果还算好，只是她最近似乎饮食不规律，所以有些轻微的急性肠胃炎。为了更快地恢复，她选择了打吊针。

坐在输液室里，祝千双时不时地瞅瞅一直很沉默的乔野，见他的视线始终没落在自己的身上，不高兴地拿没打针的那只手捅捅他的胳膊：“乔野，你闹脾气要闹到什么时候？”

“我什么时候闹脾气了？”乔野白了她一眼，“我在想事情。”

“想什么事？”

乔野转过头，盯着祝千双严肃地说：“暂时还没想出结果。你别吵我，我想好了就告诉你。”

祝千双点点头，不去烦他。

因为无事可做，她没多久就睡着了。

她隐隐约约感觉到有护士来拔针，随后醒了过来。

她睡了一觉，还是觉得迷迷糊糊的，所以上车之后又接着睡了起来。

不知道过了多久，乔野推了推她："千双，到了。"

祝千双醒过来，朝车窗外看过去，是个很眼熟的地方。

她皱眉问："这不是你家吗？"

"对啊。"乔野帮她解开安全带，下车替她打开车门，"下来吧。"

祝千双莫名其妙地下了车，有些担心："我还要赶回片场……"话一出口，她暗叫声糟，觉得乔野此刻的脸色应该又变差了。

乔野牵着她的手走进屋内，祝千双还在想拍摄的事，自言自语："哎呀，我消失一整天的话会影响拍摄进度吧？而且我还有一些计划忘了跟别人……"

话没说完，乔野已经双手捧着她的脸狠狠地亲了下去。

"喂……"祝千双试图抱怨，可是乔野完全没有给她喘息的机会，不断加深这个吻。

本来祝千双只觉得乔野今天似乎特别热情，但很快就发现他不对劲，用手撑着他的胸口推开他，问道："乔野，你的手！"

乔野不耐烦地看她一眼，然后继续吻下去，手丝毫没有停下来的意思，甚至得寸进尺地开始解祝千双衬衣的扣子。

"乔野……"祝千双有预感，今天乔野是打定主意要做点儿什么了。

"祝千双……"乔野放开正微喘着的祝千双，"你知道今天早上大家为什么都那样看着你吗？"

"嗯，为什么？"

"因为……"乔野又亲了她一下，语气变得暧昧起来，"大家觉得你怀孕了。"

"啊！"祝千双被吓到了，不过就是反胃而已，"我要去解释。”

“不用了——”乔野不允许她再分心，继续亲吻着她，“我觉得这没什么不好的，变成真的就是了……”

这就是乔野一直在思考的问题。

如果他们总是因为忙，因为有事，因为累，因为这样那样的问题没有办法见面，与其难受，不如找到一个最合适的理由天天在一起。

结婚，真是个好方法。